O herói que faltava

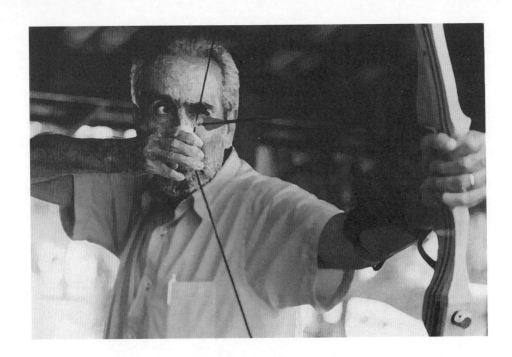

O Arqueiro

GERALDO JORDÃO PEREIRA (1938-2008) começou sua carreira aos 17 anos, quando foi trabalhar com seu pai, o célebre editor José Olympio, publicando obras marcantes como *O menino do dedo verde*, de Maurice Druon, e *Minha vida*, de Charles Chaplin.

Em 1976, fundou a Editora Salamandra com o propósito de formar uma nova geração de leitores e acabou criando um dos catálogos infantis mais premiados do Brasil. Em 1992, fugindo de sua linha editorial, lançou *Muitas vidas, muitos mestres*, de Brian Weiss, livro que deu origem à Editora Sextante.

Fã de histórias de suspense, Geraldo descobriu *O Código Da Vinci* antes mesmo de ele ser lançado nos Estados Unidos. A aposta em ficção, que não era o foco da Sextante, foi certeira: o título se transformou em um dos maiores fenômenos editoriais de todos os tempos.

Mas não foi só aos livros que se dedicou. Com seu desejo de ajudar o próximo, Geraldo desenvolveu diversos projetos sociais que se tornaram sua grande paixão.

Com a missão de publicar histórias empolgantes, tornar os livros cada vez mais acessíveis e despertar o amor pela leitura, a Editora Arqueiro é uma homenagem a esta figura extraordinária, capaz de enxergar mais além, mirar nas coisas verdadeiramente importantes e não perder o idealismo e a esperança diante dos desafios e contratempos da vida.

Título original: *Where's my Hero?*

Copyright do conto *Improvável* © 2003 por Lisa Kleypas
Copyright do conto *Sonho de um cavaleiro de verão* © 2003 por Sherrilyn Kenyon
Copyright do conto *Um conto de duas irmãs* © 2003 por Julie Cotler Pottinger
Copyright da tradução © 2021 por Editora Arqueiro Ltda.

Todos os direitos reservados. Nenhuma parte deste livro pode ser utilizada ou
reproduzida sob quaisquer meios existentes sem autorização por escrito dos editores.
Publicado mediante acordo com a Harper Collins Publishers.

tradução: Alessandra Esteche
preparo de originais: Sheila Til
revisão: Suelen Lopes e Tereza da Rocha
diagramação: Ana Paula Daudt Brandão
capa: Raul Fernandes
imagem de capa: © Lee Avison / Trevillion Images
impressão e acabamento: Cromosete Gráfica e Editora Ltda.

CIP-BRASIL. CATALOGAÇÃO NA PUBLICAÇÃO
SINDICATO NACIONAL DOS EDITORES DE LIVROS, RJ

Q64h

    Quinn, Julia, 1970-
       O herói que faltava / Julia Quinn, Kinley MacGregor,
Lisa Kleypas ; [tradução Alessandra Esteche]. - 1. ed. - São Paulo :
Arqueiro, 2021.
       224 p. ; 23 cm.

       Tradução de: Where's my hero?
       "Coletânea de contos"
       ISBN 978-65-5565-212-3

       1. Ficção americana. I. MacGregor, Kinley. II. Kleypas, Lisa.
III. Esteche, Alessandra. IV. Título.

21-72333   CDD: 813
                                    CDU: 82-3(73)

Camila Donis Hartmann - Bibliotecária - CRB-7/6472

Todos os direitos reservados, no Brasil, por
Editora Arqueiro Ltda.
Rua Funchal, 538 – conjuntos 52 e 54 – Vila Olímpia
04551-060 – São Paulo – SP
Tel.: (11) 3868-4492 – Fax: (11) 3862-5818
E-mail: atendimento@editoraarqueiro.com.br
www.editoraarqueiro.com.br

SUMÁRIO

IMPROVÁVEL
Lisa Kleypas
7

SONHO DE UM CAVALEIRO DE VERÃO
Kinley MacGregor
63

UM CONTO DE DUAS IRMÃS
Julia Quinn
137

Lisa Kleypas

IMPROVÁVEL

PRÓLOGO

Se algum dia existiu um homem que sabia beber, esse homem era Jake Linley. Era algo que ele praticava bastante – ainda bem, caso contrário estaria completamente bêbado no momento. Para a infelicidade de Jake, porém, por mais que ele bebesse naquela noite, o álcool não seria capaz de anestesiar a amargura de admitir que algo que desejava tanto jamais seria seu.

Jake estava cansado e com calor, e seu ressentimento cáustico parecia aumentar a cada instante que ele passava na caverna luxuosa e lotada que era aquele salão de baile. Afastou-se de um grupo de amigos e, olhando para o céu escuro e frio além de uma fileira de janelas reluzentes, vagou até uma galeria que margeava o salão.

No fim da galeria estava Robert, lorde Wray, cercado por uma multidão sorridente de amigos e simpatizantes, todos parabenizando-o pelo noivado anunciado uma hora antes.

Jake sempre gostara de Wray, um sujeito bastante agradável cuja combinação de inteligência e sagacidade educada fazia com que fosse bem-vindo em qualquer grupo. No entanto, naquele momento específico, o desprezo serpenteou pelo corpo de Jake ao avistar o homem.

Ele invejava Wray, que não fazia ideia da sorte que tinha ao conquistar a mão da Srta. Lydia Craven. Já diziam que o casamento seria mais vantajoso para a Srta. Craven do que para Wray, que a posição social dela melhoraria muito quando sua fortuna se unisse a um título respeitado. Jake sabia que não era verdade. Lydia era o verdadeiro prêmio, apesar da origem simples de sua família.

Ela não possuía uma beleza convencional – tinha o cabelo preto e a boca larga do pai e um queixo que era quase delineado demais. Sua silhueta esguia e de seios pequenos fugia do padrão voluptuoso da época. Contudo, havia algo irresistível naquela mulher – talvez a distração encantadora que fazia com que os homens quisessem cuidar dela, ou o intrigante toque de graciosidade que espreitava por trás de sua aparência pensativa. E, é claro, seus olhos... olhos verdes exóticos que pareciam deslocados em um rosto tão doce e erudito.

Com um suspiro soturno, Jake deixou a galeria abafada e saiu para a noite fresca de primavera. O ar estava úmido e fecundo, carregado com o aroma de rosas-damascenas que brotavam nos jardins cultivados em vários níveis no terreno inclinado.

O caminho largo de pedras se estendia por uma série de canteiros estreitos cheios de gerânios e uma névoa espessa de matricárias brancas. Jake vagou sem destino quase até o fim do caminho, onde uma curva suave o guiou a degraus de pedra que levavam aos jardins inferiores.

Parou de repente ao ver uma mulher sentada em um dos bancos. Estava meio de costas, curvada sobre algo que segurava no colo. Por ser veterano dos bailes e saraus de Londres, a primeira suposição de Jake foi que a mulher esperava o amante para um encontro furtivo. No entanto, ele ficou estupefato no instante em que percebeu a seda escura do cabelo e as linhas bem-definidas do rosto dela.

Lydia, pensou, olhando para a mulher com avidez. O que ela fazia ali fora sozinha, pouco depois do anúncio de seu noivado?

Embora ele não tivesse feito barulho, Lydia levantou a cabeça e o observou com nítida falta de entusiasmo:

– Dr. Linley.

Ao chegar mais perto, Jake viu que o objeto em seu colo era um pequeno maço de anotações, que ela rabiscava com um toco de lápis quebrado. Equações matemáticas, ele supôs. A obsessão de Lydia Craven por assuntos como matemática e ciência era alvo de fofocas havia anos. Embora amigos bem-intencionados tivessem aconselhado os Cravens a dissuadi-la de interesses tão pouco ortodoxos, a família fazia o contrário, orgulhosa da inteligência da filha.

Lydia enfiou os objetos na bolsa com alguma pressa e lhe lançou um olhar carrancudo.

– Não deveria estar lá dentro com seu noivo? – perguntou Jake, em um tom de leve gozação.

– Eu queria alguns minutos de privacidade.

Ela se endireitou, e as sombras brincaram suavemente nas linhas elegantes de seu corpo e na seda branca modelada de seu corpete. Sua expressão mal-humorada era tão destoante da imagem de uma noiva com brilho nos olhos que Jake não conseguiu conter um sorriso repentino.

– Wray não sabe que a senhorita está aqui fora, não é?

– Ninguém sabe, e eu agradeço se continuar assim. Se o senhor puder sair, por gentileza...

– Não antes de lhe dar meus parabéns.

Jake se aproximou devagar, e seus batimentos cardíacos alcançaram um ritmo rápido e forte. Como sempre, estar perto dela o deixava agitado, fazendo com que sua circulação acelerasse e enviando mensagens frenéticas a seus nervos.

– Muito bem, Srta. Craven... Conseguiu um conde, e um muito rico. Imagino que não exista conquista maior para uma jovem em sua posição.

Lydia revirou os olhos.

– Só o senhor seria capaz de fazer com que felicitações soassem ofensivas, Dr. Linley.

– Eu garanto que meus votos são sinceros.

Jake olhou para o espaço vazio ao lado dela.

– Permite? – perguntou, mas sentou antes que ela pudesse recusar.

Eles se estudaram atentamente, sustentando o olhar como em um desafio.

– O senhor andou bebendo – declarou Lydia ao sentir o hálito de conhaque.

– Sim.

A voz dele engrossara um pouco.

– Brindei à senhorita e ao seu noivo. Várias vezes.

– Agradeço o entusiasmo pelo meu noivado – disse Lydia com doçura.

Ela fez uma pausa com um timing impecável e então acrescentou:

– Ou seria entusiasmo pelo conhaque de meu pai?

Ele deu uma risada áspera.

– Seu noivado com Wray, é claro. Aquece meu coração cínico testemunhar a devoção ardente que demonstram um pelo outro.

O deboche trouxe um rubor de irritação ao rosto dela. Lydia e o conde não eram um casal de muitas demonstrações de afeto. Não havia olhares íntimos, nenhum toque aparentemente acidental de seus dedos, nada que indicasse o menor envolvimento físico entre eles.

– Lorde Wray e eu nos gostamos e nos respeitamos – falou Lydia, na defensiva. – É uma base excelente para um casamento.

– E a paixão?

Ela deu de ombros e tentou soar sofisticada.

– Como dizem, a paixão é passageira.

A boca de Jake se contorceu com impaciência.

– Como a senhorita sabe? Nunca sentiu um instante de paixão verdadeira na vida.

– Por que diz isso?

– Porque, se tivesse sentido, não estaria prestes a entrar em um casamento tão convidativo quanto as sobras pouco apetitosas de uma refeição da véspera.

– Sua avaliação do meu relacionamento com lorde Wray é totalmente equivocada. Ele e eu nos desejamos muito, se quer saber.

– A senhorita não sabe o que está falando.

– Ah, sei, sim! Mas me recuso a divulgar detalhes de minha vida íntima apenas para provar que o senhor está errado.

Enquanto encarava Lydia, o corpo de Jake foi inundado pelo desejo. Não conseguia acreditar no desperdício de um casamento dela com um homem tão civilizado e impassível como Wray. Ele deixou que seu olhar descesse até a boca de Lydia, os lábios macios e expressivos que o tentavam e atormentavam havia anos.

Jake estendeu as mãos até os braços dela, a pele quente e delicada sob a camada de seda. Não conseguiu se conter – tinha que tocá-la. Seus dedos deslizaram para cima devagar, saboreando aquela sensação.

– A senhorita permitiu que ele a beijasse, imagino. O que mais?

Lydia respirou fundo, seus ombros ao mesmo tempo leves e tensos nas mãos dele.

– Como se eu fosse responder a uma pergunta dessas – retrucou ela, hesitante.

– Provavelmente não fizeram muito mais do que isso. A mulher ganha um ar diferente ao ser despertada para a paixão. E a senhorita não tem isso.

Desde que a conhecera, quatro anos antes, Jake raramente a tocara. O contato ocorrera apenas em ocasiões de cortesia obrigatória, como ao ajudá-la a caminhar por um terreno acidentado, ou ao trocarem de parceiros durante uma dança. Mesmo nesses momentos, era impossível ignorar as sensações que ela despertava.

Ao fitar seus olhos verdes nublados, Jake disse a si mesmo que ela pertencia a outro e se repreendeu por desejá-la. Seu corpo, porém, se enrijecia de desejo e qualquer pensamento racional se dissolvia em um redemoinho de calor. Ele vislumbrou uma vida inteira de noites sem ela, de beijos que nunca trocariam, de palavras que nunca poderiam ser ditas. No grande esquema das coisas, os momentos seguintes não importariam para mais ninguém além dele. Ele merecia receber ao menos isso dela – um instante pelo qual pagara com anos de desejo não atendido.

Quando falou, sua voz saiu baixa e trêmula.

– Talvez eu devesse lhe fazer um favor, Lydia. Se vai se casar com um homem frio como Wray, a senhorita deveria pelo menos conhecer a sensação do desejo.

– O quê? – questionou ela com a voz fraca e o olhar perplexo.

Jake sabia que era um erro, mas não deu a mínima. Abaixou a cabeça e levou seus lábios aos dela, um toque suave, o corpo inteiro tremendo no esforço de ser gentil. A boca de Lydia era delicada e doce, e a pele de seu queixo, um tecido fino ao toque das pontas dos dedos dele. Saborear um pouco dela o levou a querer mais, e a pressão de sua boca se intensificou.

As mãos de Lydia pousaram em seu peito. Ele sentiu nela a indecisão, a surpresa com a reverência do gesto dele. Jake pegou os pulsos dela com cuidado e os colocou em volta de seu pescoço. Sua língua buscou as profundezas quentes e sedosas da boca de Lydia, e o leve toque trouxe um prazer infinito. Ele queria preenchê-la de todas as formas possíveis, afundar nela até encontrar o alívio pelo qual ansiava havia tanto tempo.

A reação impotente de Lydia destruiu o que restava do autocontrole de Jake. Ela se apoiou nele com firmeza, deslizando uma das mãos esguias por sob o casaco dele para encontrar o calor contido pelas camadas de roupa.

O toque dela deixou Jake excitado além do que ele era capaz de suportar, à beira da insanidade, e ele percebeu, incrédulo, que não seria necessário muito mais do que aquilo para chegar ao clímax. Seu corpo estava todo contraído e rígido, suas veias pulsavam com o desejo não consumado.

O esforço de se obrigar a soltar Lydia provocou um gemido nele, mesmo com os dentes firmemente cerrados. Jake afastou os lábios dos dela, respirando com dificuldade enquanto se esforçava para ter autocontrole. Ele pensou com ironia que, mesmo com toda a sua experiência, nunca se sentira tão envolvido por um simples beijo... e de uma virgem, ora essa.

Levantando com dificuldade, Lydia puxou o vestido e ajeitou a saia, e o ar frio da noite a fez estremecer.

– Isso foi bastante instrutivo, Linley – conseguiu dizer depois de um tempo, quase sem ar, olhando para o outro lado. – Mas, de agora em diante, não vou precisar de aulas suas.

Ela se afastou com passos impetuosos, como se fizesse esforço para não sair correndo.

CAPÍTULO 1

Havia duas maneiras de escolher um marido: com a cabeça ou com o coração. Por ser uma jovem sensata, Lydia Craven naturalmente escolhera com a cabeça. Isso não significava que ela não gostasse do futuro marido. Na verdade, gostava muito de lorde Wray. Robert era gentil e agradável, com um charme discreto que nunca era irritante. Tinha uma beleza acessível, traços refinados que proporcionavam a moldura perfeita para um par de olhos azuis inteligentes e um sorriso que ele oferecia com alguma cautela.

Lydia não tinha dúvida de que Wray jamais se oporia a seu trabalho. Verdade seja dita, ele compartilhava de seu interesse por matemática e ciência. Além disso, combinava com sua família – uma família nada convencional e muito unida, que fora abençoada com uma grande riqueza, mas tinha uma linhagem nada distinta. Era um ponto a favor de Wray o fato de ele ignorar com tanta facilidade seus ancestrais infames, mas, ao mesmo tempo, Lydia refletia amargamente, um dote de 100 mil libras parecia um tempero saboroso até mesmo para o mais simples dos pratos. Desde que fora apresentada à sociedade dois anos antes, aos 18, Lydia vinha sendo perseguida por uma legião de caça-dotes. No entanto, sendo um nobre que também possuía uma herança considerável, Wray não precisava do dinheiro de Lydia – mais um ponto a seu favor.

Todos aprovavam a união, inclusive o pai superprotetor de Lydia. A única objeção moderada vinha da mãe, Sara, que parecia levemente incomodada com sua determinação em se casar com Wray.

– O conde parece ser um homem bom e honrado – disse Sara enquanto caminhava com Lydia pelos jardins da propriedade dos Cravens em Herefordshire. – Se foi ele que seu coração escolheu, eu diria que você fez uma boa escolha...

– Mas... – instigou Lydia.

Sara olhava, pensativa, para a rica plantação de botões-de-ouro e íris amarelas que margeava o belo caminho pavimentado com tijolos. Era um dia quente de primavera e o céu azul-claro estava salpicado de nuvens felpudas.

– As virtudes de lorde Wray são indiscutíveis – afirmou Sara. – No entanto, ele não é o tipo de homem com quem imaginei que você se casaria.

– Mas lorde Wray e eu somos tão parecidos – protestou Lydia. – Para começar, ele é o único homem que conheço que se deu o trabalho de ler meu artigo sobre geometria multidimensional.

– E deve ser aplaudido por isso – respondeu de pronto e com ironia a mãe, os olhos azuis brilhando de diversão.

Embora Sara fosse uma mulher inteligente por seus próprios méritos, ela admitia abertamente que o raciocínio matemático avançado da filha estava muito além de sua compreensão.

– No entanto, eu esperava que um dia você encontrasse um homem que conseguisse equilibrar sua natureza com um pouco mais de calor e irreverência do que lorde Wray parece ter. Você é uma jovem tão séria, minha querida Lydia.

– Não sou *tão* séria assim – protestou ela.

Sara sorriu.

– Quando você era criança, eu tentava em vão convencê-la a pintar quadros de árvores e flores, mas você insistia em traçar linhas para demonstrar a diferença entre ângulos obtusos e retos. Quando brincávamos com blocos e eu começava a erguer casas e cidades, você me mostrava como construir uma pirâmide diédrica...

– Está bem, está bem – resmungou Lydia com um sorriso relutante. – Mas isso só serve para demonstrar por que lorde Wray é perfeito para mim. Ele ama máquinas, física e matemática. Aliás, estamos considerando escrever juntos um artigo sobre a possibilidade de veículos serem movidos a propulsão atmosférica. Sem precisar de cavalos!

– Fascinante – comentou Sara vagamente, conduzindo Lydia para longe do caminho pavimentado e indo em direção a um prado de flores silvestres que se estendia além de uma série de árvores frutíferas.

Quando Sara ergueu a saia até o tornozelo e caminhou por entre o tapete espesso de violetas e narcisos brancos, com o sol brilhando em seus cabelos castanhos, ela pareceu jovem demais para seus 45 anos. Parou para pegar um punhado de violetas e inalar o forte perfume. Seus olhos azuis curiosos contemplaram Lydia por sobre as flores reluzentes.

– E em meio a todas essas conversas sobre máquinas e matemática, lorde Wray já beijou você?

Lydia riu da pergunta.

– Não se deve fazer esse tipo de pergunta a uma filha.

– Bem, ele beijou?

Na verdade, Wray beijara Lydia várias vezes, e ela gostara. Sua experiência era limitada, claro, e ela não tinha com o que comparar aqueles beijos, exceto...

De repente a imagem de Jake Linley surgiu em sua mente, a cabeça louro-escura curvada sobre a dela, o fogo doce e sombrio de seu beijo, o prazer de suas mãos no corpo dela...

Lydia afastou esse pensamento na hora, como fizera mil vezes antes. Aquela noite era um erro que precisava esquecer. Linley estava apenas brincando com ela, e o beijo não passara de uma zombaria alimentada pelo excesso de conhaque. Lydia não encontrara Linley nem uma vez em três meses desde aquela noite, e quando o visse de novo fingiria ter esquecido o episódio.

– Sim – admitiu para a mãe. – O conde me beijou e foi muito agradável.

– Fico feliz por ouvir isso.

Sara deixou que as violetas se derramassem de seus dedos em uma chuva vibrante de pétalas. Esfregou atrás das orelhas as pontas perfumadas dos dedos e lançou um olhar levemente malicioso a Lydia.

– Eu não gostaria que seu casamento fosse baseado em racionalidade. Existem muitas alegrias a serem descobertas nos braços de um marido, se for o homem certo.

Lydia mal sabia como responder. De repente sentiu o calor se acumular em suas bochechas e nas pontas das orelhas. Embora Sara fosse discreta com tais assuntos, era óbvio que os pais de Lydia eram um casal apaixonado. Às vezes o pai fazia algum comentário insinuante à mesa do café da manhã e Sara engasgava com o chá. Em outras ocasiões, a porta do quarto era inexplicavelmente trancada no meio do dia. E havia também os olhares íntimos que o pai lançava à mãe, ao mesmo tempo pervertidos e carinhosos. Lydia era obrigada a admitir que Wray nunca olhara para ela daquela maneira. No entanto, poucas pessoas experimentavam o tipo de amor que seus pais compartilhavam.

– Mamãe, eu sei o que a senhora quer – disse Lydia com um suspiro pesaroso. – A senhora deseja que todos os filhos encontrem o amor verdadeiro, como a senhora e o papai. Mas a probabilidade de isso acontecer comigo é aproximadamente uma em quatrocentas mil.

Acostumada ao hábito da filha de traduzir tudo em algarismos, Sara sorriu.

– Como você chegou a esse número?

– Comecei com os homens disponíveis na Inglaterra e estimei quantos deles seriam adequados para mim em termos de idade, estado de saúde e assim por diante. Então avaliei a quantidade de resultados possíveis caso encontrasse cada um deles, observando uma amostra aleatória de conhecidos nossos que são casados. Pelo menos metade caiu na indiferença, um terço se separou por morte ou adultério e os que restaram estão satisfeitos, mas não são o que chamaríamos de almas gêmeas. De acordo com meus cálculos, a chance de encontrar o amor verdadeiro, comparada ao número total de resultados possíveis ao se procurar um marido, é uma em quatrocentas mil. Com uma probabilidade dessas, é muito melhor eu me casar com alguém como lorde Wray do que esperar por um raio que pode nunca cair.

– Meu Deus! – exclamou Sara, claramente estarrecida. – Lydia, eu não sei como uma filha minha pode ser tão cética.

Lydia deu um sorriso.

– Não sou cética, mamãe. Apenas realista. E puxei ao papai.

– Parece que sim – disse Sara, erguendo o olhar para o céu como em súplica a alguma divindade desatenta. – Querida, lorde Wray já disse que a ama?

– Não, mas isso pode acontecer com o tempo.

– Hum – fez a mãe, que a encarava desconfiada.

– E, se não acontecer, vou ter todo o tempo que desejo para meus estudos matemáticos – acrescentou Lydia, animada.

Ao ver como a mãe parecia aflita com sua irreverência, Lydia foi até ela e a abraçou.

– Mamãe, não se preocupe – disse junto ao cabelo cheirando a flores da mãe. – Vai ficar tudo bem. Eu vou ser muito, muito feliz com lorde Wray. Prometo.

Sara mergulhou em uma banheira grande de louça na esperança de que a água fumegante ajudasse a aliviar a tensão em seus ombros e suas costas. O banheiro de ladrilhos era iluminado por uma única lamparina, e a chama suave reluzia levemente através do globo de vidro decorado. Ela suspirou e descansou a cabeça na borda de mogno da banheira, pensando no que fazer quanto a Lydia. Seus outros filhos, Nicholas, Ash, Harry e Daisy, estavam sempre metidos em alguma confusão e usando o charme para se livrar dos problemas. Lydia, por sua vez, era responsável, intelectual e controlada, e tinha uma aptidão para os números que se equiparava à do pai.

Desde sua apresentação à sociedade, havia dois anos, Lydia mantinha os pretendentes distantes, com uma cordialidade e uma reserva que levavam muitos jovens decepcionados a declarar que ela tinha um coração de gelo. Isso estava longe de ser verdade. Lydia era uma garota calorosa e afetuosa que guardava uma paixão profunda, mas precisava do homem certo para despertá-la. Infelizmente, lorde Wray não era esse homem. Mesmo depois de seis meses de corte, ele e Lydia não mostravam sinais de que tinham se apaixonado. Para Sara, a relação amigável deles parecia mais de irmãos do que de amantes. Porém, se Lydia estava satisfeita com o acordo – e ela parecia estar –, era certo fazer objeções? Quando jovem, Sara tivera a liberdade de escolher o marido e sua escolha não fora convencional. Lydia merecia a mesma chance.

Ao se lembrar da época de seu namoro com Derek Craven, Sara afundou um pouco mais na água, empurrando preguiçosamente com os dedos dos pés a espuma de um lado para outro. Na época, Derek era dono da casa de apostas mais famosa da Inglaterra e ganhava uma fortuna explorando a ganância de seus clientes aristocratas. Quando Sara o conheceu, ele já era uma figura lendária, um ex-pobretão que se tornara o homem mais rico de Londres. Ninguém, muito menos o próprio Derek, diria que ele seria um par possível para uma jovem tão ingênua quanto Sara. No entanto, a atração entre os dois fora irresistível, e eles se viram apaixonados demais um pelo outro para fazer qualquer outra escolha.

Era isso que a incomodava em relação a Lydia e lorde Wray, percebeu Sara. Tinha a sensação de que o relacionamento sempre se manteria em um nível seguro e morno. Sara sabia muito bem que, nas classes mais abastadas, casar-se por amor era considerado algo provinciano. No entanto, ela vinha do interior, fora criada e educada com carinho por pais que se amavam. Quando jovem, também desejara encontrar isso e, como mãe, certamente não queria menos para os filhos.

Sara estava tão concentrada em seus pensamentos que não percebeu que alguém entrara no banheiro. Assustou-se ao ver um colete voando de repente em direção à cadeira de madeira no canto, seguido de perto por uma gravata de seda escura. Quando ameaçou se sentar, braços musculosos a envolveram por trás e ela sentiu a boca macia do marido em sua orelha. Devagar, ele a trouxe de volta à louça quente da banheira.

– Senti sua falta, meu anjo – sussurrou ele.

Sorrindo, Sara relaxou o corpo no dele e brincou com as pontas das mangas arregaçadas de sua camisa. Derek tinha passado os últimos três dias em Londres negociando um acordo entre sua empresa de telégrafo e a ferrovia South Western para a instalação de novas linhas de comunicação ao longo dos trilhos. Embora ela tivesse se mantido ocupada em sua ausência, os dias – e as noites – pareceram longos demais.

– Está atrasado – provocou ela num tom de flerte. – Eu esperava que você voltasse para o jantar. Perdeu um peixe maravilhoso.

– Vou ter que jantar você, então.

As mãos grandes dele mergulharam na água.

Rindo, Sara se virou de frente para ele e sua boca foi capturada por um beijo ardente que alterou sua respiração e impôs a seus batimentos cardíacos um ritmo novo e urgente. Seus dedos agarraram os ombros dele, marcando a camisa com a água. Quando seus lábios se afastaram, um breve suspiro escapou de sua boca, e ela forçou a vista para observar o verde intenso dos olhos de Derek. Sara era casada com ele fazia mais de vinte anos, mas aquele olhar vibrante e audacioso ainda era infalível em fazer com que seus sentidos saltassem de empolgação e prazer.

Derek segurou o rosto da esposa, alisando com o polegar as gotas de água em sua bochecha reluzente. Ele era um homem grande, de cabelos pretos, com uma cicatriz na testa que dava um ar agradável de robustez a seu belo rosto. O passar dos anos lhe impusera poucas mudanças, tecendo apenas alguns fios prateados em suas têmporas. E, como sempre, ele mantinha um charme diabólico, que com frequência induzia as pessoas a esquecerem a natureza predatória que espreitava sob sua aparência elegante.

O olhar de alerta de Derek estudou o rosto dela.

– O que foi? – perguntou ele, sensível a cada nuance de sua expressão.

– Nada, na verdade. É que...

Sara fez uma pausa e aninhou o rosto em sua mão quente.

– Conversei com Lydia enquanto você viajava. Ela admitiu que não está apaixonada por lorde Wray... e está determinada a se casar com ele mesmo assim.

– Por quê?

– Lydia decidiu que provavelmente nunca encontrará sua alma gêmea, portanto deve escolher um marido com base em considerações práticas. Ela afirma que as chances de alguém encontrar o amor verdadeiro são insignificantes.

– Ela deve ter razão – comentou Derek.

Afastando-se dele, Sara franziu a testa.

– Quer dizer que você não espera que nossos filhos sejam tão felizes no casamento quanto nós?

– Não desejo nada menos que isso para cada um deles. Mas não, não tenho expectativa de que necessariamente encontrem o amor verdadeiro.

– Não?

– Um homem ou uma mulher pode passar a vida inteira à procura da alma gêmea sem nunca encontrá-la. Na minha opinião, Lydia é esperta por fazer uma escolha nobre, como Wray, em vez de esperar até que as melhores opções acabem. Deus me livre que meu neto seja fruto de um caçador de fortunas.

– Ah, meu Deus! – exclamou Sara, contendo a risada. – Entre você e Lydia, não sei quem é mais irritante. E a esperança, o romance e a magia? Algumas coisas não podem ser explicadas pela ciência nem medidas com cálculos matemáticos.

Estendendo a mão, ela brincou com os pelos escuros que a gola aberta da camisa dele revelava.

– Eu esperei pelo *meu* amor verdadeiro, e veja só o que consegui – provocou ela.

Deslizando a mão pela nuca da esposa, Derek puxou seu rosto para mais perto do dele.

– Conseguiu vinte anos de casamento com um homem libidinoso implacável que não consegue tirar as mãos de você.

A respiração dela foi entrecortada pelo riso.

– Aprendi a viver com isso.

A boca dele deslizou até o vão macio atrás da orelha dela enquanto seus dedos percorriam seus ombros molhados.

– Diga o que quer que eu faça a respeito de Lydia – falou ele com a boca tocando sua pele.

Sara balançou a cabeça e suspirou.

– Não há o que fazer. Lydia tomou uma decisão, e é difícil criticar sua escolha. Agora acho que devo deixar tudo nas mãos do destino.

Ela sentiu Derek sorrir em seu pescoço.

– Não há nada de errado em dar um empurrãozinho no destino para que ele siga na direção certa. Se a oportunidade surgir.

– Hum.

Pensando em várias possibilidades, Sara pegou um punhado de espuma e o esfregou nas mãos.

Derek se levantou, desabotoou a camisa e a deixou cair no chão, revelando o torso definido, forte e musculoso e o peito de pelos densos. Seu olhar quente deslizou pelo corpo dela na água.

– Você ainda não terminou o banho?

– Não.

Sara sorriu, provocante, passando a mão ensaboada ao longo da perna.

As mãos dele se dirigiram ao fecho da calça.

– Então é bom que se prepare para ter companhia – disse, num tom de voz que a fez vibrar.

CAPÍTULO 2

Em dois dias Lydia se tornaria lady Wray. A semana de comemorações já tinha começado na propriedade Craven, com saraus noturnos, bailes e jantares fartos. No domingo, as festividades seriam encerradas com uma cerimônia na capela da família. Convidados de toda a Inglaterra e do continente haviam chegado, e agora cada casa, cada chalé de hóspedes e cada hospedaria de Herefordshire estavam com lotação máxima. Os vinte quartos de hóspedes da mansão Craven estavam ocupados, e criados dos visitantes se aglomeravam no pavimento mais baixo como abelhas em uma colmeia.

Lydia sentia que todas as perguntas dirigidas a ela nos últimos dias giravam em torno de seus nervos, pois a expectativa geral era de que uma jovem respeitável estivesse sofrendo incontáveis ataques de agitação nupcial. Infelizmente, Lydia se sentia bastante calma – declaração que parecia perturbar qualquer um que a ouvisse. Imaginando que sua compostura poderia refletir algum aspecto negativo em lorde Wray, Lydia tentara desenvolver um vislumbre de ansiedade, um arrepio, um tremor, uma contração – tudo em vão.

O problema era que se casar com lorde Wray era uma decisão tão sensata que Lydia não via razão para ficar nervosa. Ela nem sequer estava preocupada com a noite de núpcias, pois a mãe tinha lhe explicado tudo minuciosamente, de modo que não restava qualquer mistério temeroso. E, se Wray provasse ser tão hábil em fazer amor quanto era em beijar, Lydia esperava gostar bastante da experiência.

A única coisa que a incomodava era todo aquele entretenimento infernal. Ela estava acostumada com dias de tranquilidade, durante os quais podia pensar e calcular tanto quanto desejasse. Agora, depois de aproximadamente 120 horas de banquetes, brindes, conversas, risadas e danças intermináveis, Lydia se sentia muito cansada. Sua cabeça fervilhava de ideias que não tinham nada a ver com romance e casamento. Ela queria que os festejos acabassem logo para poder trabalhar em seu projeto mais recente.

– Lydia – ralhou Wray, divertido, ao interromper suas tentativas furtivas de registrar algumas anotações durante um enorme sarau na sexta. – Está trabalhando em suas fórmulas, não está?

Culpada, Lydia enfiou um pedaço de papel e um toco de lápis na bolsinha de seda com franjas que pendia de seu pulso. Então olhou para Wray, cuja forma esguia se elevava sobre a dela. Como sempre, sua aparência era imaculada. O cabelo macio e escuro brilhava com uma fina camada de pomada, seu terno era feito sob medida com precisão e o nó de sua gravata de seda estava perfeitamente centralizado.

– Desculpe – disse Lydia com um sorriso tímido. – É que acabei de ter uma ideia muito interessante sobre a máquina de análise de probabilidades...

– Isto é um sarau – lembrou ele, girando o dedo em um gesto brincalhão. – É para dançar. Ou fofocar. Ou ficar em volta da mesa de bebidas. Vê todas aquelas jovens se divertindo? É isso que você deveria estar fazendo.

Lydia soltou um suspiro mal-humorado.

– Eu fiz tudo isso durante duas horas, e faltam pelo menos mais quatro até que a noite acabe. Já tive a mesma conversa com dez pessoas diferentes e estou cansada de falar sobre o tempo ou meus nervos.

Wray sorriu.

– Se vai ser uma condessa, é melhor se acostumar. Sendo recém-casados, vamos confraternizar com muitas pessoas quando a temporada de eventos sociais começar.

– Mal posso esperar – disse Lydia.

Ele riu.

– Venha caminhar comigo – convidou lorde Wray.

Lydia deu o braço ao noivo e o acompanhou em uma caminhada tranquila pelo circuito de salas de entretenimento. Aonde quer que fossem, eram recebidos com sorrisos de aprovação e murmúrios de parabéns. Lydia sabia que eles formavam um casal bonito, ambos esbeltos e de cabelos escuros. Era óbvio que Wray se destacava como um homem de atividades acadêmicas, com sua pele clara, sua testa nobre e suas mãos bem-cuidadas. Não havia nada que ele amasse mais que conversas longas e complexas a respeito de uma variedade de assuntos. Era convidado com frequência para jantares, em que entretinha todos à mesa com a mistura perfeita de sagacidade e erudição. Suas inclinações acadêmicas eram amplamente aprovadas, pois um cavalheiro podia seguir seus interesses desde que se dedicasse a eles por mero prazer e não buscasse ganhar dinheiro com isso.

Os dois pararam para conversar com um grupo de amigos, e Lydia deu um sorriso pesaroso ao perceber todos os sinais de que Wray se preparava para um longo debate. Usando o leque de seda, ela ficou na ponta dos pés para sussurrar algo para o noivo.

– Meu senhor... vamos escapar e encontrar um lugar privado. O escritório ou o jardim de rosas.

O conde sorriu e balançou a cabeça, respondendo em um tom que mais ninguém conseguiria ouvir.

– É claro que não. Seu pai pode descobrir.

– Por acaso tem medo dele? – perguntou Lydia com um sorriso incrédulo.

– Tenho pavor – admitiu Wray. – Aliás, de todos os argumentos que Linley usou quando me aconselhou a não me casar com você, esse foi o mais difícil de refutar.

– O quê? – falou Lydia, encarando-o boquiaberta. – Qual Dr. Linley, o pai ou o filho?

– O filho – respondeu Wray com uma careta. – Maldição, eu não tinha a intenção de deixar isso escapar. Talvez você possa fazer a gentileza de ignorar essa última observação...

– Certamente que não!

Ela fechou a cara ao descobrir aquilo.

– Quando Linley o aconselhou a não me pedir em casamento e quais foram os motivos? Aquele idiota insuportável, eu gostaria de dizer a ele...

– Lydia, pare! – aconselhou Wray em voz baixa. – Alguém pode ouvir. Não foi nada, apenas uma breve conversa que tivemos antes de eu pedir sua mão a seu pai. Acabei comentando com Linley que ia pedi-la em casamento, e ele deu sua opinião.

– Uma opinião negativa, ao que parece.

Esforçando-se para controlar seu temperamento, Lydia sentiu o rubor tomar conta de seu rosto e pescoço.

– Quais foram as objeções?

– Não lembro.

A irritação claramente a sufocava.

– Lembra, sim. Ah, não seja cavalheiro uma vez na vida e me conte!

Wray balançou a cabeça e respondeu com firmeza.

– Eu não deveria ter sido tão descuidado com minhas palavras. Não importam quais sejam as objeções de Linley ou de ninguém. Estou decidido a torná-la minha esposa e ponto final.

– Decidido? – repetiu Lydia, fazendo uma careta engraçada.

Wray tocou seu cotovelo enluvado.

– Vamos nos juntar às pessoas – pediu ele. – Teremos todo o tempo do mundo para conversas em particular depois que nos casarmos.

– Mas milorde...

Ele a levou em direção ao grupo de amigos e todos seguiram conversando com tranquilidade. Para Lydia, entretanto, era impossível se concentrar na conversa. Em silêncio, ela fumegava, cada vez mais enraivecida. Mesmo antes, ela considerava Jake Linley o homem mais irritante que já havia conhecido. Como ele ousara tentar dissuadir o conde de se casar com ela? Ela se perguntou o que ele teria dito a Wray – sem dúvida, fizera com que ela parecesse um péssimo negócio.

Linley não fazia nada além de ridicularizar e irritar Lydia desde que se conheceram, havia quatro anos. Ela torcera o tornozelo em uma partida de tênis. Fora durante uma festa em um fim de semana na propriedade de um amigo, para a qual muitas famílias proeminentes de Herefordshire haviam sido convidadas. Depois que Lydia se machucara em uma jogada forte, seu irmão mais novo, Nicholas, a ajudara a ir mancando até a sombra de uma árvore frondosa.

– Acho que os Linleys estão aqui – dissera Nicholas, acomodando-a com cuidado sobre um pano estendido na grama aveludada ao lado dos restos do piquenique de que tinham desfrutado. – Fique sentada aqui enquanto eu vou buscar o médico.

O velho Dr. Linley era um homem gentil e confiável, que havia auxiliado no parto dos últimos dois filhos dos Cravens.

– Rápido – dissera Lydia, dando um sorriso sofrido ao ver três jovens ansiosos se aproximarem. – Estou prestes a ser cercada.

Nicholas sorrira também, de repente ficando igualzinho ao pai.

– Se algum deles tentar examinar seu tornozelo, pareça enjoada e ameace colocar o almoço para fora.

Enquanto o irmão corria colina acima até a casa principal, Lydia de fato se vira sob o cerco de pretendentes entusiasmados. Ela não podia fazer nada além de ficar ali sentada enquanto a multidão de homens a importunava, um deles servindo um copo d'água, outro pondo um pano úmido em sua testa, o terceiro com o braço em suas costas, para o caso de ela se sentir fraca.

– Estou ótima! – protestara ela, sufocada por tanta atenção. – Só torci o tornozelo. Não, Sr. Gilbert, não é preciso que veja... Por favor, todos vocês...

De repente os três jovens ardentes foram enxotados por uma enérgica voz masculina.

– Vão embora, todos vocês. Eu cuido da Srta. Craven.

Relutantes, todos deram meia-volta e saíram, e o recém-chegado se agachara diante de Lydia.

Ao fitar os olhos cinzentos com cílios escuros do estranho, Lydia chegara a esquecer a dor latejante em sua perna. Embora bem-vestido, o homem chegara um pouco desalinhado: a gravata solta demais, o casaco mal passado. Parecera ser cerca de dez anos mais velho do que ela, com um vigor masculino que Lydia considerara muito atraente. Às vezes, homens muito bonitos davam a impressão de ser um pouco fúteis, talvez até egocêntricos, por sua perfeição física. Mas ele era másculo, com traços audaciosos e cabelo grosso, da cor do trigo, bem curto na altura da nuca. Ele sorrira para ela, e os dentes eram um clarão branco em seu rosto bronzeado.

– O senhor não é o Dr. Linley – constatara Lydia.

– Sou, sim.

Ele lhe estendera a mão, ainda sorrindo.

– Dr. Jake Linley. Meu pai me mandou em seu lugar, uma vez que está imerso em uma taça de vinho do Porto e não quis descer a colina.

Os dedos de Lydia foram mergulhados em um aperto firme que enviara uma sensação agradável por seu braço. Bom Deus, ela ouvira histórias sobre o belo e impetuoso filho mais velho do médico, mas nunca o conhecera.

– É o filho que tem má reputação – dissera.

Soltando sua mão, ele lhe lançara um olhar sorridente.

– Espero que não seja do tipo que usa a reputação de um homem contra ele.

– De maneira alguma – respondera Lydia. – Homens de má reputação costumam ser muito mais interessantes que os respeitáveis.

O olhar dele deslizara sobre ela em uma investigação rápida mas minuciosa, começando pelo cabelo preto ondulado e terminando nos dedos dos pés, que saíam da massa volumosa da saia branca de babados. Um canto de sua boca se levantara em um meio sorriso sedutor.

– Seu irmão disse que a senhorita machucou a perna. Posso dar uma olhada?

De repente, a boca de Lydia secara. Ela nunca tinha ficado tão nervosa com alguém antes. A cabeça se movera em um aceno quase imperceptível, e ela ficara imóvel quando Jake Linley ergueu a barra de sua saia alguns centímetros. Ele assumira uma expressão bastante profissional, uma conduta impessoal, mas ainda assim ela sentira o coração bater forte. Enquanto olhava para a cabeça dele, com a luz do sol espalhando-se pelas folhas de bordo e fazendo com que o cabelo dele brilhasse em todos os tons do dourado ao âmbar escuro, as mãos grandes e gentis do homem se movimentaram por sua perna.

– Apenas uma leve torção – diagnosticara ele. – Eu a aconselho a repousar pelos próximos dois dias.

– Tudo bem – respondera ela, sem fôlego.

Ele pegara um guardanapo de linho na cesta de piquenique próxima e, com habilidade, imobilizara o tornozelo inchado.

– Minha maleta está na casa – murmurara. – Se a senhorita permitir que eu a carregue até lá, posso enfaixar seu tornozelo adequadamente e colocar um pouco de gelo... e lhe dar algo para a dor, se quiser.

Lydia aceitara a oferta com um brusco meneio de cabeça.

– Desculpe pelo incômodo.

Ela ofegara quando ele a levantou com cuidado e a apoiou no peito. Seu corpo era firme e musculoso, e ela se segurara nos ombros fortes.

– Não é incômodo algum – respondera ele, alegre, ajustando os braços ao redor dela. – Resgatar donzelas feridas é meu passatempo favorito.

Para o desgosto infinito de Lydia, aquele primeiro encontro com Jake Linley fizera surgir uma paixão selvagem que durara cerca de quatro horas. Mais tarde, no mesmo dia, ela acabara ouvindo por acaso um trecho de uma conversa entre ele e outro convidado da festa.

– Ora, Linley – comentara o convidado. – Agora vejo por que virou médico. Você conseguiu entrar embaixo da saia de todas as mulheres bonitas de Londres, inclusive a filha do Craven.

– Apenas para fins profissionais – fora a resposta sarcástica de Linley. – E eu lhe garanto que não tenho nenhum interesse na Srta. Craven.

O comentário magoara e humilhara Lydia, afastando suas ideias românticas com uma brusquidão desagradável. Daquele momento em diante, Lydia passara a tratar Linley com frieza sempre que se encontravam. Com o passar dos anos, a antipatia mútua aumentara a ponto de eles não poderem dividir o mesmo cômodo sem iniciar uma discussão que fazia com que todos corressem para se proteger. Lydia tentava ser indiferente, mas algo em Linley a provocava até as profundezas da alma. Quando estava com ele, ela se via dizendo coisas que não queria dizer e ruminava seus encontros turbulentos até muito depois de se despedirem. Durante uma de suas batalhas, Linley lhe dera o irritante apelido de "Lydia Logaritmos", que amigos e familiares ainda usavam de vez em quando para provocá-la.

E agora ele tinha tentado impedir seu noivado com Wray.

Magoada e furiosa, Lydia pensou mais uma vez na noite em que o noivado fora anunciado... no momento surpreendente em que Linley a beijara e na própria reação vergonhosa. Se a intenção dele era zombar de Lydia e deixá-la confusa, ele conseguira, com louvor.

Voltando a se concentrar nos acontecimentos recentes, Lydia decidiu que não suportaria mais um instante da conversa fútil que a rodeava. Ficou nas pontas dos pés e sussurrou para o noivo:

– Milorde, minha cabeça começou a doer. Preciso encontrar um lugar tranquilo para me sentar.

O conde olhou para ela com preocupação.

– Eu a acompanho.

– Não – respondeu ela, apressada. – Não há necessidade. Vou para um canto tranquilo. Prefiro que fique com nossos amigos. Eu volto assim que me sentir melhor.

– Tudo bem.

Um brilho provocador surgiu nos olhos azuis de Wray.

– Chego a desconfiar que minha querida Srta. Lydia Logaritmos vai se esconder para tentar resolver alguma fórmula matemática...

– Milorde! – protestou ela, fazendo cara feia por causa do apelido odioso.

Ele riu.

– Perdão, minha querida. Eu não deveria provocá-la assim. Tem certeza de que não quer minha companhia?

– Sim, tenho.

Lydia deu um sorriso para mostrar que o desculpava e se foi, com a promessa de voltar logo.

Ao deixar o salão lotado, Lydia mal conseguiu conter o ímpeto de sair correndo. O ar estava denso com o aroma de flores, perfume, suor e vinho, e o murmúrio interminável das conversas fazia seus ouvidos zumbirem. Ela nunca desejara tanto ficar sozinha. Se ao menos conseguisse ir até seu quarto, onde teria privacidade... mas não havia como chegar lá sem passar por um corredor de pessoas que insistiriam em pará-la para uma conversa chata.

Ao avistar a mãe, que estava com as amigas perto das portas francesas que levavam aos jardins, Lydia foi até ela de imediato.

– Mamãe – chamou. – Está abafado aqui e minha cabeça está doendo. A senhora se importaria se eu sumisse por um tempinho?

Sara olhou para ela com preocupação e deslizou o braço esguio e enluvado por sua cintura.

– Você está um pouco corada. Devo pedir a um criado que pegue um remédio no armário da governanta?

– Não, obrigada.

Lydia sorriu enquanto a mãe tirava a luva e encostava a mão fria e macia na lateral de seu rosto.

– Estou bem, mamãe. Estou só... Ah, não sei. Cansada, eu acho.

Sara fitou a filha com um olhar compreensivo, notando sua frustração.

– Aconteceu alguma coisa, querida?

– Na verdade, não, mas...

Lydia puxou a mãe de lado.

– Lorde Wray acaba de me contar que Jake Linley o aconselhou a não se casar comigo – sussurrou ela para a mãe, com uma expressão irritada. – Pode imaginar tamanha arrogância? Eu queria golpeá-lo com o objeto pesado mais próximo, aquele canalha insuportável, mesquinho, egoísta...

– Que argumento o Dr. Linley apresentou para sua objeção ao casamento?

– Não sei.

Lydia deu um suspiro sonoro.

– Com certeza Linley acha que sou inferior a Wray e que ele conseguiria alguém muito melhor do que eu.

– Hum, não me parece algo que ele diria.

Sara acariciou as costas de Lydia com delicadeza.

– Respire fundo, querida. Sim, isso. Ouça: não há motivo para ficar irritada com a opinião do Dr. Linley, uma vez que não parece ter tido efeito no desejo de lorde Wray de se casar com você.

– Bom, mas eu me irritei, *sim* – murmurou Lydia. – Aliás, fiquei com vontade de quebrar alguma coisa. Como Linley pôde fazer algo assim?

Para seu desgosto, ela ouviu um tom de tristeza na própria voz ao acrescentar:

– Nunca entendi por que ele me odeia tanto.

– Não acho que ele a odeie – respondeu Sara, apertando-a para consolá-la. – Na verdade, talvez eu saiba o motivo de ele ser contra o noivado. Sabe, conversei com a mãe dele um dia desses, quando nos encontramos por acaso na chapelaria, e ela me confidenciou que ele...

Sara parou de falar ao perceber alguém se aproximando do salão.

– Ah, os Raifords chegaram! – exclamou. – A filha deles, Nicole, teve o segundo filho há apenas quinze dias. Preciso perguntar sobre ela. Conversamos depois, querida.

– Mas, mamãe, a senhora tem que me falar... – começou a dizer Lydia, porém a mãe já saíra em direção aos amigos.

A noite ficava cada vez mais irritante.

O que a mãe de Linley tinha dito sobre ele? Frustrada, Lydia foi até as portas francesas e saiu. Sem hesitar, ela se dirigiu ao único lugar onde sabia que ficaria sozinha: a adega.

Durante toda a infância, a adega fora seu refúgio favorito. Ela e os irmãos mais novos sempre foram fascinados pela grande sala subterrânea com três câmaras, cada uma delas com centenas de prateleiras de garrafas âmbar e verdes cobertas por rótulos estrangeiros. Tinha a fama de ser uma das melhores coleções da Inglaterra, abastecida com uma variedade extravagante de champanhes, conhaques, vinhos do Porto, da Borgonha, de Bordeaux, xerez e licores especiais e caros.

Na câmara mais distante, onde as garrafas eram abertas para que seu conteúdo fosse provado, havia um banco, um armário e uma mesinha. Lydia se lembrava de inúmeras brincadeiras em que ela e os irmãos eram piratas, espiões ou apenas se escondiam nas reentrâncias sombrias da adega. Às vezes ela se sentava à mesinha e resolvia alguns problemas matemáticos, saboreando o silêncio e a fragrância de madeira envelhecida, especiarias e cera.

Abriu uma pesada porta e desceu um pequeno lance de degraus de pedra. Lamparinas haviam sido deixadas acesas para facilitar as idas frequentes do criado à adega para buscar bebidas para os convidados. Depois da confusão lá em cima, o silêncio abençoado da adega era um alívio indescritível.

Lydia respirou fundo e começou a relaxar. Com um sorriso pesaroso, massageou a nuca tensa. Talvez estivesse finalmente experimentando o nervosismo nupcial, depois de ter passado dias preocupada por *não* senti-lo.

Uma voz baixa interrompeu a serenidade sombria da adega.

– Srta. Craven?

Lydia ergueu a cabeça, assustada, e olhou para o homem que menos queria ver. Na vida.

– Linley – disse ela em um tom soturno, deixando a mão cair junto ao corpo. – O que está fazendo aqui?

CAPÍTULO 3

Naquele ambiente bolorento e de sombras densas, a pele escura e ensolarada de Jake Linley era ainda mais impressionante. De alguma forma, não parecia adequado que ele estivesse no subsolo, ainda que para uma visita rápida a uma adega. Embora ele fosse seu adversário, Lydia tinha que reconhecer que era um dos homens mais atraentes que ela já vira. Linley não era muito mais velho que Wray, mas parecia muito mais vivido. Seu conhecimento do mundo ficava ainda mais óbvio pela maneira como ele tentava escondê-lo com uma leveza irreverente. Era fácil se deixar enganar por seu charme indiferente, o brilho irônico de seu sorriso e a graça de seus movimentos. Mas seus olhos o traíam. O cinza-claro profundo era preenchido pelo cansaço de um homem que vira e experimentara coisas demais e nunca encontrara uma forma de escapar das realidades dolorosas que a profissão às vezes lhe impunha.

– Seu pai me deixou dar uma olhada na adega – explicou ele.

Isso não era incomum. Lydia estava acostumada com o interesse que visitantes demonstravam pela renomada coleção do pai. Contudo, parecia um azar e tanto que Linley estivesse examinando as prateleiras exatamente quando ela buscava privacidade ali.

– Já viu o bastante? – perguntou Lydia, não sem estremecer por dentro por causa da grosseria.

Sua mãe havia criado todos os Cravens segundo padrões inquestionáveis de educação. No entanto, a presença de Jake Linley era mais do que ela poderia suportar.

– Porque eu gostaria de ficar sozinha – completou.

A cabeça dele se inclinou um pouco enquanto lançava um olhar a Lydia.

– Está se sentindo mal? – perguntou. – Se estiver...

Lydia o interrompeu com uma bufada de desdém.

– Por favor, não se dê o trabalho de fingir preocupação com meu bem-estar. Eu sei que não é verdadeira.

Jake Linley se aproximou dela devagar e parou sob a luz fraca. Como era injusto que um homem fosse tão pérfido e tão bonito! Ele usava um traje formal em tons de branco e preto, com uma gravata cinza de seda que destacava seus olhos. A roupa de corte perfeito caía de modo elegante em seu porte esguio e imponente, mas, como sempre, ele parecia um tantinho desgrenhado, como se tivesse puxado e repuxado com irritação o traje repressor. Os sinais sutis de desalinho praticamente imploravam que uma mulher ajeitasse sua gravata e endireitasse seu colete, gestos íntimos que uma esposa dirigiria ao marido.

– Por que acha que minha preocupação é falsa? – perguntou ele.

O ressentimento – e alguma outra emoção ainda mais dolorosa e não identificada – fez com que um nó apertado se formasse na garganta de Lydia.

– Porque sei que tentou convencer lorde Wray de que eu não era boa o bastante para ele e, assim, fazê-lo desistir de me pedir em casamento.

Ele semicerrou os olhos.

– Foi isso que ele lhe disse?

– Não com essas palavras. Mas o senhor o aconselhou a não se casar comigo, por isso nunca vou perdoá-lo.

Linley soltou um suspiro um tanto soturno e encarou o piso antigo de pedra como se contemplasse um problema complexo e sem solução – quase como a expressão de Lydia ao descobrir que um número negativo não podia ter raiz quadrada.

– A senhorita tem razão – admitiu ele. – Eu aconselhei mesmo Wray a não pedir sua mão.

– Por quê?

– Isso importa agora? Wray desconsiderou meu conselho, a senhorita aceitou o pedido e a questão vai ser concluída em cerca de 38 horas.

Lydia olhou para ele com um interesse agudo e repentino.

– Está contando as horas?

Linley deu um passo para trás como alguém que recebesse um golpe inesperado. Havia certa cautela no brilho de seus olhos, como se Lydia tivesse se aproximado demais de um segredo vital.

– Vou deixá-la em sua privacidade, Srta. Craven. Perdoe-me por interromper sua solidão.

Linley se virou e Lydia o fitou, furiosa, enquanto ele se afastava.

– O senhor pede desculpas por isso, mas não pelo que disse a lorde Wray?

Ele parou por um instante.

– Isso mesmo – respondeu, sem olhar para ela, e subiu os degraus.

Lydia seguiu para a câmara mais distante pisando firme e se jogou na cadeira de madeira, que rangeu. Bateu a bolsa de seda na mesa, soltou um gemido de desgosto e apoiou a cabeça entre as mãos. Uma noiva prestes a se casar não deveria ficar daquele jeito: desconfortável, agitada, irritada. Ela deveria estar feliz. Sua cabeça deveria estar cheia de sonhos. Em todos os romances que lera, o dia do casamento era a ocasião mais maravilhosa da vida de uma jovem. Se isso era verdade, então mais uma vez ela estava fora de sintonia com o mundo, porque não se sentia nem um pouco ansiosa.

Ela sempre quisera tanto ser como as outras... Tentara imitar as amigas e fingira interesse em bonecas e brincadeiras dentro de casa, quando preferia subir em árvores e brincar de exército com os irmãos. Mais tarde, na época em que as primas foram seduzidas pela moda, por intrigas românticas e outras diversões femininas, Lydia se encantara pelo fascinante mundo da matemática e da ciência. Não importava quanto a família a amasse e protegesse, não podia defendê-la dos boatos maliciosos e dos comentários sussurrados que sugeriam que ela não era feminina, não era convencional, que era... peculiar.

Agora por fim Lydia encontrara um homem que era considerado excelente partido por todos e que até compartilhava de seus interesses. Quando se casasse com lorde Wray, finalmente encontraria seu lugar. Faria parte do grupo em vez de estar à margem dele. E isso seria um alívio.

Por que, então, ela não estava feliz?

Lydia massageou as têmporas doloridas enquanto se preocupava em silêncio. Precisava conversar com alguém que fosse sábio e compreensivo e pudesse ajudá-la a afastar as pontadas inexplicáveis de decepção e anseio que Jake Linley tinha lhe causado. Seu pai. A ideia a confortou na hora. Sim, ela procuraria o pai mais tarde. Sempre pudera contar tudo a ele, e seu conselho, ainda que brusco, era invariavelmente confiável.

Sentindo-se um pouco melhor, ela pegou papel e um lápis na bolsa e os colocou sobre a mesa. Assim que começou a escrever uma longa sequência de números em um pedaço de papel que já estava cheio de rabiscos, ouviu o som de passos.

Carrancuda, ela levantou a cabeça e viu o rosto sério de Linley.

– Por que ainda está aqui?

– Está trancada – respondeu ele, seco.

– A porta? Mas não é possível. Ela só tranca por fora.

– Bom, está. Empurrei com todo o meu peso e a maldita nem se mexeu.

– Há outra porta na segunda câmara que leva à despensa – informou Lydia. – O senhor pode sair por lá.

– Já tentei. Também está trancada.

Franzindo a testa, Lydia apoiou o queixo na mão.

– Quem teria trancado a porta? E por quê? Deve ter sido um acidente. Ninguém teria motivo para nos trancar aqui juntos. A menos que...

– A menos que...?

– Pode ter sido Eugenia King – disse Lydia com raiva. – Ela quer se vingar de mim desde que consegui conquistar lorde Wray. Ela tinha o desejo de fisgá-lo. Ah, ela adoraria causar um escândalo para me comprometer com um libertino como o senhor, a menos de dois dias do casamento.

Assim que outro pensamento ocorreu a Lydia, ela lançou um olhar penetrante ao médico.

– Ou talvez *o senhor* tenha planejado isso. Pode ser parte de seu plano para evitar meu casamento com Wray.

– Pelo amor de Deus! – disse ele, irritado. – Eu entrei na adega primeiro, lembra? Não fazia ideia de que a senhorita fosse aparecer. E não me importa que se casem ou não. Só dei minha opinião quando ele pediu.

Largando o lápis sobre a mesa, Lydia se virou na cadeira para encará-lo. Sua indignação fervia.

– Aparentemente, deu sua opinião com grande entusiasmo. Sem dúvida, o senhor ficou muito feliz com a oportunidade de fazer comentários depreciativos sobre mim.

– Não fiz comentários depreciativos sobre a senhorita. Eu só disse que...

Linley fechou a boca de repente.

– O quê? – indagou Lydia, cerrando o punho sobre a superfície irregular da mesa.

Quando o olhar dele buscou o dela, o silêncio pareceu tão pesado e íntimo que Lydia mal conseguiu respirar. Pela primeira vez, os dois tinham a liberdade de fazer ou dizer qualquer coisa que quisessem, e isso deixava a situação potencialmente... explosiva. Depois de uma longa pausa, Linley perguntou com a voz branda:

– Por que se importa com o que eu penso?

Acuada, Lydia se levantou e, para se afastar dele, seguiu em direção às prateleiras que iam do chão ao teto. Correu o dedo por uma fileira de rolhas lacradas com cera e inspecionou a poeira que se acumulou em sua pele.

– Acho que não consigo resistir a tentar resolver um quebra-cabeça – confessou ela por fim. – E nunca consegui entender a origem da discórdia entre nós. É óbvio para todos que nunca nos demos bem. É por causa das origens da minha família? Por meu pai ser um filho ilegítimo e por causa da casa de apostas...

– Não – respondeu Linley de pronto. – Eu jamais desprezaria seu pai nem sua família por isso. Eu só tenho admiração pelo homem que ele se tornou. E as origens da minha família não são melhores que as da sua. Como todos sabem, os Linleys não têm nada de sangue azul.

Ele deu um sorriso sombrio.

– Por outro lado, por mais que eu estime seu pai, não há dúvida de que ele também é manipulador e dominador, um homem capaz de tudo para conseguir o que quer. Além disso, ele é rico como um rei. Em outras palavras, Craven é o sogro dos infernos. Wray se sente intimidado por ele. Seu pai não hesitaria em fazer seu marido dançar conforme a música que ele quiser tocar... e nenhum casamento suporta esse tipo de interferência.

– Não vou deixar meu pai intimidá-lo – rebateu Lydia, na defensiva.

Linley respondeu com uma bufada zombeteira e se apoiou na mesa, deixando um pé balançar languidamente.

– Seu marido precisa ter colhões para enfrentar Craven sem a sua proteção. E Wray não tem. Mais cedo ou mais tarde, ele vai se ressentir da senhorita por isso, quase tanto quanto a senhorita vai se ressentir dele.

Lydia seria capaz de dar quase tudo para contradizê-lo.

– Um homem pode mudar – afirmou ela.

– Mesmo que mude, isso não altera o outro fato pertinente.

– Que seria...?

A luz inconstante da lamparina fazia o cabelo bagunçado dele brilhar como ouro antigo e reluzia em sua pele barbeada.

– Vocês não se amam.

Lydia emudeceu e sua pulsação acelerou loucamente quando Linley se aproximou. Não percebeu que se afastava até sentir a prateleira de vinhos em seus ombros e ouvir o tilintar das garrafas.

Linley apoiou as mãos na prateleira, uma de cada lado de Lydia, os dedos nos suportes de ferro que mantinham as garrafas no lugar. Ele estava perto demais, seu corpo assomava sobre o dela. As narinas de Lydia foram invadidas por seu perfume, o frescor de sabonete se sobrepondo à masculinidade quente e salgada de sua pele. Ela respirou fundo de novo, mas de alguma forma seus pulmões não pareciam funcionar direito. Era estranho que ela nunca tivesse percebido como ele era alto. Lydia era mais alta que a média, mas ele parecia pairar sobre ela, com seus ombros bloqueando a luz suave da lamparina.

Os dedos de Linley se dobraram em volta do ferro.

– A senhorita deveria se casar com um homem que fosse capaz de vender a alma para ter uma noite ao seu lado.

– Como o senhor sabe que Wray não sente isso por mim? – sussurrou ela.

– Porque, se ele sentisse, a senhorita já não seria mais tão inocente a esta altura.

Um rubor surgiu no alto das bochechas e na ponte do nariz dele.

– Se a senhorita fosse minha, eu jamais teria conseguido esperar todos esses meses sem...

Ele parou e engoliu em seco, e sua respiração atingiu os lábios dela em baforadas leves e quentes. Com ele cada vez mais perto, Lydia quase conseguia sentir o calor animal de seu corpo.

Os pensamentos de Lydia se dispersaram, fora de controle, quando ela percebeu que ele ia beijá-la. A jovem notou o calor das mãos ao redor de sua nuca, apoiando-a, embalando-a. O rosto masculino se aproximou ainda mais do dela, então tudo ficou turvo e Lydia fechou os olhos. Ela sentiu um toque aveludado no canto da boca... outro no centro vulnerável do lábio inferior...

A boca de Linley foi pousando sobre a dela aos poucos até dominá-la, até se apossar dela de forma completa e úmida.

De repente, Lydia se sentiu embriagada como no Natal anterior, quando tomara duas taças grandes de ponche de rum e passara o resto da noite em uma névoa agradável que parecia enfraquecer seus joelhos.

Ela cambaleou, tonta, e ele imediatamente a apoiou na solidez de seu corpo. Ele a beijou mais profundamente, afastando seus lábios para sentir seu sabor com carícias suaves e urgentes. O prazer surpreendeu Lydia, e sua boca se abriu com ardor para receber a língua quente que deslizava.

Ele a beijou devagar, levando-a a se contorcer junto a seu corpo másculo. Os dedos dela escorregaram até seu cabelo grosso, puxando sua cabeça em direção à dela, e um som suave veio do fundo da garganta de Linley.

De repente, ofegando, ele afastou os lábios dos dela.

– Maldição. Eu não deveria ter feito isso. Perdoe-me.

O polegar de Linley acariciou com delicadeza a curva do lábio inferior dela, e ele a encarou com um olhar de desejo que a surpreendeu.

– Perdoe-me – repetiu. – Vou largá-la agora. Eu...

Seus braços se soltaram um pouco, mas ele parecia incapaz de tirá-los de sua cintura.

– Meu Deus, Lydia – sussurrou ele, e sua cabeça se curvou na direção dela de novo.

Seus lábios tomaram os dela com compulsão, saboreando o abandono em sua reação. Lydia sentiu as mãos dele passearem, uma delas pressionando seu quadril com mais firmeza contra o dele enquanto a outra deslizava sob o peso arredondado de seu peito, levantando-o levemente.

O calor dos dedos masculinos atravessou a seda grossa do corpete, e Linley acariciou o bico enrijecido com a ponta do polegar, desenhando círculos demoradamente, sem parar de beijá-la. A necessidade que ele libertou foi tão intensa que Lydia ficou assustada.

Com um gemido baixo, Lydia se afastou dele, de alguma forma abrindo caminho até a mesa de vinho. Ela se jogou na cadeira, arfando, e estendeu as mãos suadas na superfície gasta da mesa.

Jake permaneceu próximo às prateleiras, descansando a testa em uma delas. Por fim, deu um passo para trás e passou a mão com força no cabelo. Lydia percebeu o tremor em seus dedos e o rufar profundo de sua respiração.

– Tenho que sair daqui – disse ele de súbito. – Não posso ficar sozinho com a senhorita.

Lydia esperou que seus batimentos cardíacos desacelerassem antes de tentar falar.

– Linley... Jake... que tipo de jogo é esse?

– Não é um jogo.

Seus olhos pálidos encararam os dela.

– Eu desejei você desde o primeiro dia em que a vi.

– Isso não pode ser verdade. Eu o ouvi dizer que não tinha interesse nenhum em mim.

– Quando?

– No dia em que nos conhecemos, depois que enfaixou meu tornozelo.

– Você só tinha 16 anos – ressaltou ele, com ironia. – Eu teria parecido um velho depravado se admitisse que me sentia atraído por você.

– Na noite do meu noivado, quando me beijou... foi porque se sentia atraído por mim?

– Por que outro motivo eu teria feito isso?

O rosto dela queimou com a lembrança.

– Eu achei que estivesse apenas tentando me envergonhar.

– Você achou que... – começou ele, com um olhar incrédulo, então parou bruscamente. – Inferno. Você vai se casar em dois dias. Faz algum sentido discutir isso agora?

Lydia se sentiu muito estranha, um tanto desesperada e irritada, como se tivesse perdido algo que na verdade nunca tivera. Como se tivessem lhe roubado algo.

– Tem razão – concordou ela, devagar. – Não faz sentido discutir isso agora. Nada me convenceria a mudar de ideia sobre me casar com lorde Wray.

Jake ficou em silêncio ao ouvir isso, com o olhar perdido, a boca levemente taciturna.

– Wray e eu somos compatíveis em todos os sentidos – declarou Lydia, sentindo necessidade de enfatizar a afirmação. – Para começar, ele é o único homem que leu meu artigo para o *Diário da Ciência Prática*...

– *Eu* li – interrompeu Linley.

– Leu?

Linley sorriu ao perceber sua surpresa.

– Só a primeira parte.

– O que achou?

– Eu dormi na parte sobre tetraídros congruentes e desmembrados.

– Tetraedros – corrigiu Lydia com um leve sorriso, ciente de que seu artigo seria mesmo enfadonho para qualquer um que não fosse matemático. – Bem, espero ter lhe proporcionado uma boa noite de sono.

– Proporcionou, sim.

Ela riu e eles se entreolharam por um instante de prazer inesperado e ingênuo. Devagar, Lydia relaxou o corpo no encosto da cadeira.

– Se não é de matemática, então de *que* você gosta?

– De pescar trutas. Ler jornais em cafés. Caminhar por Londres ao amanhecer – contou ele, e seu olhar fitou os lábios dela. – Beijar em adegas.

Lydia segurou um sorriso diante do comentário malicioso.

– Diga de que você gosta – pediu ele.

– Bilhar, arquitetura, aquarela... embora eu seja péssima nisso. Também gosto de jogar baralho, mas só com meu pai, pois ele é o único que consegue ganhar de mim.

E também de beijar em adegas, pensou Lydia.

Ela se pôs de pé, vasculhou um armário ao lado da mesa e pegou um saca-rolhas, um raspador de cera e duas taças de degustação.

– Sei de mais uma coisa de que vai gostar – anunciou ela, apontando com uma taça vazia para a prateleira mais próxima dele. – Olhe para a direita na fileira de baixo... a garrafa de rótulo dourado e verde. Um d'Yquem Sauterne, o melhor vinho do Porto que já experimentou...

Jake se agachou para pegar a garrafa, mas lançou um olhar inquisidor a Lydia.

– Já que estamos aqui... – explicou ela. – Quem sabe quanto tempo vamos ficar presos? Mais cedo ou mais tarde, um criado virá para pegar vinho, mas, enquanto isso, vamos tirar proveito da situação.

Jake pegou a garrafa na prateleira e a levou até a mesa. Com habilidade, passou o raspador pelo lacre e pegou o saca-rolhas. Lydia ficou hipnotizada com os movimentos de suas mãos, tão graciosos e hábeis, enquanto ele girava o espiral de metal para fincá-lo na rolha e a retirava da boca da garrafa.

Ao se lembrar da delicadeza com que aquelas mãos grandes tinham acariciado seu rosto e seu peito, Lydia sentiu uma pontada de prazer.

Depois de servir duas taças do líquido pesado e vermelho-arroxeado, Jake entregou uma a ela, parecendo tomar um cuidado especial para não tocar seus dedos.

– Ao seu casamento – brindou ele de súbito.

Eles fizeram as taças tilintarem.

Quando Lydia bebeu, o sabor inebriante do vinho raro deslizou por sua língua e escorreu docemente pela garganta.

Ela voltou a se sentar na cadeira enquanto Jake tirava o casaco e se apoiava na mesa.

– Em que está trabalhando? – perguntou ele, olhando para o papel que ela havia deixado ao lado da bolsa, salpicado com símbolos matemáticos.

– Estou desenvolvendo um conjunto de fórmulas para uma máquina de análise de probabilidades. Alguns amigos do Museu de Mecânica de Londres estão trabalhando no projeto e me convidaram para colaborar.

– O que ela faria?

– Poderia ser usada para calcular os resultados de jogos de azar ou até para objetivos mais sérios, como estratégias militares ou econômicas.

Lydia se entusiasmou com o assunto enquanto ele ouvia com atenção.

– Meus amigos, que são muito mais voltados para a mecânica que eu, criaram um sistema que usa engrenagens metálicas para representar números e símbolos. Mas, é claro, essa máquina nunca vai ser construída, pois exigiria milhares de peças específicas e ocuparia um prédio inteiro.

Jake pareceu muito entretido com a ideia.

– Todo esse trabalho para uma máquina hipotética?

– Vai zombar de mim? – questionou Lydia, com as sobrancelhas erguidas.

Jake balançou a cabeça devagar, ainda sorrindo.

– Que cérebro impressionante você tem!

O comentário não soou nada zombeteiro. Na verdade, a expressão dele era de admiração.

Lydia bebericou o vinho do Porto enquanto tentava ignorar o tecido retesado da calça de Jake em suas coxas musculosas. Ele era uma criatura resplandecentemente masculina, um libertino de olhos cansados. Sem nenhum esforço, ela poderia se levantar, se encaixar no espaço convidativo entre aquelas coxas e puxar a cabeça dele na direção da sua. Ela queria beijá-lo de novo, explorar sua boca deliciosa, sentir as mãos dele acariciando seu corpo. Em vez disso, permaneceu sentada e olhou para ele com o cenho franzido. Não conseguia parar de pensar em quantas outras mulheres teriam sentido aquela mesma atração.

– Em que está pensando? – perguntou ele.

– Estou me perguntando se é tão libertino quanto dizem.

Ele considerou a questão com cuidado.

– Não sou nenhum exemplo – admitiu.

– Tem fama de ser um sedutor de mulheres.

O rosto de Jake era impenetrável, mas ela notou o desconforto que o comentário tinha causado. Ele ficou em silêncio durante tanto tempo que Lydia achou que não fosse responder. No entanto, ele se obrigou a olhar em seus olhos e falou com firmeza.

– Eu nunca seduzi ninguém. E jamais dormiria com alguém que tivesse procurado meus serviços profissionais. Mas às vezes aceito o que me oferecem.

O interior fresco e escuro da adega os envolvia em um casulo, isolando-os do mundo lá fora, onde jovens solteiras não discutiam assuntos indecentes com libertinos. Lydia sabia que nunca mais teria a chance de conversar intimamente com o homem que a atormentava e fascinava havia tantos anos.

– Por quê? – perguntou ela com a voz suave. – É porque se sente sozinho? Ele balançou a cabeça.

– Não, não é solidão. É mais uma necessidade de... distração.

– Distração de quê?

Jake poderia ter evitado a pergunta. Em vez disso, encarou Lydia com firmeza, os olhos sombrios.

– Sem falsa modéstia, sou muito bom no que faço. Mas, na minha profissão, é inevitável se deparar com a morte e a dor. Às vezes é terrível demais tentar ajudar alguém com um ferimento fatal ou uma doença incurável, ouvir um marido implorar que salve sua esposa ou uma criança pedir que não deixe o pai morrer. Com frequência, apesar de me esforçar ao máximo, eu fracasso. Tento encontrar as frases certas, oferecer consolo, explicar por que as coisas acontecem... Mas não há palavras para isso.

Ele estava quase de costas, mas Lydia conseguiu notar um leve rubor que surgiu em sua bochecha bronzeada.

– Eu me lembro do rosto de cada paciente que morreu sob meus cuidados. E, nas noites em que não consigo parar de pensar neles, preciso de algo, alguém... que me ajude a esquecer. Pelo menos por um instante.

Jake olhou para ela com cautela.

– Ultimamente não tem funcionado tão bem.

Lydia nunca imaginara que ele conversaria com ela com tamanha honestidade. Ele sempre parecera tão autoconfiante, tão invulnerável.

– Por que continua sendo médico, se isso lhe causa tanta infelicidade? – perguntou ela.

A garganta dele foi tomada por uma gargalhada reprimida.

– Porque há dias em que consigo fazer as coisas certas e ajudar alguém a sobreviver, por mais improvável que seja. E às vezes sou chamado para trazer um bebê ao mundo e, quando olho para aquela vida nova em minhas mãos, eu me encho de esperança.

Ele balançou a cabeça e olhou para a parede, como se observasse algo muito distante.

– Já presenciei milagres. De vez em quando o céu sorri para as pessoas que mais precisam e elas recebem o maior presente de todos: uma segunda chance para viver. E então eu agradeço a Deus por ser médico e tenho certeza de que jamais poderia ser outra coisa.

Lydia o encarou com uma expressão de surpresa enquanto seu coração parecia se contrair em uma dor peculiar, doce.

Ah, não!, pensou ela em um ataque de confusão e pânico.

Em um momento escaldante, todo o seu orgulho e o seu amor-próprio lhe foram arrancados. Ela temeu estar apaixonada por um homem que conhecia havia anos... um homem tão familiar e ao mesmo tempo um estranho.

CAPÍTULO 4

— ake – disse Lydia, inquieta. – Quero lhe pedir um favor.
A cabeça dourada dele se ergueu.
– Pois não?
– Conte as piores coisas sobre você. Seja muito sincero... admita seus maiores defeitos e se apresente da maneira mais desagradável possível.
Ele soltou uma gargalhada grave e opulenta.
– Isso é bem fácil. Mas não vou admitir meus defeitos sem ouvir os seus também.
– Tudo bem – concordou ela, cautelosa.
Jake bebeu um gole de vinho e semicerrou ligeiramente os olhos ao fitá-la por cima da borda da taça.
– Você primeiro.
Sentada na ponta da cadeira, Lydia segurou a própria taça com as mãos e pressionou os joelhos um contra o outro. Então fez um aceno resoluto com a cabeça.
– Para começar, não sou hábil socialmente. Não gosto de jogar conversa fora, sou péssima em paquera e não gosto de dançar.
– Nem com Wray?
Lydia balançou a cabeça, com um sorriso sem jeito.
– Talvez você nunca tenha dançado com o parceiro certo – supôs Jake com a voz suave.
O ritmo da respiração de ambos mudou quando seus olhos se encontraram.
– Por que nunca me tirou para dançar?
– Porque não confio em mim mesmo o bastante para abraçá-la em público.
Lydia corou por inteiro e bebeu um grande gole de vinho. Então tentou voltar à linha de pensamento original.
– Mais defeitos: bem, sou impaciente com as pessoas e odeio ociosidade, e sou um pouco sabe-tudo...
– Não diga! – falou ele, com uma surpresa obviamente falsa.
– Ah, sim – respondeu ela, reagindo com um sorriso lastimoso à provocação. – Sempre acho que sei mais. Não consigo evitar. E odeio admitir que estou errada. Minha família diz que eu discutiria com um poste, se fosse preciso.

Jake deu um sorriso.

– Gosto de mulheres obstinadas.

– E de mulheres teimosas e irracionais? – perguntou ela, com uma careta de autodepreciação.

– Principalmente dessas, se forem tão bonitas quanto você.

Ele terminou o vinho e pôs a taça de lado.

O elogio fez com que uma onda de prazer percorresse o corpo de Lydia.

– Você gosta de discutir? – perguntou ela, sem fôlego.

– Não. Mas gosto de fazer as pazes depois.

Seu olhar percorreu o corpo dela em uma varredura indiscreta.

– Minha vez. Já sabemos sobre meu passado escandaloso. Também confesso uma completa falta de ambição. Prefiro manter minha vida o menos complicada possível. Tenho poucas necessidades além de uma boa casa na cidade, um bom cavalo e uma viagem ao exterior de vez em quando.

Lydia teve dificuldade de absorver aquilo. Como ele era diferente de seu amado pai, cujo apetite pelo sucesso e pela conquista parecia insaciável. A capacidade de se contentar com o que se tem... seria um defeito ou uma virtude?

– E se você recebesse uma grande herança? – perguntou ela, lançando-lhe um olhar cético. – Doaria tudo?

– Para a primeira instituição de caridade ou hospital que encontrasse – respondeu ele, sem hesitar.

– Ah.

Lydia franziu o cenho e observou a protuberância de seus joelhos sob as camadas de saia.

– Imagino que se casar com a herdeira de uma fortuna estaria fora de questão para você, então.

– Sim.

Ela continuou franzindo o cenho.

– Não seria um destino tão terrível casar-se com uma mulher rica. Ter muitos criados, coisas bonitas e uma grande propriedade...

– Não é o que quero. Aliás, prefiro me enforcar a ser conhecido por todos em Londres como um maldito caçador de fortuna.

– Mesmo que não seja verdade?

– Isso não importaria. É o que todos diriam.

– Então devemos acrescentar orgulhoso à sua lista de defeitos – resmungou Lydia, largando a taça.

– Sem dúvida – respondeu ele.

O olhar de Jake a desafiava a protestar. Como Lydia conseguiu segurar a língua, ele sorriu e continuou:

– E, ao contrário de você, gosto muito dos prazeres do ócio. Depois de uma semana agitada correndo por Londres para cuidar de pacientes, gosto de vadiar por horas, conversando, bebendo, fazendo amor...

Ele fez uma pausa antes de acrescentar, abertamente:

– Sobretudo o último item.

A mente de Lydia de repente evocou uma imagem indistinta daquele corpo bronzeado estendido sobre lençóis brancos como a neve. Bom Deus, como seria fazer amor com ele durante horas?

– Sem dúvida, é fácil encontrar mulheres que...

Ela parou quando seu rosto foi inundado pelo rubor.

A expressão dele permaneceu insondável.

– Geralmente.

– Já se apaixonou?

– Uma vez.

Lydia sentiu uma pontada desagradável de ciúme.

– Contou a ela o que sentia?

Ele negou com a cabeça.

Outra pergunta surgiu em seus lábios, embora Lydia na verdade não quisesse saber a resposta.

– Você ainda a ama?

Prendendo-a na cadeira com um olhar especulativo, ele respondeu sem palavras, só com um aceno da cabeça.

De repente Lydia se sentiu inerte e triste, mesmo sem o direito de ficar assim. Jake Linley não era dela. Ele não tinha feito nenhuma promessa de amor, apenas dissera que a desejava. E, apesar da falta de experiência, ela sabia que amor e desejo não dependiam um do outro.

– É alguém que eu conheço? – perguntou ela, com a voz indiferente. – Ela se casou com outra pessoa?

Jake a encarou no silêncio que se adensava, e seu corpo grande estava visivelmente tenso. O modo como inclinou o tronco para a frente transmitiu uma sensação de energia que logo se libertaria de qualquer amarra.

Ah, o modo como olhava para ela, seus olhos claros e quentes no rosto coberto por sombras... Lydia seria capaz de jurar pela própria vida que ele sentia mais que mero desejo por ela.

– Ainda não – respondeu ele, com a voz rouca.

O coração dela começou a golpear seu peito com uma violência quase assustadora.

– Quem é ela, Jake? – sussurrou, com esforço.

Ele soltou um gemido suave e se levantou, puxando-a contra seu corpo com impaciência.

– Quem você acha que é? – perguntou ele, sacudindo-a de leve.

Então Jake tomou seus lábios nos dele.

O que restava de autocontrole em Lydia se esvaiu. Jake a beijou com uma fúria terna enquanto suas mãos trilhavam compulsivamente o corpo dela, moldando-a com mais força, mais firmeza, junto a ele.

– Eu adoro cada centímetro briguento e terrivelmente lógico de você – confessou ele, deslizando os lábios em sua bochecha, seu queixo e pelo pescoço. – Eu amo que você seja tão inteligente e não tenha medo de mostrar a todo mundo. Amo seus olhos verdes. Amo o modo como você age com sua família. Minha bela Lydia...

– Seu idiota – disse ela, afastando os lábios dos dele.

Lydia nunca tinha se sentido tão extenuada.

– Só *você* esperaria até 38 horas antes do meu casamento para me dizer isso!

– Trinta e seis e meia.

De repente a insanidade da situação pareceu engraçada a Lydia e ela começou a ofegar de tanto rir.

– Eu também te amo – afirmou, tomada pela compreensão do absurdo.

Então Jake a beijou com mais agressividade, fazendo com que as entranhas dela parecessem quentes, quase líquidas, e seu corpo doesse de tanta urgência.

Ela colocou a mão na lateral do rosto dele, e a aspereza masculina da barba malfeita pinicou sua pele.

– Você nunca sinalizou que sentia nada além de desprezo por mim.

– Nunca a desprezei – garantiu ele.

– Você foi maldoso e sabe disso.

Jake teve a delicadeza de parecer um tanto arrependido.

– Só porque eu sabia que não havia chance alguma de ter você. Isso me deixava um pouco irritado.

– *Irritado!* – repetiu Lydia, indignada.

Então ele a sufocou com os lábios mais uma vez.

A paixão irrompeu entre eles como uma conflagração veloz e incandescente. Ofegante, Lydia se abriu aos desejos dele, permitindo que a explorasse como quisesse. A língua dele provocou a dela, saboreando o gosto do vinho misturado ao sabor íntimo de sua boca. Ela sentiu o tremor que o agitava e se alegrou ao perceber que ele a desejava com um desespero tão grande quanto o dela.

De repente Jake deu fim ao beijo e esticou os braços, mantendo Lydia a distância, como se a proximidade física fosse um perigo mortal.

Lydia envolveu os pulsos dele suavemente com as mãos.

– Por que está tão convencido de que seria impossível ficarmos juntos?

– Não é óbvio? – respondeu ele, com firmeza. – Como posso pedir que aceite uma vida tão inferior à que sempre teve? Como lady Wray, não lhe faltaria nada e seus filhos seriam membros da nobreza. Você não pode abrir mão disso para ser esposa de um médico. Muitas vezes eu tenho que sair de casa no meio da noite para atender alguém e, durante o dia, o lugar está sempre cheio de pacientes. É uma loucura. Além disso, não sou rico e não desejo ser, o que exigiria de você um sacrifício do qual provavelmente se arrependeria.

– Eu teria que fazer sacrifícios em qualquer circunstância – destacou Lydia. – Ou me caso com um nobre que não me ama ou com um trabalhador que me ama. O que causaria mais arrependimento?

– Antes desta noite, você não fazia objeção a um casamento sem amor – ressaltou ele. – Por que isso se tornou um problema?

– Porque eu não sabia o que você sente! Você nunca me deu motivo para ter esperança. E, já que não podia ter você, pensei que faria bem em aceitar lorde Wray.

Ela enxugou os olhos úmidos com a base das mãos.

– Sempre gostei de você... Por que acha que sai faísca toda vez que nos encontramos?

A boca dele se retorceu com ironia.

– Eu achava que era só pelo meu talento especial para irritá-la.

Uma risada ofegante escapou da boca de Lydia e ela agarrou as lapelas do paletó de Jake.

– Eu quero você – sentenciou ela, com urgência. – Quero você em todos os sentidos, para sempre.

Ele começou a balançar a cabeça antes mesmo que ela terminasse a frase.

– Você pode mudar de ideia depois. Quer mesmo correr esse risco?

Lydia não era covarde nem tola. Sabia quantos obstáculos havia entre eles e como seria difícil que duas pessoas tão obstinadas vivessem em harmonia. Mas ela era uma Craven, e os Cravens eram conhecidos por serem implacáveis na busca de seus objetivos.

– Sou filha de um apostador – destacou ela. – Não tenho medo de correr riscos.

Jake a fitou com um sorriso pesaroso.

– Que tal fazer a escolha sensata?

– Algumas escolhas são tão importantes que precisam ser feitas pelo coração.

Jake pegou a mão dela e beijou seus dedos, um a um.

– Quando você decidiu isso? – perguntou por trás da tela formada pelos dedos delgados.

Lydia deu um sorriso afobado ao perceber que a resistência dele se deteriorava.

– Há dois minutos.

– Não permita que suas decisões sejam influenciadas pelo desejo físico – alertou ele com delicadeza. – Confie em mim: quando o fulgor se apagar, você vai ver as coisas sob uma nova luz.

Embora Lydia fosse bem informada sobre a paixão física, o uso daquele termo era novo para ela.

– O que você quer dizer com "fulgor"?

– Que Deus me ajude, porque eu quero lhe mostrar.

– Então mostre – incentivou ela, provocante. – Mostre o que é o fulgor e, quando acabar, veremos se meus sentimentos vão além do desejo físico.

– Essa deve ser a pior ideia que já ouvi.

– Um pouquinho de fulgor – insistiu ela. – Não deve exigir muito esforço. Eu já me sinto como se mil vaga-lumes dançassem na minha barriga.

– *Definitivamente*, a pior – insistiu ele, em um tom pessimista.

Determinada, ela encostou o corpo no dele e ficou na ponta dos pés para abraçá-lo. Seus lábios suaves tocaram o rosto e a mandíbula de Jake enquanto sua mão deslizava por aquele corpo excitante, desde a planície robusta de seu tórax até a abóbada imponente de suas costelas. E foi descendo. Excitada e envergonhada, ela explorou a ascensão firme e encorpada da ereção, e seus dedos curvaram-se sobre a forma protuberante. Ele gemeu e segurou seu pulso.

– Meu Deus. Não, espere... Lydia, eu morro de desejo por você... há tanto tempo que...

Ele afastou a mão dela e mexeu nas costas de seu vestido, soltando botões forrados de seda das alcinhas minúsculas que os prendiam.

Ela sentiu o corpete descer, a seda verde-clara pesada caindo até a dobra úmida de seus braços. Com a respiração pesada, Jake a ergueu do chão e a sentou na mesa, então suas mãos foram para a parte da frente do espartilho.

Ele demonstrou uma familiaridade impressionante com roupas de baixo femininas, abrindo a amarração do espartilho com uma facilidade que nem ela teria. Ainda emanando o calor de Lydia, a peça foi jogada no chão de qualquer jeito, e o corpo macio dela ficou livre a não ser pela frágil musselina de sua combinação. Lydia engoliu em seco, experimentando um lampejo de incerteza quando o corpo grande dele se colocou entre suas coxas, as pernas cobertas por calças que quase desapareciam na massa reluzente de sua saia.

– Para um homem que diz não ser um sedutor – provocou ela –, você mostra uma falta de hesitação notável.

Os dedos dele puxaram a alça da combinação do ombro dela.

– Estou abrindo uma exceção para você.

A gargalhada trêmula que ela deu terminou em um gemido suave quando a boca quente e úmida de Jake roçou a lateral de seu pescoço. Ele murmurava palavras doces enquanto a abraçava e acariciava, descendo ainda mais as alças da combinação até Lydia ser obrigada a erguer os braços para libertá-los por completo.

Jake arqueou o corpo dela para trás, apoiando-a com um braço, e se aconchegou no peso suave de seu seio. Sua respiração provocava o mamilo rosado e seus lábios tocaram a ponta do bico com doçura. Finalmente, quando ela ficou corada e retesada, implorando por mais, ele colocou o bico inteiro na boca. Sua língua rodopiou em movimentos aveludados, preparando Lydia para os requintes das mordiscadas de seus dentes.

Ela então arqueou o corpo em uma rendição inequívoca, atônita com a facilidade com que confiava em Jake. Parecia impossível que o tivesse considerado um adversário, aquele homem que a fazia se sentir tão querida e segura. Mesmo em sua inocência, era possível notar a ferocidade do desejo dele, ainda que cada movimento fosse gentil e carinhoso.

As mãos dele deslizaram por baixo de sua saia, acariciando suas pernas através das meias de seda e da calçola de musselina. Arrebatada pela suavidade dos beijos exploradores, Lydia não percebeu que Jake tinha soltado sua calçola até sentir que ele a puxava para baixo, passando-a por seu quadril.

– Não tenha medo – sussurrou ele, fazendo uma pausa para abraçá-la e tranquilizá-la. – Eu só quero lhe dar prazer. Deixe, Lydia, deixe-me tocá-la...

Incapaz de resistir, ela relaxou na curva firme do braço de Jake e tremeu um pouco quando ele tirou a calçola de suas pernas. Os dedos de Jake deslizaram pela pele sensível atrás do joelho de Lydia, dançando sobre o fino véu da meia de seda. Ele deixava traços de fogo onde tocava: por dentro de suas coxas até seus tornozelos, escorregando ao longo da lateral externa de suas pernas até voltar à curva nua de seu quadril.

Ofegante, ela se concentrou naquela mão quente e grande e de repente desejou que Jake tocasse o local secreto entre suas coxas, onde ela pulsava, úmida e intumescida. Ao sentir no próprio rosto a curva do sorriso de Jake, Lydia percebeu que ele a provocava deliberadamente.

– Jake – chamou ela, ofegante. – Por favor, o que você está fazendo... é insuportável... estou ficando louca...

– Então vou ter que fazer um pouco mais. – O sussurro era diabólico.

Em seguida, Jake traçou um círculo leve e atormentante na parte interna da coxa dela.

Um gemido ficou preso na garganta de Lydia, e ela se agarrou aos ombros de Jake, afundando os dedos na musculatura resistente. Ele era impiedoso: roçava as pontas dos dedos nas bordas do triângulo escuro entre suas coxas. Finalmente, quando o desejo dela aumentou até virar uma urgência quase dolorosa, ele afastou a fenda intumescida e acariciou a carne que agonizava com doçura.

– Assim – murmurou ele, seus dedos circulando a abertura lisa do corpo feminino e deslizando até o pico delicado. – É isso que você quer?

Lydia só conseguiu responder com um som incoerente: o prazer a torturava.

Jake a beijou profundamente enquanto deslizava um dedo no interior dela, cada vez mais úmido. Os gemidos de Lydia foram absorvidos pelos beijos ardentes à medida que seu canal íntimo se agarrava com firmeza à invasão gentil. Ele a acariciou por dentro – um toque hábil, delicado, ritmado –, como se saboreasse o tremor selvagem do corpo de Lydia.

Levada a um frenesi sensual, Lydia se agarrou com firmeza a ele – às costas abrigadas pela camisa, à cintura –, desesperada para sentir o corpo firme e a pele quente sob aquelas roupas. Ah, Deus, ela queria que ele estivesse nu, que a cobrisse com seu corpo e a arrebatasse durante horas.

– Como você é macia! – sussurrou ele, com a voz rouca, tirando o dedo para acariciá-la e provocá-la mais uma vez. – Lydia, as coisas que quero fazer com você...

– Faça *agora* – conseguiu dizer Lydia por entre os dentes cerrados.

Jake soltou uma risada rouca e a deitou na mesa com cuidado. Lydia sentiu a madeira irregular e rígida tocar suas costas, a beirada contra a parte de trás de seus joelhos quando suas pernas balançavam.

– Não pare, não pare – implorou ela ao sentir que ele tateava embaixo de sua saia.

Jake abriu bem as pernas dela e o hálito quente tocou a parte interna das coxas de Lydia. Surpresa, ela percebeu que ele sentara na cadeira e ficara com o rosto logo acima de seus pelos íntimos. Um pensamento inesperado passou por sua cabeça: certamente ele não iria... não, não era possível...

Porém, os braços dele se engancharam por baixo de seus joelhos e, quando ela tentou impedi-lo, Jake agarrou seus pulsos e os prendeu ao lado do corpo.

Um clamor baixo escapou de Lydia assim que ela sentiu o toque da boca de Jake inundá-la de umidade e de um calor escaldante com a carícia escorregadia de sua língua. Ele a sugou devagar, emitindo um som de prazer primitivo ao experimentar o licor feminino de seu corpo.

Quando os punhos de Lydia relaxaram após um tremor, Jake os soltou e agarrou as nádegas dela. Sua língua encontrou o ponto exato onde o anseio dela se avolumara até se tornar um nó ardente e ele o tocou com pinceladas vicejantes. Lydia gemeu quando o prazer correu seu corpo em agitações e ondas sem fim.

Mesmo depois que os últimos redemoinhos de sensação desapareceram e Lydia tremia de exaustão, Jake parecia relutante em deixá-la e sua boca seguia acariciando a pele salgada e perfumada.

– Jake – gemeu ela, esforçando-se para sentar enquanto a mesa estalava com seus movimentos.

Ele se levantou e aninhou a cabeça dela em seu ombro, e eles trocaram um beijo ligeiramente temperado pelo sabor dela.

– Que tal esse fulgor? – perguntou ele com a voz rouca.

– Quero mais de você.

Lydia colocou a mão na parte da frente da calça de Jake e puxou meio sem jeito os botões escondidos.

– Quero você inteiro – esclareceu ela com uma voz gutural, e seus dedos tocaram a forma espessa e enrijecida.

– Meu Deus, não!

Ele saltou para trás como se tivesse sido escaldado.

– Não vou deflorar a filha de Derek Craven em sua própria adega. Para começar, você merece mais que isso. Além disso, ele provavelmente me castraria usando algum método medieval.

– Não sei de onde as pessoas tiram essas ideias sobre o papai. Ele é o homem mais gentil, mais maravilhoso...

– É o sogro dos infernos – resmungou Jake, relembrando o comentário que fizera mais cedo.

Ele soltou um suspiro e pegou o corpete de Lydia do chão.

– Bem, uma coisa é certa... vou lidar com ele um pouco melhor que Wray faria.

Lydia ajeitou a combinação, então ficou imóvel enquanto Jake prendia de volta seu corpete.

– Isso quer dizer que você vai me pedir em casamento? – perguntou ela, esperançosa.

Com habilidade, ele passou a calçola pelos tornozelos da jovem.

– É melhor negociarmos primeiro.

Lydia saltou da mesa e puxou as roupas de baixo, amarrando-as bem.

– Tenho mais um defeito que esqueci de mencionar – falou ela.

O cetim da saia farfalhou quando Lydia deixou que voltasse a cair.

– Ah, é?

– Eu *odeio* fazer concessões.

– Eu também – disse ele.

Ambos trocaram um meio sorriso lastimoso.

Jake foi servir mais uma taça de vinho. Tomou um longo gole, depois lançou um olhar firme para Lydia.

– Há uma questão de que não abro mão. Se nos casarmos, não vou aceitar o dinheiro do seu pai nem aquele seu dote obsceno. Se ele quiser abrir uma conta só para você, que seja. Mas você vai ter de aceitar o tipo de vida que eu posso oferecer. Isso significa: nada de mansões, carruagens e coisas desse tipo dadas por sua família.

Lydia abriu a boca para argumentar, então voltou a fechá-la. Se era isso que ele exigia para manter o orgulho e o respeito, ela teria de se adaptar. Pelo amor de Deus, de quanto ela precisava para ser feliz? Teria seu trabalho, uma vida agradável e, acima de tudo, um marido que a amava. Isso era infinitamente mais interessante que uma existência luxuosa mas vazia como lady Wray.

Ela foi até ele e colocou os braços em volta de sua cintura, animada com a liberdade de tocá-lo.

– E o dinheiro ganho com meu trabalho? Tem alguma objeção quanto a ele?

Linley franziu o cenho.

– Isso é uma pergunta hipotética ou você realmente ganha algum dinheiro?

Ela deu de ombros, modesta.

– Ganhei um pouco aqui e ali, inventando coisas. No ano passado, projetei a alteração de um relé para empresas de telégrafo... e tenho uma ideia que envolve propulsão atmosférica...

– Quanto ganhou até agora? – perguntou ele, desconfiado.

– Apenas alguns milhares.

– Quantos milhares?

– Não mais que... digamos... vinte.

A quantia não era nada comparada aos padrões dos Cravens, mas Lydia sabia que uma pessoa comum provavelmente a consideraria significativa.

Jake fechou os olhos e bebeu o restante do vinho.

– Sinto muito – disse Lydia, apressada. – Parece que os Cravens não conseguem deixar de ganhar dinheiro. Primeiro meu pai, é claro, e minha mãe ganhou uma quantia considerável escrevendo romances. Além disso, no ano passado meu irmão Nicholas decidiu abrir uma empresa de transportes com navios movidos a propulsor com hélice...

– Nicholas tem *18 anos* – considerou ele, olhando para ela, incrédulo.

– Sim, foi por isso que papai disse que ele só teria dois navios para começar...

A voz de Lydia foi sumindo enquanto Jake se sentava na cadeira com um baque e colocava as mãos na cabeça.

– Jake?

– Eu desisto – disse ele, com a voz abafada. – Maldição.

– Isso significa que não quer se casar comigo?

– Significa que você pode manter seus ganhos, mas o que eu disse antes está de pé: nem um centavo do seu pai – afirmou Jake.

– Parece justo... – começou a dizer, então Lydia deu um leve salto ao ouvir o barulho distante de um trinco e o arrastar de uma porta sendo aberta.

A porta que levava à cozinha, pensou ela. Finalmente devia ser o criado para buscar mais vinho. Ela olhou para baixo, analisando a própria roupa, arrumou a cintura do vestido e levou uma das mãos até os cachos presos de seu cabelo escuro. Por azar, seu penteado estava um pouco desgrenhado e os lábios pareciam inchados dos beijos. Lydia suspeitou que qualquer um que a visse descobriria o que ela andara fazendo.

O sorriso de Jake confirmou suas preocupações.

Eles esperaram, ansiosos, e, em menos de meio minuto, o criado apareceu. O homem ofegou e congelou ao vê-los, e seu rosto pequeno e enrugado passou depressa da palidez inicial ao rubor. Sua angústia era óbvia enquanto decidia se cumprimentava o casal ou saía correndo.

– Boa noite, Sr. Feltner – cumprimentou-o Lydia calmamente.

O criado recuperou a voz.

– Perdão, Srta. Craven!

Ele se virou e saiu, movendo, apressado, as pernas curtas.

Lydia olhou para Jake.

– Ele vai contar ao papai – avisou. – Não se preocupe, eu vou até ele primeiro e o amoleço um pouco...

– Não, eu cuido disso – respondeu Jake com firmeza.

Um sorriso tomou o rosto de Lydia ao perceber que Jake não se intimidara pela ideia de confrontar seu pai irado.

Jake a encarou, hipnotizado.

– Meu Deus, o que seu sorriso faz comigo...

Alcançando-a em duas passadas, ele colocou os braços em volta de sua cintura e a beijou suavemente.

Lydia retribuiu, ávida, então jogou a cabeça para trás.

– Você vai pedir minha mão agora?

– Estava pensando nisso, sim.

– Quero perguntar uma coisa primeiro.

Ele afastou uma mecha de cabelo do rosto dela com ternura.

– O que é?

Os lábios dela se curvaram em um sorriso incerto.

– Você vai ser fiel a mim, Jake? Com toda a sua experiência, me pergunto se uma mulher será o bastante para você.

Jake estremeceu como se ela tivesse tocado uma ferida em carne viva, e a dor obscureceu seus olhos.

– Querida – sussurrou ele. – Eu nunca me arrependi tanto do meu comportamento passado quanto neste momento. Não consigo pensar em uma maneira de levá-la a entender como é preciosa para mim. Eu jamais me afastaria de você... juro por tudo o que é mais sagrado. Voltar para casa e encontrar você todas as noites, depois dormir com você em meus braços, isso é tudo o que eu sempre quis. Se puder acreditar em mim, eu...

– Sim, eu acredito em você.

A sinceridade na voz de Jake era inegável. Lydia sorriu e acariciou o rosto dele.

– Vamos ter que confiar um no outro, não vamos? – concluiu ela.

Jake cobriu a boca de Lydia com um beijo longo e apaixonado e a abraçou tão forte que ela mal conseguiu respirar.

– Quer se casar comigo, Lydia Craven?

Ela riu com animação.

– *Sim*. Ainda que todos digam que estamos loucos.

Ele deu um sorriso e a beijou mais uma vez.

– Eu prefiro ser louco com você a ser são sem você.

No instante em que Jake saiu da adega com Lydia, um criado o abordou com a mensagem de que o Sr. Craven gostaria de vê-lo na biblioteca sem mais tardar.

– Não demorou nada – murmurou Jake, pensando que o criado que os vira na adega não perdera tempo em ir até Craven.

Lydia soltou um suspiro, mal-humorada.

– Enquanto você conversa com papai, acho que devo procurar lorde Wray. Maldição, como vou explicar tudo isso a ele?

– Espere eu lidar com seu pai e eu a ajudo com Wray.

– Não – respondeu ela de pronto. – Acho que é melhor eu conversar com Wray em particular.

– Ele pode não aceitar bem a notícia – alertou Jake.

– Talvez você se surpreenda – ponderou ela, secamente. – Embora o orgulho do conde possa sofrer um golpe temporário, não tenho dúvida de que seu coração permanecerá intacto.

Seus olhos verdes sérios encararam Jake.

– Tem certeza de que não quer minha ajuda com papai?

Jake sorriu ao notar o rosto dela voltado para cima. Lydia era bem mais baixa que ele. Jake achou graça e se emocionou com seu desejo de protegê-lo.

– Eu dou conta – garantiu ele, apertando a cintura de Lydia antes de deixá-la.

Depois de ir até seu quarto de hóspedes para dar um jeito na aparência e pentear o cabelo desgrenhado, Jake seguiu até a biblioteca da propriedade. A porta pesada estava entreaberta e ele deu algumas batidas ligeiras.

– Linley – respondeu uma voz obscura e tranquila, que parecia pertencer ao diabo em pessoa. – Estava à sua espera.

Jake entrou em um belo cômodo com paredes revestidas de um couro cor de vinho estampado em relevo. Seu futuro sogro estava sentado em uma poltrona de couro enorme ao lado de uma mesa de mogno pesada.

Embora tivesse encontrado Derek Craven em várias ocasiões no decorrer dos anos, Jake ficou impressionado, como sempre, com a presença imponente daquele homem. Craven transmitia seu poder em silêncio, mas claramente era alguém importante, um guardião de segredos, um homem que era tratado com medo e respeito. A riqueza que Craven acumulara era quase incalculável, mas não era difícil imaginá-lo como o jovem do leste de Londres que um dia fora: perigoso, astuto e sem escrúpulos.

Craven o encarava com uma expressão de ameaça.

– Tem algo a me dizer, Linley?

Jake decidiu ser franco.

– Sim, senhor. Estou apaixonado por sua filha.

Claramente a revelação não agradou Craven.

– É uma pena, pois ela vai se casar com lorde Wray.

– No momento parece haver uma dúvida quanto a isso.

As sobrancelhas pretas de Craven se aproximaram em uma carranca sinistra.

– O que aconteceu naquela adega?

Jake encarou Craven.

– Com todo o respeito, senhor, isso fica entre mim e Lydia.

No silêncio que se seguiu, Craven pareceu considerar suas opções: desmembramento, estrangulamento ou uma simples bala na cabeça. Jake se obrigou a esperar com paciência, ciente de que nenhum homem jamais seria bom o suficiente para Lydia na opinião de Craven.

– Diga por que eu deveria considerá-lo uma opção de marido para Lydia – falou Craven, quase rosnando.

Ao fitar os olhos verdes e enérgicos de Craven, Jake se lembrou de que o homem não tinha familiares além da esposa e dos filhos... nenhum parente... nenhum conhecimento a respeito da mulher que o colocara no mundo. Naturalmente, isso o fazia valorizar ainda mais sua família. Ele jamais permitiria que Lydia fosse magoada ou destratada. E, do ponto de vista de um pai, Lydia estaria muito melhor casando-se com um nobre de mente acadêmica do que com um plebeu de passado indecoroso.

Jake soltou um suspiro inaudível. Não era de sua natureza ser humilde. Por outro lado, parecia ser a única maneira de convencer Craven a abençoar a união.

– Eu tenho meus defeitos, senhor – admitiu ele. – Muitos, aliás.

– Foi o que eu soube.

– Sei que não sou bom o bastante para ela. Mas amo Lydia. Eu a respeito e quero passar o resto da vida cuidando dela e tentando fazê-la feliz. O motivo pelo qual nunca a abordei antes é que eu acreditava que lorde Wray fosse um pretendente melhor para ela.

– Mas agora não acredita nisso? – perguntou Craven, sarcástico.

– Não, não acredito – respondeu Jake, sem hesitar. – Wray não a ama... não como eu.

Derek Craven o analisou por um instante longo e desconfortável.

– Temos algumas coisas para discutir – anunciou e fez um gesto indicando uma poltrona próxima. – Sente-se. Isso vai demorar um pouco.

Pelas três horas seguintes, Jake foi interrogado em um tom que agitaria os nervos do mais escrupuloso e honesto dos homens – o que Jake não era. Havia rumores de que Craven sabia tudo sobre todos, mas Jake nunca acreditara até então. O homem demonstrou um conhecimento certeiro e assustador das finanças de Jake, de sua história pessoal, das travessuras da época de escola, mulheres com quem dormira e escândalos a que seu nome fora associado. Deus, Craven parecia saber mais sobre ele do que seu próprio pai.

E, como Jake esperava, Craven foi tão implacável ao exigir prestações de contas de questões tão íntimas que, mais de uma vez, ele se sentiu tentado a mandá-lo para o inferno. No entanto, Jake queria Lydia o bastante para suportar com uma humildade atípica esses golpes cruéis contra seu orgulho.

Por fim, quando Jake pensou que o homem se permitiria algum prazer perverso em dizer não depois daquilo tudo, Craven soltou um suspiro longo e tenso.

– Vou reter minha aprovação final até ter certeza de que é isso que minha filha quer.

Seus olhos verdes emitiram um brilho maligno.

– Se ela me convencer de que realmente quer se casar com você, não vou impedir.

Jake não conseguiu conter um sorriso repentino.

– Obrigado! – disse apenas. – O senhor não vai se arrepender.

– Já estou arrependido – resmungou Craven, e ficou de pé para retribuir o aperto de mão firme oferecido por Jake.

EPÍLOGO

— **M**amãe, Lydia está beijando alguém no corredor, e não é lorde Wray!

Sentada ao lado da janela do quarto com uma xícara de chá nas mãos, Sara sorriu para a filha mais nova, Daisy, uma garotinha de 5 anos rechonchuda e vivaz.

Daisy correu o mais rápido que suas perninhas permitiam e subiu no colo da mãe, que estremeceu de leve ao perceber que as mãozinhas meladas de geleia de morango haviam sujado sua camisola branca de renda.

Derek fazia a barba no lavatório, e sua boca se retesou quando seu olhar encontrou o de Sara no espelho. Ele estava irritado com o envolvimento tórrido de Lydia com Linley, mas Sara sabia que, ainda que a contragosto, ele se conformara com o fato de que a filha logo seria a Sra. Linley em vez de lady Wray.

Ela e Derek tinham conversado até altas horas da noite sobre a situação e Sara garantira que acreditava ser melhor assim.

– A Sra. Linley me confidenciou recentemente que desconfiava que o filho estivesse apaixonado por Lydia – dissera ela. – E ele é um jovem bom, Derek, ainda que seu passado seja um pouco... aventureiro.

– Aventureiro? – repetira o marido, carrancudo. – Ele varreu Londres toda...

– Querido – interrompera ela, com delicadeza –, um homem pode mudar. Ele parece amar Lydia de verdade. E eu nunca a vi tão feliz quanto esta noite. Ela parecia transformada.

– Eu gostaria muito que ele tivesse transformado a filha de outra pessoa – resmungara Derek, levando a esposa a rir.

Sara parou de pensar na noite anterior e acariciou os cachos castanhos emaranhados da filha. Quando a menina começou a dar detalhes da conduta de Lydia com Linley, a mãe tentou em vão silenciá-la.

– Tudo bem, querida. Você me conta depois.

– Sim, mas ela deixou que ele colocasse a mão no...

– Nada de fofocas, querida – interrompeu Sara, às pressas, vendo a carranca cada vez mais indignada de Derek. – Você lembra que conversamos sobre isso outro dia?

– Sim – respondeu a garotinha, mal-humorada. – A senhora disse que eu só devo contar se alguém for se machucar.

– Bem, Lydia não está correndo perigo.

– Ele estava beijando *com força* – descreveu Daisy depois de pensar um pouco. – E *estava* machucando Lydia, mamãe, porque ela fez um barulho...

– Chega, Daisy – disse Sara com uma gargalhada repentina. – Tenho certeza de que ele não estava machucando Lydia.

Derek enxaguou o rosto, tirou o último vestígio de espuma de barbear do queixo e soltou um suspiro pesado.

– Meu neto ia ser um conde – resmungou. – Agora provavelmente vai ser um serrador de ossos, como o pai.

Daisy saltou do colo de Sara e foi até o pai, levantando os braços para que ele a pegasse.

– Lydia vai se casar com o Sr. Serrador de Ossos, papai?

Derek a ergueu até o peito, e seu olhar foi ficando doce.

– É o que parece.

A mãozinha dela acariciou o queixo recém-barbeado.

– Não fique triste, papai. Vou guardar os *meus* beijos *só* para o senhor.

Ele riu de repente, acariciando os cachos castanhos emaranhados.

– Então eu quero um agora.

A menina encostou o rosto pegajoso de geleia no dele e a babá apareceu em seguida para levá-la para se lavar e se vestir para o dia.

Logo que as duas saíram e a porta se fechou, Sara foi até o marido e passou as mãos pelo roupão de seda listrado que cobria seu peito firme.

– Todos os meus beijos são seus também.

– É bom que sejam – respondeu ele, cobrindo os lábios da esposa com os seus.

O beijo despertou os sentidos de Sara, e ela colocou os braços em volta do pescoço do marido, desfrutando da carícia deliciosa de sua boca.

– Só faltam quatro – disse ela, quando ele levantou a cabeça.

Derek brincou com a trança comprida que descia pelas costas da esposa e deixou que suas mãos vagassem por seu corpo.

– Acho que não entendi, meu anjo.

– Nossos outros filhos – explicou ela. – Vou ajudar cada um deles a encontrar o amor verdadeiro, assim como ajudei Lydia.

Levantando-a com cuidado, Derek a carregou até a cama.

– Ajudou em que sentido?

– Dei a ela a oportunidade de conversar em particular com o Dr. Linley –

respondeu Sara. – Eu tinha certeza de que, se tivessem um tempinho juntos sem interrupções, eles reconheceriam seus sentimentos e...

– Espere – interrompeu-a Derek, estreitando os olhos verdes enquanto a soltava no colchão.

Ele rastejou sobre a esposa e posicionou os cotovelos um de cada lado de sua cabeça.

– Não está dizendo que foi *você* quem os trancou naquela maldita adega, está?

Sara deu um sorriso travesso.

– Você me disse para dar um empurrãozinho no destino se eu tivesse a oportunidade. Foi o que fiz.

A expressão dele era de incredulidade.

– Eu não quis dizer para você prender minha filha inocente na adega com um conquistador como Linley!

– Lydia não estava presa. Ela poderia sair quando quisesse.

– As portas estavam trancadas!

– Nem todas.

Ao perceber que ele não compreendia, Sara sorriu, complacente.

– Você não se lembra da pequena passagem que vai dos fundos da adega até a estufa? As crianças ainda a usam para brincar de pirata. Lydia sabia muito bem dessa passagem. O único motivo pelo qual ficou naquela adega com Linley ontem à noite foi porque ela quis. E o resultado foi perfeito, não foi?

Derek suspirou e baixou a cabeça no colchão.

– Meu Deus! Não sei de quem eu tenho mais pena, de Linley ou de mim mesmo.

Sabendo exatamente como desarmá-lo, Sara abriu a parte da frente do roupão do marido e enroscou as pernas nas dele.

– Tenha pena de si mesmo – aconselhou ela enquanto as mãos pequenas ocupavam-se sob o roupão dele. – Você está prestes a ser devorado.

Ela sentiu Derek sorrir junto a seu pescoço.

– *Eu* é que sou o devorador aqui – informou ele.

E passou a provar seu argumento.

Kinley MacGregor

SONHO DE UM
CAVALEIRO DE VERÃO

PRÓLOGO

Um torneio em Ruão

— Simon! Ajude.

De sua mesa na tenda listrada de azul e branco, Simon de Ravenswood ergueu os olhos. Pela abertura, viu Christopher de Blackmoor correndo em sua direção o mais rápido que podia. Apenas três anos mais jovem que Simon, Christopher não era o tipo de homem que corria. Ele costumava ser lento, relutava em fazer esforços e nunca levantava a voz. Alguns o chamavam de preguiçoso, mas Simon sabia que não era verdade.

Christopher era um homem esforçado, embora vagaroso.

A túnica de Christopher estava rasgada, e seu rosto, pálido.

Simon se levantou de imediato, esquecendo a carta ao ver o pânico refletido nos olhos verdes de Christopher.

O homem mais jovem entrou às pressas e foi direto até ele.

– O que houve, Kit?

Christopher agarrou o braço de Simon e o puxou em direção à entrada.

– Venha rápido. Stryder precisa de ajuda. Ele está prestes a ser dilacerado.

Simon não hesitou. Desvencilhou-se de Christopher, pegou a espada que estava na cama e a prendeu ao cinturão enquanto corria até a liça onde Stryder treinava.

Stryder, quarto conde de Blackmoor, era o irmão mais velho de Christopher e um dos amigos mais próximos de Simon, mas também um homem com muitos inimigos.

Simon já ouvira falar de homens que atacavam seu oponente durante um treino ou mesmo fora de combate, mas ai de quem ousasse atacar Stryder de maneira tão covarde. Ninguém jamais faria mal a seu amigo e sairia impune. Simon lhe arrancaria a cabeça.

Ao menos era o que imaginava.

Ele parou quase derrapando ao chegar ao campo, onde Stryder ocupava o centro do que parecia ser um grupo de cerca de quarenta mulheres.

Mulheres famintas por um homem, para ser mais preciso, e que tinham preferência por um conde no auge da juventude e da destreza para o combate.

Elas cercavam Stryder como um mar de tubarões ansiosos por um pedaço de carne.

Entre outras coisas.

– Stryder! – gritou uma loira alta e esguia. – Aceite meu presente!

– Eu te amo, lorde Stryder!

– Saia da frente, sua vaca horrorosa – ralhou outra mulher. – Não consigo vê-lo.

– Lorde Stryder encostou em mim!

Os gritos das mulheres eram ensurdecedores, e elas se acotovelavam e se empurravam no esforço de alcançar o pobre homem no centro do grupo. Stryder tentava desesperadamente fugir dali, mas, quanto mais se esforçava, mais as damas o prendiam.

Simon caiu na gargalhada ao ver um dos homens mais poderosos do mundo cristão sendo refém de um grupo de mulheres. Não era sempre que se via Stryder de Blackmoor desorientado.

E Simon tinha de admitir que gostava de ver o amigo em desvantagem, para variar. Era revigorante saber que Stryder era de fato humano e não o demônio desalmado da lenda de Blackmoor.

– Stryder – chamou Simon, levantando a voz para garantir que se sobrepusesse à das mulheres. – O médico me deu o bálsamo que você pediu. Ele disse que a erupção deve desaparecer logo, mas até lá é *altamente* contagiosa.

O silêncio caiu sobre a multidão quase de imediato.

– O que foi que ele falou? – perguntou uma das mulheres.

– Erupção – respondeu outra.

– Não quero nenhuma erupção – interveio uma terceira, dando um passo para trás.

– Contagioso a que ponto? – indagou Stryder, com seus olhos azuis dançando em uma travessura alegre ao entrar no jogo.

Simon manteve o rosto sério, o tom urgente.

– Extremamente. O médico disse que você deve ficar em quarentena para não espalhar pelo castelo e deixar todo mundo doente. Pode ficar cego se não tiver muito cuidado.

Uma mulher gritou e pulou para longe enquanto toda a multidão se afastava um pouco de Stryder. Algumas das mais inteligentes olharam para Simon, desconfiadas.

– Que tipo de erupção é? – questionou uma mulher baixa de cabelos escuros. – Nunca ouvi falar de nada assim e não vejo nenhuma em lorde Stryder.

Simon baixou o olhar em direção à área logo abaixo do cinturão do homem.

– É porque está em um lugar muito íntimo.

Ele estalou a língua para o amigo.

– Da próxima vez que eu lhe disser que fique longe de casas de má reputação, você vai me ouvir, não vai?

As mulheres emitiram vários ruídos de angústia e correram para se proteger.

Stryder caminhou na direção do amigo, encarando-o com um misto de alegria e vontade de matá-lo.

– Não sei se lhe agradeço ou lhe dou uma surra.

Simon lhe ofereceu um largo sorriso.

– Preferia que eu o deixasse com elas?

Stryder esfregou a nuca e franziu o cenho ao ver sangue em sua mão, onde uma das mulheres o arranhara.

– Não, acho que não, mas gostaria que tivesse pensado em uma história melhor.

– Muito bem, então da próxima vez eu vou dizer que está noivo.

Stryder riu.

– Isso, sim, é uma coisa que nunca vai acontecer. Este mundo vai perecer muito antes que o conde de Blackmoor fique noivo.

– Nunca diga nunca, meu amigo – alertou Simon. – Homens muito mais teimosos que você já declararam isso e foram atingidos pela flecha do Cupido.

– Pode ser, mas eu não sou como os outros homens.

Simon também não era, mas os dois tinham uma vocação diferente – ainda que ambas afastassem suas vidas da ideia do matrimônio.

Não, nem ele nem Stryder jamais se casariam. Havia vidas demais que dependiam deles. Pessoas demais que buscavam proteção neles.

Uma esposa jamais entenderia seus compromissos.

Os amigos seguiram de volta para as tendas.

– Só me prometa uma coisa, Simon.

– O quê?

– Que no dia em que eu jurar minha fidelidade a uma mulher você vai me matar.

Simon riu ao ouvir isso.

– Você prefere morrer a se casar?

O rosto de Stryder demonstrou uma seriedade mortal.

– Sim, prefiro.

Simon assentiu. Os dois tinham perdido a mãe de forma violenta ainda na infância. Fora um dos motivos que forjara a amizade, a tragédia em comum que lhes permitira compreender um ao outro.

No decorrer dos anos, outras tragédias contribuíram para uni-los mais do que se fossem irmãos.

– Muito bem. Mas ainda digo que um noivado é exatamente o que você precisa para lidar com sua legião de admiradoras fanáticas. Uma esposa faria com que elas recuassem e lhe garantiria tempo para cuidar das coisas sem mulheres se jogando em cima de você.

O humor voltou aos olhos de Stryder.

– Hum, uma esposa. Encontre uma mocinha com a cabeça no lugar que possa me tentar, Simon, e talvez eu aceite a sugestão.

Frankfurt, Alemanha
Três meses depois

O rugido da multidão ficou ensurdecedor, mas sempre era assim quando Stryder de Blackmoor surgia.

Cavaleiros com armaduras completas eram apresentados pelos arautos ao público ansioso que se reunira para as batalhas do dia.

Simon se postou em segundo plano, cuidando da retaguarda de Stryder, como sempre. Era o que fazia de melhor. O irmão, Draven, se referia a ele com frequência como seu escudo. Enquanto outros queriam glória e fama, Simon buscava apenas proteger aqueles que amava.

Havia muito tempo que ele aprendera que a glória e a riqueza não significavam nada diante do túmulo de alguém que lhe era caro. Nem traziam consolo ou calor.

Tampouco traziam felicidade verdadeira.

Apenas a amizade e a irmandade traziam.

E, é claro, o amor.

Simon não precisava que trovadores escrevessem canções sobre ele. Não tinha desejo de fazer mulher alguma desmaiar.

Exceto uma.

Aquela cujo nome ele não ousava pronunciar porque era a única que ele jamais poderia ter.

Muito tempo antes, em uma terra infértil, quando ele não passava de um garoto faminto ansiando por um lar acolhedor, ele prometera que dedicaria a vida a ajudar pessoas a voltarem para casa, para a família que as amavam.

Um lar acolhedor fora a única coisa que lhe faltara na infância. Sim, Draven o amava, mas os dois não tiveram um lar de verdade quando eram crianças. Sua casa, Ravenswood, mostrara-se um lugar severo e assustador. A Normandia era interminável e hostil. Mesmo agora ele não queria nem pensar no tempo que passara no estrangeiro.

Simon sempre pudera contar apenas com os três homens que considerava sua família – Draven de Ravenswood, Sin MacAllister e Stryder de Blackmoor.

Draven e Sin o ajudaram a sobreviver aos horrores da infância em Ravenswood e Stryder o mantivera são e salvo no inferno que fora a prisão sarracena.

Não havia nada que Simon não faria por eles.

– Si?

Simon olhou para Stryder, que subia no cavalo, à sua direita. Depois de montar, Stryder lhe dirigiu um amplo sorriso.

– Sonhando acordado de novo, homem? Pegue a espada e prepare-se.

– Sonhando acordado? Rá! Estou apenas planejando como vou gastar o prêmio de hoje depois que eu derrubá-lo – zombou Simon.

Stryder riu alto ao ouvir isso. Inclinou a cabeça em direção à fita vermelha que Simon amarrara no braço.

– Quem é a sortuda?

– Não é da sua conta.

Ele sorriu com ar superior.

– Talvez eu tenha piedade de você e o deixe acertar alguns golpes antes de humilhá-lo. Com sorte, talvez ela esteja disposta a cuidar de seus ferimentos.

Ah, se Simon tivesse essa sorte.

Infelizmente, sua dama estava muito distante. Sempre estaria. Não era possível que uma pedra tocasse uma estrela. E ela era uma estrela. Brilhante, reluzente. Mas tão distante que ele não ousava sequer olhá-la, porque jamais poderia reivindicá-la.

Ele olhou para a fita e seu coração doeu.

Os arautos os chamaram para o campo, e o dia se provou longo.

Simon estava cansado do circuito de torneios. Ao contrário de Stryder, não via utilidade naquilo. Mas continuava, por lealdade – Stryder precisava de alguém para protegê-lo que não aceitasse subornos.

E, pelo prêmio oferecido pela cabeça de Stryder, tais pessoas eram raras.

Quando o dia finalmente se aproximou do fim, Simon caminhou com Stryder e Christopher em direção a suas tendas enquanto as mulheres tentavam agarrar Stryder e seduzi-lo.

– É uma cena triste, não é? – falou Christopher, cansado. – Acho que vou mandar o armeiro fazer um elmo maior amanhã, para proteger a cabeça e o ego enorme de Stryder.

Simon riu.

– De fato, mas temo que falte aço para isso.

Stryder bufou.

– Vocês dois só estão com inveja. Posso escolher quem vai dormir comigo, enquanto vocês dormem sozinhos.

Simon lançou um olhar astuto para Christopher.

– Sabe, Kit, me parece que a cama de Stryder só tem espaço para o ego dele. Fico imaginando como cabe uma mulher lá.

Christopher riu.

– Às favas, vocês dois! – ralhou Stryder, desistindo.

Simon gargalhou.

– E seu ego também.

Stryder soltou um grunhido e seguiu caminhando de cabeça baixa enquanto tentava desfazer um nó na trama de sua couraça.

Ao contornarem uma tenda, uma sombra chamou a atenção de Simon. Ele mal teve tempo para reagir quando um homem correu na direção de Stryder com uma adaga em punho.

Antes que o assassino alcançasse o amigo, Simon o agarrou e, depois de uma luta breve, jogou o homem no chão. Simon o desarmou e o segurou pelo pescoço.

A boca de Stryder se curvou em uma expressão de desgosto.

– Esses atentados contra minha vida estão se tornando monótonos.

Simon olhou para ele sorrindo.

– Tomara que nunca venham a ser bem-sucedidos.

Stryder assentiu enquanto colocava o assassino em pé.

– Obrigado, Simon. Christopher e eu vamos levá-lo até os guardas. Gostaria de se juntar a nós no salão?

Simon fez menção de tocar a fita em seu braço, mas percebeu que ela fora arrancada durante a luta.

Sentiu o estômago revirar.

– Não, tenho algo a fazer.

– Mais uma carta, não – resmungou Christopher. – Eu juro, Simon, você chegou ao ponto de escrever mais do que eu, que sou menestrel.

Simon não disse nada enquanto os dois o deixavam sozinho. Em vez disso, procurou no chão até encontrar os pedaços da fita.

Aliviado, ele os juntou e tirou a carta da túnica, onde a amarrara forte junto ao peito. A carta havia sido entregue pela manhã enquanto ele vestia a armadura para o torneio.

Ele partiu o selo escocês e, ao abrir o envelope, encontrou uma pequena mecha de cabelo castanho.

O cabelo *dela*.

Segurou a mecha com firmeza, sem querer largá-la. Levou-a ao rosto e sentiu o mais leve traço de seu perfume.

Simon sorriu.

Então leu, ansioso, a letra feminina.

Meu querido guerreiro,

Espero que esta carta o encontre bem e ileso. Temo que o último mensageiro que enviou nunca mais aceite trazer suas cartas. Parece que eu o machuquei um pouco em meu entusiasmo de libertá-lo de sua mensagem.

Só espero que o tornozelo dele sare logo.

Suas palavras me tocaram profundamente, e sinto muito que esteja com saudade de casa. Eu ia mandar um punhado de terra, mas achei que poderia ser um pouco ridículo incomodá-lo com isso. Além do mais, a terra é basicamente igual, não é? E, se você a deixasse cair, não conseguiria recuperá-la.

Então pensei que talvez meu cabelo lhe trouxesse algum consolo. Espero que não perceba a ponta chamuscada. Aprendi uma lição valiosa anteontem.

Enquanto sonhava acordada com você e sua última carta, me distraí na cozinha e não prestei atenção na vela.

Mas descobri algo muito importante. Despensas pegam fogo com muita facilidade. E, uma vez queimado, o arenito é impossível de limpar. A cozinheira me baniu para sempre da cozinha e, a princípio, me proibiu de voltar a ajudá-la.

Depois de algum consolo, ela no fim me concedeu o direito de comer, desde que eu nunca mais invada seus domínios.

Sinto sua falta, meu querido. Saiba que, onde quer que esteja esta noite, meus pensamentos e meu coração estarão com você.

Por favor, tenha cuidado e que Deus lhe dê paz e saúde até que possa voltar para casa e para aqueles que o amam.

Para sempre sua,
K.

Simon segurou a carta junto ao peito. Como desejava aquela mulher! Precisava dela.

Ah, se ele fosse Stryder... Então poderia cortejá-la, pedir sua mão em casamento. Contudo, sendo Simon de Ravenswood, não podia fazer mais que definhar por seu destino, ciente de que jamais chegaria o dia em que poderiam ficar juntos.

Ele a encontrara apenas para que pudesse perdê-la.

O destino costumava ser impiedoso.

Ele soltou um suspiro e se dirigiu até sua tenda com a carta. Lá, ao menos por um instante, poderia fingir ser outra pessoa, alguém que pudesse oferecer sua fidelidade à mulher amada.

CAPÍTULO 1

Inglaterra
Onze meses depois

— **P**arabéns, lorde Stryder. Nunca pensei que viveria para ver o dia do seu casamento.

Stryder levantou o olhar quando as palavras do nobre mais velho soaram em seus ouvidos. Não fazia mais de cinco minutos que ele tinha se sentado para o desjejum depois de uma manhã treinando na liça.

Estava suado e com calor, então pensou ter entendido errado as palavras do homem.

– Casamento? – repetiu, com ceticismo.

O rosto enrugado do velho sorriu para ele e os olhos castanhos desbotados ficaram reluzentes, cheios dos melhores desejos para o mais jovem.

– E uma dama da realeza da Escócia, veja só! Que bela escolha você fez, meu garoto. Muito bela.

Ele deu um tapinha nas costas de Stryder e saiu a passos lentos.

Atônito, Stryder franziu o cenho e voltou a comer. Sem dúvida, o nobre tinha enlouquecido com a idade.

Pelo menos foi o que ele pensou.

Contudo, esse foi apenas o primeiro de muitos encontros do mesmo tipo e, conforme a manhã avançava enquanto Stryder cumpria seus deveres, ele só conseguia pensar em uma pessoa que espalharia uma fofoca tão infundada.

Simon de Ravenswood.

Ele sorriu. Simon tinha lhe prometido paz enquanto estivessem na Inglaterra para a justa anual de Stantington. Todos os nobres do país, assim como o rei, estavam lá para o evento.

Com os homens vieram suas inúmeras filhas solteiras, todas atrás de um marido abastado.

Em outras palavras, atrás *dele*.

Como de costume, ele seria perseguido e assediado por mulheres famintas por riquezas que cobiçavam suas terras, suas proezas na cama e seu corpo.

Nessa ordem.

Simon lhe prometera que, caso ele voltasse para casa para esse espetáculo, manteria as mulheres e suas mães maquinadoras bem distantes.

Stryder ainda não sabia por que seu retorno à Inglaterra era tão importante para Simon. Afinal, o homem não lhe devia nada e era livre para deixar seus serviços a qualquer momento.

Ainda assim, Simon quisera que voltassem para casa e Stryder fizera sua vontade, embora detestasse estar na Inglaterra, onde o passado o assombrava em lembranças vívidas.

Quinze dias na Inglaterra, meu amigo. É tudo que lhe peço. Não tenha medo, vou manter as mocinhas ansiosas distantes.

Ele deveria saber que Simon cumpriria com sua palavra. Sempre cumpria.

Um casamento.

Stryder riu mais uma vez ao pensar nisso. Só mesmo Simon para inventar uma história como essa. Ele devia uma jarra de cerveja ao amigo pela criatividade.

– Stryder?

Stryder parou no meio do pátio ao ouvir o chamado hesitante de uma voz feminina desconhecida. Seus olhos se concentraram em uma mulher de aparência comum que deveria ter mais ou menos a idade de Simon.

Havia algo ligeiramente familiar nela, como se já tivessem se encontrado uma vez mas ele não conseguisse lembrar.

O cabelo castanho-claro estava trançado com uma fita em um tom escuro de vermelho. Seu corpo estava mais para robusto e seus olhos grandes e castanhos tinham um quê de doçura.

Ela era agradável de se olhar, mas muito diferente das damas altas e esguias que chamavam sua atenção.

A mulher deu um sorriso acolhedor que incitou nele um desejo súbito de fugir.

Antes que pudesse se mover, porém, ela venceu a distância entre eles e se jogou em seus braços.

– Ah, Stryder! – exclamou, com a voz carregada do sotaque escocês. – Você me tornou a mulher mais feliz do mundo!

Ele ficou imóvel enquanto ela o abraçava.

– Desculpe... O quê? Quem é a senhorita?

Ela riu e se afastou.

– Quem sou eu? Ah, Stryder, você é muito engraçado.

Ela se voltou para o homem e a mulher que a acompanhavam, parados bem atrás dela.

Stryder conhecia o homem, mas fazia alguns anos que não o via.

Cinco centímetros mais alto e com um corpo feito para destruir qualquer um que fosse tolo o bastante para entrar em seu caminho, Sin MacAllister era bastante conhecido por sua reputação. Seu cabelo negro era apenas um pouco mais curto que o de Stryder e seus olhos pretos observavam Stryder e a dama desconhecida com curiosidade.

– Lorde Sin – disse Stryder, curvando a cabeça para o conde. – Há quanto tempo.

E fazia mesmo muito tempo. De certa forma, parecia uma eternidade. Stryder tinha acabado de ser ordenado cavaleiro. Durante a cerimônia, Sin oferecera o bom conselho que salvara sua vida mais de uma vez.

Não deixe que ninguém se aproxime de você pelas costas.

Sin apertou seu braço.

– Sim, faz tempo. Devo dizer que fiquei bastante surpreso quando minha prima disse que iria se casar com você. Não parece coisa do Stryder de Blackmoor de que todos falam.

Uma sensação de pavor se apoderou de Stryder.

Ele não saberia dizer qual parte dessa afirmação o deixava mais atônito. Voltou a olhar para a mulher robusta.

– Como...? Prima?

Ela sorriu.

– Lembra? Eu contei em minha carta que minha prima Caledonia tinha se casado com lorde Sin – explicou, indicando com um gesto a bela ruiva ao lado do conde. – Você disse em sua carta que se conheciam.

– Carta? – repetiu ele, em um sussurro atônito.

– Sim – afirmou ela, franzindo o cenho. – Não se lembra?

Ela se aproximou dele.

– Stryder? Você está bem? Parece doente.

Ele estava doente. Nauseado, para ser mais preciso.

– Com licença. Um momento, por favor.

Stryder não esperou pela permissão. Seguiu em direção ao salão com a velocidade que usava apenas em batalha, atrás de alguém que queria matar...

75

– Estranho – comentou Kenna ao observar o noivo se afastar. – O que será que deu nele?

Sin olhou para Caledonia, rindo.

– Bom senso, sem dúvida.

Caledonia lhe deu um golpe brincalhão na barriga.

– Que feio, Sin! Kenna pode achar que você está falando sério.

– Eu estou.

Ele desviou do golpe seguinte.

– Não que Stryder devesse evitar Kenna em si. Mas deveria evitar *qualquer* mulher andando por aí com um nó de forca matrimonial.

Caledonia bufou, fingindo indignação.

– Ah, muito obrigada. Não tinha percebido que eu era uma cruz tão pesada de carregar.

Kenna ignorou a brincadeira da prima com o marido. No dia em que conhecera lorde Sin, compreendera que ele e Caledonia amavam e respeitavam profundamente um ao outro. Os dois viviam fazendo provocações.

Porém, não era nisso que estava pensando.

– Vocês acham que Stryder mudou de ideia?

Caledonia riu.

– Não, querida. Sem dúvida, ele tinha outros deveres mais urgentes. Tenho certeza de que voltará para ficar ao seu lado assim que puder.

Kenna esperava que isso fosse verdade. Pensar o contrário não era nada agradável. Ela viera de longe só para encontrá-lo, e aquela recepção fria a magoava.

Será que ela fizera algo errado?

Será que ele não fora sincero nas cartas que lhe escrevera?

Insegura e com medo do que aquela reação pudesse significar, Kenna pediu licença e saiu em direção ao castelo.

Entrou na torre enorme e seguiu para a escadaria de pedra em caracol que levava a seu quarto em um andar mais alto.

Certamente não tinha se enganado quanto às intenções de lorde Stryder. Certamente. Nervosa, foi direto até a bolsa que estava sobre a escrivaninha junto à janela. Ela sempre guardava seus bens mais preciosos no bolso externo de couro curtido.

Suas cartas.

Tirou a carta que estava no topo – a que tinha amarrado com a fita vermelha especial que combinava com aquela que sempre usava no cabelo. A que tinha mandado para Stryder quando ele estava na Alemanha. Com as mãos tremendo, abriu a carta em busca de confirmação.

Ao ler a caligrafia elegante e fluida, a alegria que lhe era familiar se espalhou por seu corpo, aquecendo cada centímetro dela.

Minha querida Kenna,

O sol se pôs agora e me encontro nos arredores da cidade de Frankfurt. O torneio correu bem hoje, mas ando entediado com os acontecimentos, a multidão e, acima de tudo, os cavaleiros que narram seus nobres feitos.

Ando entediado com muitas coisas nos últimos tempos.

Sinto muita falta da Inglaterra, porém mais ainda da Escócia. É estranho, não é? Só estive nas Terras Altas uma vez e apenas brevemente.

No entanto, quando leio suas palavras, sinto o vento escocês soprar em minha pele, me lembro do cheio doce no ar. O som de sua voz falando comigo.

Gostei da história de sua experiência de aprendizado na cozinha. Como você, não tinha ideia de quanto é fácil queimar uma despensa, nem da dificuldade que é limpar fuligem de arenito. Agradeço por ninguém, principalmente você, ter se machucado e sinto muito que tenha sido banida da cozinha para sempre.

Além disso, me alegra que a cozinheira tenha permitido que voltasse a comer.

Como sempre, você me lembra das coisas que são doces e boas e traz um sorriso a meus lábios quando penso em você.

Fiquei animado esta manhã quando o mensageiro veio com sua carta. Ainda tinha o cheiro de suas doces mãos. Cada vez mais, encontro-me à procura de suas mensagens. À procura de minha ligação com você.

Suas palavras me ajudam a superar os dias e, em especial, as longas noites em que sigo longe de casa e do conforto familiar. Sei que só nos encontramos uma vez, mas ainda assim sinto que a conheço como nunca conheci ninguém.

Sinto sua falta, Kenna. Passo o dia todo pensando em como você está e se algo a levou a sorrir em minha ausência.

Guardei a mecha de cabelo que você mandou. Mantenho-a dentro de um medalhão que repousa sobre meu coração para me lembrar de suas palavras gentis e de sua bondade. São meus bens mais preciosos, a mecha e as cartas que me envia.

Na verdade, não consigo imaginar viver em um mundo do qual você não seja parte. Se pudesse, ficaria feliz em passar o resto da vida com você, tornando-a feliz.

Encontre-me na Inglaterra quando eu voltar, milady, e lá vou realizar o maior desejo do meu coração: um beijo em seus lábios macios e a promessa de entregar meu coração ao seu.

Até lá, que você tenha doces sonhos.

Seu cavaleiro para sempre,
S.

Kenna fechou os olhos e segurou a carta junto ao peito. Stryder a amava. Estava certa disso. Nenhum homem seria capaz de escrever palavras tão doces se não fossem sinceras.

Entretanto, talvez ela as tivesse interpretado mal.

Pareceram um pedido de casamento nas primeiras trinta vezes que as lera, mas, agora que encontrara Stryder novamente, não tinha certeza. Ele agira como se não fizesse ideia de quem ela era, e os dois já trocavam cartas havia mais de um ano.

– Kenna?

Ela se virou e viu Caledonia parada à porta.

– Você está bem?

Kenna assentiu enquanto dobrava a carta e a guardava de volta na bolsa. As palavras de Stryder haviam sido escritas apenas para ela. Nunca quisera mostrar a mais ninguém os sentimentos preciosos que eles compartilhavam.

– Só estou tentando entender a reação de Stryder.

Pelas palavras que ele lhe escrevera, Kenna esperava que ele a tomasse nos braços e gritasse de alegria. Em vez disso, ele pedira licença e saíra correndo como se o diabo em pessoa estivesse atrás dele.

Seria possível que houvesse mentido para ela o tempo todo? Mas por que faria isso?

As cartas que trocavam eram inocentes de início, apenas breves mensagens que falavam sobre o tempo e o que andavam fazendo. Fora ele quem tratara nas missivas de questões mais sérias.

Talvez ele a tivesse confundido com outra mulher. Talvez se lembrasse dela como uma dama bela e elegante como a prima Callie e agora, ao revê-la, estivesse decepcionado e arrependido das cartas.

Ela estremeceu ao pensar nisso.

Não, certamente não. Ele compartilhara coisas demais com ela. Falara da morte da mãe, do passado brutal.

Contara coisas que Kenna tinha certeza que ele nunca confessara a ninguém.

– Os homens às vezes são criaturas estranhas – disse Caledonia com calma ao fechar a porta e se aproximar. – Você não tem ideia da dificuldade que passei com Sin quando nos conhecemos. Ele era irascível e grosseiro, sempre querendo impor distância entre nós.

Kenna encontrou consolo nas palavras da prima.

– Acho difícil de acreditar.

– Sim, mas é verdade. Eu acho que você pegou Stryder desprevenido. Dê um tempo a ele para que pense com clareza e tenho certeza de que vai cumprir sua promessa.

Kenna assentiu, embora parte dela ainda quisesse chorar por seus sonhos despedaçados.

Tudo tinha começado de um jeito tão simples. Depois da morte do irmão, ela fora para a França cumprir o último desejo dele – devolver o emblema de Stryder e agradecer ao conde por ter salvado a vida do irmão e garantido que voltasse para casa.

Na França, ela ficara encantada com a valentia do conde na liça, com a força de sua espada durante o treino.

E quando Stryder tirara o capacete e Kenna vira seus traços impecáveis, ficara encantada. Nenhum homem na face da terra poderia ser mais belo do que ele.

Apressaram Stryder assim que o treino acabou, e ele mal tivera tempo de trocar mais que uma palavra com ela antes de sair.

Kenna hesitara por tanto tempo que não conseguira explicar o motivo pelo qual estava ali, nem chamá-lo de volta.

Suas mãos tremiam de tal maneira que ela só percebera que tinha deixado cair o emblema de Stryder quando outro cavaleiro o pegara do chão e o devolvera a suas mãos frias.

– Perdoe a pressa dele, milady – dissera o cavaleiro. – Stryder costuma ficar ansioso para sair da liça e voltar a sua tenda antes que o cerquem.

Ela fitava o rosto de mais um belo homem. Seu cabelo comprido e castanho-avermelhado lembrava muito os homens que encantavam as Terras Altas. Os olhos azuis eram calorosos e amigáveis.

– Eu só queria devolver isso – dissera, perguntando-se por que não tivera dificuldade em falar com ele.

Ela sempre ficava sem jeito diante do sexo oposto. Mas, por algum motivo, com aquele estranho, independentemente de sua beleza, ela se sentira à vontade.

O cavaleiro olhara para a mão dela e franzira o cenho ao ver a insígnia com o escudo e a espada.

– Onde conseguiu isso?

– Era do meu irmão. Ele voltou das terras além-mar com isso.

A mão quente dele cobrira a de Kenna e ela estremecera ao sentir os calos de seus dedos ásperos, ao ouvir sua voz grave e sedosa.

– Qual era o nome de seu irmão, milady?

– Edward MacRyan.

Uma luz distante atingira os olhos azuis dele, como se o homem recordasse o passado. Então ele lhe oferecera um sorriso discreto e doce.

– Você é Kenna.

A forma como ele dissera o nome de Kenna fizera uma sensação de calor percorrer seu corpo.

– O senhor sabe quem sou?

– Sim, milady. Seu irmão sempre falava da senhorita.

– Estava com ele além-mar?

O sorriso desaparecera enquanto ele assentia. Seus olhos revelaram a mesma dor que os do irmão quando ele se lembrava dos anos que passara preso pelos sarracenos.

Então ela compreendera quem era aquele homem. Edward lhe falara do braço direito de Stryder. O homem que ficava nas sombras enquanto Stryder conquistava fama e renome. Ele era um daqueles homens que não faziam questão de ser reconhecidos mas que consolavam e protegiam os outros mesmo assim.

– O senhor é o Espectro.

Ele parecera constrangido por um instante ao ouvir aquelas palavras.

– Como a senhorita conhece esse nome?

– Meu irmão nunca contou a mais ninguém além de mim sobre sua irmandade – apressara-se em garantir. – Nós não tínhamos segredos um para o outro. E nunca falei sobre essas histórias com outra alma. Juro. Ele só queria que eu soubesse quem vocês são antes de morrer, para que eu pudesse cumprir seu juramento.

O estranho estremecera ao ouvir aquilo, como se alguém o tivesse golpeado. Isso fizera com que ela sentisse ainda mais carinho por ele, o fato de ele compartilhar de sua dor pela perda de um homem tão nobre.

– Edward morreu? Como?

– De doença. Ele adoeceu na última primavera.

– Sinto muito por sua perda, milady. Edward era um homem bom.

Ele fechara a mão sobre o emblema e começara a se afastar.

– Devolverei isto a Stryder e darei a notícia a ele.

– Espere.

Ele parara e olhara para ela.

– Eu não sei seu nome.

Toda a emoção desaparecera de seu rosto e ele se transformara no homem da lenda de Blackmoor bem diante dos olhos dela.

– Eu sou o Espectro, milady. Não tenho nome. Não nesta situação.

– Pode pelo menos conseguir que eu me aproxime o suficiente de lorde Stryder para agradecer a ele por ter protegido meu irmão enquanto estavam encarcerados?

Ele desviara o olhar.

– Stryder não gosta de agradecimentos pessoais.

– Posso pelo menos escrever para ele, então?

O Espectro assentira.

– Sim. Vou garantir que ele receba suas cartas.

Ele a deixara tão rápido que ela nem tivera chance de agradecer ao cavaleiro misterioso. Mas era por isso que o chamavam de Espectro.

O irmão lhe contara muitas histórias sobre a Irmandade da Espada – os homens que se uniram para fugir da prisão sarracena onde estavam presos.

Lorde Stryder era chamado de Fazedor de Viúvas em razão da força de seu braço e de sua prontidão para matar quem quer que ameaçasse aqueles que estavam sob sua proteção.

O Espectro fora quem reunira informações para eles e distraíra os guardas. Sofrera punições inúmeras vezes para que seus captores estivessem distraídos enquanto os outros cavavam o túnel por onde fugiriam.

Mesmo agora, depois de ter passado um ano escrevendo cartas para

Stryder, Kenna não sabia o nome daquele cavaleiro misterioso. Ela perguntara a Stryder apenas uma vez, e a resposta fora bastante curta e estranha.

Ele não é importante, milady. Apenas um fantasma sem alma e assombrado que deve ficar na memória. Não falemos dele.

Ela nunca mais questionara isso. Seus pensamentos logo foram tomados pela fantasia do cavaleiro destemido que escrevia para ela. Do homem que abrira tanto o coração que ela se sentia impotente diante do amor que a dominava. Talvez Caledonia tivesse razão.

Stryder tinha compartilhado tantas coisas com ela que sua presença podia ter um impacto muito grande.

Talvez agora ele estivesse envergonhado de tanta franqueza e só precisasse de um tempo para se acostumar à sua presença física.

Sim, era isso.

Ele só precisava de tempo para se acostumar com as confidências que tinham trocado.

CAPÍTULO 2

— Simon, você tem sido como um irmão para mim todos esses anos. É uma pena que agora eu seja obrigado a matá-lo.

O tom irritado de Stryder era grave, letal. E reverberou pelo salão vazio onde Simon comia algo leve para aplacar a fome até a refeição da noite.

Simon se engasgou com o pão ao ouvir as palavras inesperadas e a sinceridade na voz de Stryder.

Os olhos de Stryder estavam frios e impiedosos, sem vestígios da amizade que Simon costumava ver neles.

– Isso – disse Stryder, com os olhos semicerrados de raiva. – Engasgue logo. Não vou nem me dar o trabalho de salvá-lo. Mas, antes que você morra asfixiado, pode pelo menos me contar quem é a pessoa com quem vou me casar?

Simon se engasgou mais ainda. Stryder ia *mesmo* matá-lo.

Enquanto Simon pegava o hidromel para ajudar a descongestionar sua garganta Stryder continuou o discurso furioso.

– Aparentemente, Simon, eu venho escrevendo para minha futura esposa. E, só para deixar bem claro, permita-me repetir... *eu* venho escrevendo para minha futura esposa.

Seu olhar se intensificou, fulminante a ponto de ficar comparável ao do demônio.

– Não acha que é bem improvável que eu faça uma coisa dessas, considerando que não escrevo para ninguém? Mas, se eu não escrevo, quem é que responde a todas as minhas cartas? Ah, sim, eu sei: é você, Simon. *Você.*

Simon bebeu um grande gole de hidromel e sua mente acelerou. Ele sabia que isso aconteceria, mas esperava ter um pouco mais de tempo para tirar todos eles daquela loucura.

– Você me disse para responder a suas cartas como eu achasse conveniente. Para não incomodá-lo com o conteúdo.

– Responder às minhas cartas não requer um noivado. Fale sobre essa mulher. Ela pelo menos é rica?

– Ela é muito gentil.

– Simon!

Stryder lhe lançou um olhar tão sinistro que Simon quase acreditou nas histórias que diziam que o amigo tinha vendido a alma ao diabo.

Se fosse qualquer outro homem, talvez até tivesse se encolhido, mas Simon não se encolhia diante da raiva de ninguém, principalmente diante de Stryder. Eles se conheciam fazia muito tempo e haviam passado por coisas demais juntos para que Simon tivesse medo dele.

Contudo, quando se tratava de irritá-lo, a questão era outra.

– O que você tem a dizer? – perguntou Stryder, com a voz ainda mais raivosa. – Isso é uma brincadeira? Quem é essa mulher que diz que eu a pedi em casamento?

Simon encarou Stryder de igual para igual e se perguntou como se metera naquilo.

Sua ruína tinha nome: Kenna, de cabelos castanho-claros e olhos castanhos dourados e reluzentes. Ela era uma mulher pequena, de aparência simples, mas possuía uma beleza interior que encantara Simon desde o instante em que lera sua primeira carta.

Infelizmente, tal carta não fora destinada a ele.

Kenna escrevera para Stryder, conde de Blackmoor, autodenominado Cão Bárbaro, famoso por possuir a ira do Armagedom. Quando Stryder entrava em um lugar, guerreiros de renome suavam de medo que ele os notasse.

Stryder, que era o sonho de toda mulher.

Stryder, que era o pesadelo de Simon. Pelo menos naquele momento, porque a mulher que Simon amava estava apaixonada por Stryder, cujo coração jamais seria de donzela nenhuma.

Pelo menos não por mais que uma ou duas noites.

Maldito fosse Stryder por colocá-lo naquela situação! Mas, se não fosse por Stryder e sua valentia, Simon nunca teria conhecido Kenna. Ele faria qualquer coisa por sua dama.

– Você disse que, se eu encontrasse uma mulher com a cabeça no lugar, você se casaria com ela.

Stryder vociferou e olhou para Simon como se ele tivesse três cabeças.

– Você está louco?

Sim, ele estava. Louco por uma mulher que abrira seu coração para ele achando se tratar do homem que viria a ser seu marido.

– Se você a conhecer, vai ver. Ela seria uma boa esposa para você.

Stryder praguejou.

84

– Simon, em que você estava pensando? Propor casamento em meu nome? Como pôde fazer isso?

Simon recuou ao ouvir a acusação. Fazia tanto tempo que ele vinha escrevendo para Kenna e assinando as cartas com "Seu cavaleiro para sempre, S." que tinha esquecido o pequeno detalhe de que, na cabeça dela, "S." queria dizer Stryder, não Simon.

Ele só percebera o erro quando a carta seguinte dela chegara. Em vez de "Meu querido guerreiro", ela escrevera "Meu querido Stryder". As palavras atingiram seu coração como um golpe, fazendo-o ver com clareza o que tinha feito, quem ela pensava que ele era.

Simon era um tolo.

– Simplesmente aconteceu.

Stryder estreitou os olhos.

– Não, Simon. Tempo ruim é algo que simplesmente acontece. Um desastre é algo que simplesmente acontece – falou e então fulminou o outro com o olhar. – A *morte* é algo que simplesmente acontece. Mas as pessoas não ficam noivas sem planejar. Você vai me livrar dessa ou sou capaz de arrancar sua cabeça e suas bolas.

Simon ficou observando o amigo.

– É a ameaça mais vazia que já ouvi. Calma, Stryder. Encontre-se com ela. Ela não é como as outras mulheres. Você vai ver.

Simon deu um passo à frente e baixou o tom de voz.

– Além disso, ela nos conhece.

– Todo mundo nos conhece, Si, somos bastante famosos... ou infames, conforme o caso.

– Não – disse Simon, olhando para ele com a sobrancelha arqueada. – Ela *nos conhece* – falou em um tom ainda mais baixo, pronunciando cada palavra devagar. – O irmão dela era Edward MacRyan. Você se lembra dele?

Os olhos de Stryder perderam o brilho quando a memória reprimida do cativeiro na Terra Santa renasceu.

– O homem que eu salvei dos crocodilos.

– Sim. *Ela* é a irmã de quem ele tanto falava e, mesmo após sua morte, ela segue cumprindo seu juramento à nossa causa. Foram os elogios dele que fizeram com que ela escrevesse para você pela primeira vez quando estávamos na Normandia. Era desejo dele que vocês se conhecessem.

– Por quê?

– Porque vocês dois são as pessoas que ele mais amou na vida. Ela queria agradecê-lo por ter salvado a vida dele e garantido que ele voltasse para casa.

– Isso não exigia um noivado.

Simon respirou fundo enquanto lutava contra suas emoções, que exigiam que ele ignorasse Stryder e ficasse com Kenna sem pensar nas consequências.

Não, aquilo não exigia um noivado.

Ele se sentia tão à vontade com Kenna que deixara que o bom senso escapulisse e baixara a guarda. Dissera a ela coisas que nunca tinha dito a ninguém. Ao longo do último ano, abrira seus pensamentos e seu coração para aquela mulher.

E ela retribuíra a gentileza.

Simon soltou um suspiro.

– Não se preocupe. Quando ela chegar, vou consertar tudo.

– Então é bom que comece logo, pois eu a encontrei antes de vir procurá-lo.

O coração de Simon bateu forte ao ouvir essas palavras e a felicidade o invadiu.

– Kenna está aqui?

Stryder assentiu.

Esquecendo a comida, Simon foi em direção à porta.

– Onde?

– Ela estava com Sin MacAllister quando a vi.

Simon hesitou ao ouvir o nome do amigo de infância.

– Sin a trouxe?

– Imagino que sim.

Simon cerrou os dentes. As coisas tinham acabado de ficar ainda mais complicadas. Não que isso importasse.

Kenna estava lá.

Ela era a coisa mais importante para ele, e agora poderia vê-la de novo. Tocá-la. Ouvir o som de sua voz...

Depois de todas aquelas noites tentando se lembrar de seu rosto precioso e de seu belo sorriso, ele a encontraria novamente. Sentiria o calor de seu toque. O aroma suave de lavanda em sua pele.

Seria o paraíso.

Ele deixou Stryder no salão e foi encontrar a mulher cujas observações e histórias interessantes tinham roubado seu coração. Não demorou muito para descobrir seu paradeiro. Encontrou o camareiro do rei e descobriu que ela chegara ao castelo na noite anterior, depois que Simon já tinha se retirado para sua tenda. Lorde Drexton oferecera quartos no castelo a ela, a Sin e a Caledonia.

Simon seguiu para lá, apressado. Subiu correndo a escadaria de pedra, procurando desesperadamente pela mulher que amava. Ignorando a criada que ofegou e logo deu um jeito de sair de seu caminho, ele correu pelo corredor até a última porta. O quarto que a abrigava...

Ele bateu na porta sem hesitar.

– Entre.

Simon fechou os olhos e saboreou o sotaque cadenciado que aquela única palavra revelava. Ela estava lá! Por todos os santos do céu, ela viera a seu pedido.

Enquanto levava a mão à maçaneta, sua coragem vacilou.

Kenna não *o* conhecia.

Ela passara todo aquele tempo acreditando que escrevia para Stryder. Embora ele tivesse a intenção de contar a verdade sobre quem era, nunca tivera coragem.

No início, tudo aquilo lhe parecera inofensivo. Apenas algumas observações de um para o outro sobre nada de muito importante. Até o último Natal. Em um momento de fraqueza, ele falara da morte da mãe com ela.

Kenna respondera com palavras de consolo tão preciosas que, depois disso, Simon não tivera coragem de revelar sua identidade.

Se um dia descobrir a verdade...

Ela vai achar que eu a traí.

O medo o dilacerou. Ele nunca faria algo assim, mas era o que ela pensaria. Provavelmente, jamais o perdoaria. Kenna o odiaria para sempre.

Não, ele não suportaria isso.

O que deveria fazer?

Simon ouviu os passos dela aproximando-se da porta. Com o coração martelando, ele fez algo que nunca fizera na vida: fugiu.

Afastando-se às pressas do quarto, encontrou uma alcova escura onde poderia se esconder. Mal tinha se enfiado ali quando a porta do quarto se abriu.

– Olá? Há alguém aí?

A voz de seda de Kenna encheu seu corpo de prazer.

Das sombras, ele a viu. Era muito mais bela do que ele lembrava. Seu rosto estava corado, e os olhos, reluzentes. Usava um vestido cor de vinho que fazia sua pele pálida brilhar.

Ele se enrijeceu ao vê-la. Como desejava ir até ela, tomá-la nos braços e sentir o sabor de seus lábios carnudos e úmidos. Experimentar toda a dádiva de suas curvas suaves e sua pele alva. Ele a desejava como nunca tinha desejado algo.

Precisou de toda a sua força de vontade para não sair das sombras e tocá-la. Para não ceder à ânsia ardente de suas partes íntimas, que exigia que ele a reivindicasse para si.

Porém, ele não ousaria. Não tinha nenhum direito em relação àquela mulher que abrira seu coração para ele enquanto pensava se tratar de outra pessoa.

Ele – que sabia tudo sobre ela – não deveria saber nada. Maldito fosse por sua estupidez e sua tolice.

Kenna olhou para os dois lados do corredor, voltou para dentro do quarto e fechou a porta.

Simon continuou imóvel. Estava dividido entre o desejo de ir até aquela porta, abri-la com um chute e pegar o que queria e a necessidade de correr em busca de proteção com medo de que Kenna viesse a saber de sua trapaça.

Contudo, seria mesmo trapaça, se ele não tivera essa intenção? Ele nunca mentira para a dama. Apenas deixara de corrigir seu erro de interpretação. Cada palavra que ele lhe escrevera era verdadeira. Cada sentimento, real e sincero.

– Simon?

Ele se assustou ao ouvir a voz familiar que vinha da outra extremidade do corredor.

Saindo das sombras, viu a MacNeely que era uma grande proprietária de terras. Estava ainda mais bonita agora do que quando ele deixara a Escócia. Seus cabelos longos e ruivos estavam trançados de lado, e ela usava um vestido azul-marinho que acentuava a perfeição de seu corpo.

– Callie – cumprimentou ele.

Um sorriso caloroso surgiu enquanto ela o puxava para um abraço cheio de carinho.

– O que está fazendo aqui, escondido nas sombras ainda por cima?

Simon deu um passo para trás.

– Vim para a justa, como todos.

Ela assentiu.

– Seu irmão também veio?

– Não. Draven não queria viajar sem Emily e os garotos e achou que era uma viagem muito longa para o mais novo.

Caledonia pegou seu braço e o levou na direção do quarto onde Kenna estava.

O coração de Simon batia mais forte a cada passo que ele dava em direção à sua sina. Sua testa ficou molhada de suor.

Sem perceber seu pânico, Callie continuou:

– Então terei que parar em Ravenswood a caminho de casa para visitá-los e também ver Dermot. Falando em meu irmão errante, você o viu recentemente?

Simon balançou a cabeça.

– Não o vejo desde que entreguei sua custódia a Draven, mas Emily escreveu para dizer que ele está bem.

– Ótimo.

Simon engoliu em seco quando ela pegou na maçaneta.

Corra!

A ordem era tão direta que ele não saberia dizer por que não a obedeceu. Contudo, antes que seu bom senso voltasse, Caledonia abriu a porta.

O olhar de Simon cruzou o de Kenna imediatamente. Ela estava sentada em uma poltrona do outro lado do quarto, diante da janela aberta, com um pequeno saltério nas mãos. A luz do sol entrava pela janela e iluminava faixas de seu cabelo, formando uma auréola angelical em volta de seu rosto.

Ela era linda.

O desejo o atingiu com força. Tudo o que conseguia fazer era respirar. Seu corpo ficou ao mesmo tempo quente e frio. Ele se viu incapaz de se mover. Incapaz de interromper o contato visual com a mulher que o assombrava fazia um ano, a única por quem ele daria a vida.

Kenna mal conseguiu se mexer quando viu o homem ao lado da prima. Seu cabelo castanho-avermelhado era um pouco mais longo do que a moda inglesa ditava, mas ele exibia um pequeno cavanhaque estiloso e perfeitamente aparado. Era mais alto que a maioria dos homens, com uma constituição esguia e musculosa que indicava poder e força. Graça mortal. O tom azul surpreendente de seus olhos era fascinante. Era mesmo um homem muito belo.

E ela demorou um minuto para perceber quem ele era. *Espectro.*

Os dois tinham se encontrado apenas uma vez, mas ela nunca esquecera a beleza de seus traços. O modo como seus olhos azuis eram capazes de chamuscá-la com seu calor.

Ele a encarava agora como um predador faminto que tivesse acabado de encontrar a próxima refeição. A intensidade daquele olhar a deixou acalorada e nervosa. E, curiosamente, lhe trouxe uma estranha agitação. Uma aura de poder perigoso o envolvia. De possessividade.

Ela não conseguiu entender por quê, mas a sensação não diminuiu.

– Kenna, conhece Simon? É o amigo de Sin que veio com ele para a Escócia depois que nos casamos. É com o irmão mais velho dele que Dermot está morando.

Kenna ficou pasma.

– *O senhor* é Simon? – indagou ela, abrindo um sorriso.

Ela fez de tudo para não rir de algumas das histórias que ouvira de Callie e Sin a respeito daquele cavaleiro. Era difícil imaginar que o predador perigoso diante dela pudesse ser o homem bom e gentil de quem falavam. Ele era intenso demais para isso. Intenso demais para seguir as ordens de outra pessoa.

Ela imaginava Simon de Ravenswood como um homem baixo e gentil, não alguém que se elevasse sobre sua prima com uma postura tão imponente e rígida.

Ele baixou a cabeça.

– É bom revê-la, milady.

Caledonia olhou de um para outro.

– Vocês se conhecem?

– Nós nos conhecemos na França, quando fui à procura de lorde Stryder.

Kenna se levantou e deixou o saltério sobre a poltrona.

Ao se aproximar de Simon, ela ergueu a cabeça para olhá-lo. O que aquele homem tinha que fazia com que suas pernas bambeassem? Que a fazia arder de desejo de estender a mão e tocá-lo? Tirar a mecha de cabelo de sua testa e beijar sua pele?

O olhar dele era cauteloso, frio.

– O senhor se recusou a me dizer seu nome naquele dia – lembrou ela. – Por quê?

Kenna ficou fascinada pelo modo como seus músculos se movimentaram sob a túnica quando ele deu de ombros.

– A senhorita estava mais interessada em Stryder do que em mim.

Ela teve a impressão de que aquelas palavras o feriam de alguma forma.

– Soube das boas-novas, Simon? – perguntou Callie. – Kenna vai se casar com Stryder.

Uma tensão bastante sutil tomou conta de seu rosto. Algo que parecia dor.

– Meus parabéns, milady. Espero que ele a torne feliz.

Callie franziu o cenho.

– Você está bem, Simon? Parece um pouco reservado.

Ele pigarreou e ofereceu a ela um sorriso que não alcançou seu olhar.

– Perdoe-me, Callie. Não dormi bem na última noite.

– Você ainda viaja com Stryder? – perguntou Kenna. – Ou é cavaleiro de outro senhor?

Um calor feroz invadiu o olhar de Simon ao ouvir isso. Que flamejava. Queimava. A pergunta o ofendera, ela pôde sentir.

– Sou cavaleiro de mim mesmo, milady. Viajo com meus amigos e ir-mãos até sentir necessidade de partir e seguir meu caminho.

– Irmãos? – repetiu Callie. – Achei que Draven fosse seu único irmão.

– Não. Eu sou um filho bastardo. Meu pai agia com bastante liberdade, e tenho uma família grande para preocupar sempre que desejo.

Kenna riu ao ouvir isso.

– O senhor fala como Stryder. Certa vez ele me disse exatamente o mesmo.

Não havia como não perceber o pânico estampado em seu rosto.

– É melhor eu ir. Foi bom reencontrá-las.

Simon saiu antes mesmo que Kenna pudesse abrir a boca para retribuir a gentileza.

– Bem, isso foi estranho – comentou Callie, colocando as mãos no qua-dril em reação à partida apressada. – Acho que nunca vi Simon tão rígido e reservado. Ele costuma ser muito mais simpático. Não sei o que deu nele.

Kenna mal ouviu suas palavras. Havia algo estranho ali. Algo *muito* es-tranho. Stryder agira como se não a conhecesse e Simon citara quase lite-ralmente a anedota que Stryder um dia lhe escrevera...

Stryder...

Simon...

Um mau pressentimento a dominou.

Não, claro que não.

Com o peito apertado de apreensão, ela pegou as cartas, pediu licença e então desceu para procurar um dos homens que a deixaram confusa.

Encontrou Stryder primeiro. Ela o viu sozinho no estábulo, preparando o cavalo para um passeio.

– Milorde?

Ele parou e virou-se para Kenna. Ela teve a nítida sensação de que ele mordia a língua para não proferir impropérios.

Mais uma vez ela ficou impressionada com a beleza de seus traços, com o modo como seu cabelo preto caía tão bem, emoldurando seu rosto e seus ombros.

Stryder de Blackmoor era um homem que deixava qualquer mulher de pernas bambas. Mas ele não lhe transmitia o mesmo calor que Simon.

– Milady – cumprimentou ele, friamente. Sem paixão.

E foi nesse instante que ela descobriu a verdade.

Ele não era o homem que lhe escrevera. O homem que abrira o coração e a alma para ela. Que era franco e engraçado. Caloroso e encantador.

O homem que estava diante dela era reservado demais, fechado.

Ela fora enganada, compreendeu ali mesmo. E iria provar isso antes de despejar sua ira sobre os dois.

Entregou as cartas a Stryder.

– Você é o homem que me escreveu estas cartas?

Ele virou as cartas e olhou para o selo de Blackmoor.

– Elas têm o meu brasão.

– Sim, têm.

Ele franziu o cenho ao devolver as cartas.

– Então são minhas.

– Mas você não as escreveu.

Ele se afastou.

– Por favor – implorou ela, segurando seu braço para impedi-lo. – Eu preciso saber.

– Por quê?

– Porque as palavras aqui são de carinho – disse ela, levantando as cartas. – São palavras poéticas. Quem ousaria escrevê-las assinando seu nome? Foi alguma brincadeira cruel?

Os olhos dele se obscureceram, como se aquelas palavras o ofendessem.

– Não, milady. Eu jamais brincaria com alguém assim. Posso ter cometido muitos crimes em minha vida, mas o escárnio nunca foi um deles.

Ela pegou a carta do topo da pilha e tirou a fita vermelha.

– Leia isto e me diga o que vê.

Um tique se manifestou em seu queixo.

– Não posso ler isso.

– Por que não?

– Porque não sei ler. Nunca aprendi.

O ar abandonou os pulmões de Kenna. Ela só conseguia encará-lo, estupefata. Quisera a verdade e a encontrara. Stryder era analfabeto.

– Então quem me escreveu?

– Eu.

CAPÍTULO 3

Kenna se virou e viu Simon parado bem atrás dela. Seus olhos azuis estavam escuros e tempestuosos.

– *Você* me escreveu como se fosse Stryder? – questionou ela.

Ele fitou Stryder, então voltou a olhar para ela.

– Sim.

A dor e a descrença a dominaram. Ah, como era tola! Como pudera pensar que um homem tão belo, rico e famoso como Stryder se conformaria com uma mulher simples como ela?

Porém Simon a levara a acreditar nisso. Ele alimentara sua mente com falácias e mentiras. Como fora capaz?

– Entendo.

Com a garganta apertada, ela voltou a envolver a carta com a fita e entregou a pilha a Simon.

– Espero que vocês dois deem boas risadas. Sinto muito ter atrapalhado.

Simon segurou o braço de Kenna quando ela passou por ele.

– Kenna, por favor, eu...

Ela esperou que ele terminasse.

Em vez disso, ele só ficou olhando para ela com a mandíbula contraída e os olhos agitados, como se debatesse algo consigo mesmo.

– Você o quê? – perguntou ela.

O olhar dele se atenuou.

– Eu nunca quis magoá-la.

– Então o que queria mandando aquelas cartas, sabendo que eu achava que vinham de Stryder?

Stryder pediu licença e se dirigiu para a entrada do estábulo.

Assim que ficaram sozinhos, Kenna encarou Simon, cujos olhos transmitiam um profundo tormento.

– Eu jamais a magoaria – murmurou ele.

Ela percebeu sua sinceridade, não que isso importasse. O que ele fizera era errado. Imperdoável. E por quê? Por diversão? Por crueldade?

– Mas me magoou, Simon. Você me constrangeu e fez com que me sentisse...

Ele interrompeu as palavras dela com um beijo urgente.

Kenna ficou estarrecida com sua atitude. Ninguém jamais se atrevera daquela maneira. Ninguém. Seu pai arrancaria o coração de qualquer homem que ousasse tratá-la assim.

Contudo, a ousadia de Simon ao dominá-la foi ardente e excitante.

Kenna fechou os olhos e inspirou seu cheiro quente e forte. Gemeu ao sentir seu sabor, ao sentir aqueles lábios febris e firmes nos seus, a língua explorando sua boca com gentileza.

Tinha ficado acordada durante horas na noite anterior imaginando como seria beijar o autor daquelas cartas. Porém imaginara Stryder. Só que tinha sido Simon quem as escrevera. Fora Simon que tocara seu coração e fizera com que ela se sentisse bela e desejada.

Ela se afastou e olhou para ele.

– Não vou pedir perdão por ter escrito – sussurrou Simon. – Meu único arrependimento é tê-la constrangido.

Kenna explodiu em fúria ao ouvir isso.

– Por que não me contou que não era Stryder?

– Você teria me escrito se eu contasse?

– É claro – respondeu ela, enfática.

Ela viu a dúvida crua nos olhos de Simon e a compaixão lhe doeu. Como ele podia duvidar dela, ainda mais depois do que tinha feito?

– Mesmo? – perguntou ele. – Parte do que lhe chamava a atenção não era o fato de achar que eu era um conde e não um cavaleiro sem terras? Não sou tolo, Kenna. Aprendi há muito tempo que, sempre que estou com Stryder, Sin ou Draven, as mulheres passam direto por mim. Só olham para eles. Como não tenho títulos ou terras, sou praticamente invisível. Meu único propósito sempre foi ajudar mulheres a conquistar maridos nobres enquanto sou visto como nada mais que um amigo para elas.

Ele a encarou, e seu olhar a sondava como se pudesse enxergar nos olhos dela a resposta de que precisava.

– Se soubesse que se correspondia com o simplório Simon, você teria continuado ou teria escrito uma carta para dizer que somos bons amigos e então direcionado seu olhar para outro homem?

Kenna abriu a boca, então se conteve. Não queria pensar em si mesma como alguém tão superficial. Nunca fora o tipo de pessoa que descartava alguém por conta de seu nascimento. Haveria alguma verdade na afirmação dele?

Seu olhar parou na fina corrente de ouro no pescoço dele e seguiu seu fio até o pequeno círculo dourado aninhado entre os laços de sua túnica.

Antes que pudesse se conter, ela estendeu a mão e puxou o círculo. Uma peça de ouro simples, sem adornos, quente com o calor do corpo de Simon.

Kenna abriu a peça e encontrou sua mecha de cabelo lá dentro, como ele prometera.

– Você guardou?

– Eu disse que guardaria. Sei que não acredita em mim, mas eu juro que nunca menti para você. Apenas omiti o que o *S* significava porque não queria perdê-la. Pela primeira vez eu quis algo para mim.

Suas mãos tremiam quando ela fechou o medalhão que guardava sua mecha de cabelo. Mil emoções a inundaram. Ainda estava com raiva por causa da mentira, mas nem mesmo isso era capaz de apagar o que sentia por ele.

Simon a mantivera perto do coração, exatamente como tinha escrito. E, ao pensar nisso, ela se lembrou de todos os sentimentos ternos que haviam compartilhado. Todos os segredos e todas as decepções do passado. As esperanças no futuro.

Os sorrisos e risadas que as cartas dele lhe trouxeram...

– Não sou um nobre e grandioso campeão de justas, Kenna. Sou apenas um homem que não tem nada a oferecer a uma dama como você. Durante um tempo, suas cartas me permitiram ser mais do que eu era. Perdoe-me pela dor que lhe causei.

Ele se virou e se afastou.

Lágrimas encheram os olhos de Kenna. Ela conhecia aquele homem. Conhecia em um nível que transcendia a amizade e o amor. Transcendia o entendimento e a razão. E certamente transcendia uma pequena omissão.

– Sou afligido pela tristeza... – citou Kenna.

Simon parou ao ouvir as próprias palavras vindo dela.

– Meu coração busca a luz que só suas cartas trazem – completou ele e deu uma meia risada. – Bastante sem graça, não é? Christopher de Blackmoor sempre diz que eu deveria me ater à espada e nunca pegar uma pena. Ele alega que faço muito mais estrago com tinta do que jamais seria capaz de fazer no campo de batalha.

Um sorriso venceu as lágrimas que a sufocavam.

– Não, suas palavras são lindas. Eu estimei cada uma delas.

Era verdade. Em todos os momentos de todos os dias ela vigiava a chegada do mensageiro que traria mais um elo com seu cavaleiro. Largava seus deveres correndo para receber as cartas e poder lê-las sozinha.

Significavam tudo para ela.

Como ele.

Simon respirou fundo.

– Se quiser, eu a ajudo a se casar com Stryder, milady. Conheço maneiras de vencer suas defesas.

– Você faria isso por mim?

A sinceridade naquele belo rosto a levou a estremecer.

– Eu faria *qualquer coisa* que me pedisse, Kenna.

Uma lágrima escorreu no rosto dela. Aquele era o homem por quem se apaixonara. Não Stryder e sua fama. Não um campeão invencível de justas.

Kenna tinha se apaixonado por um homem. Um homem que fazia com que se sentisse bela embora ela não tivesse a beleza da prima Caledonia. Um homem que a fazia rir e enchia seu coração de uma alegria calorosa e terna.

Ela pegou a mão de Simon e a colocou em seu coração.

– E se não for Stryder quem eu amo?

Simon não conseguiu respirar quando a pergunta soou em seus ouvidos. Ela estava dizendo...

– Diga o que posso fazer, milady, para consertar isso e eu faço.

– Realizar o maior desejo de meu coração: um beijo de seus lábios macios e a promessa de entregar meu coração ao seu.

Ele engoliu em seco ao ouvi-la repetir as palavras da última carta que lhe escrevera.

– Você me ama, Simon?

– Sim.

Então ela fez algo inesperado. Soltou sua mão, o abraçou e o beijou.

O toque suave dos lábios dela o fez estremecer. Como Kenna podia desejá-lo? Era algo inimaginável. Aquela mulher cujo humor caloroso chegava até ele como uma carícia suave, oferecendo consolo em um nível que ele nem sabia existir. Ainda o surpreendia quanto passara a depender de suas cartas. Quanto dependia dela.

– Não tenho nada a oferecer, Kenna.

– Eu só quero seu coração, Simon. Não peço mais nada.

Ele sorriu, incapaz de acreditar na realidade. Era muito mais do que ele ousara sonhar.

– Que eu lhe entrego de bom grado, milady.

Ele levou a mão dela aos lábios e a beijou.

Queria ficar com Kenna para sempre, mas sabia a verdade: a família dela jamais permitiria que eles se casassem. Nem mesmo sua amizade com Sin

MacAllister e Stryder ou sua relação de sangue com Draven seriam o bastante para convencê-los.

Ela era herdeira de uma fortuna grandiosa ligada ao trono escocês. Seu guardião iria querer um marido rico e de maior prestígio que um bastardo sem herança. Era mera questão de tempo a separação deles.

Contudo, embora o destino decretasse o contrário, ele queria ficar com ela. Queria fingir que as regras e expectativas dos outros não influenciavam suas vidas.

– Você passaria o dia comigo? – perguntou Simon.

– Onde?

Ele deu de ombros.

– Não conheço este lugar. Gostaria de explorar o campo?

Sorrindo, ela assentiu.

– Eu adoraria.

Simon a deixou pelo tempo necessário para selar seu cavalo, então levou o animal até ela.

Kenna ficou confusa quando Simon se aproximou com uma montaria apenas. Pretendia deixá-la para trás?

Antes que pudesse fazer algum comentário, porém, Simon a pegou e a colocou sobre o cavalo. O toque de seus braços e suas mãos em seu corpo fez com que o coração de Kenna disparasse. Ela nunca sentira nada melhor que o toque dele em sua pele.

– Para onde vamos cavalgar?

– Para onde quisermos.

Simon lhe lançou um olhar caloroso e ardente, então montou no cavalo atrás dela.

A sela se inclinou perigosamente enquanto ele se acomodava. O corpo de Kenna ficou apoiado no dele, num contato íntimo, intenso e eletrizante.

Kenna estremeceu, sobretudo quando os braços dele a envolveram para tomar as rédeas. Nenhum homem jamais fizera aquilo. Eles sempre mantinham uma distância respeitosa.

Mas não Simon. Ele ousava o que nenhum outro ousaria. E ela se pegou imaginando o que mais ele ousaria fazer com ela antes que o dia chegasse ao fim. Ela deveria ter medo de cavalgar sozinha com ele, mas não tinha.

Desejava aquele homem. Queria ser sua e de mais ninguém. Ele era seu campeão.

Simon bateu os calcanhares no cavalo e a levou para fora das muralhas do castelo, passando pela barbacã e seguindo em direção ao campo que cercava a fortificação.

Eles voaram pelos campos. A força do cavalo era impressionante, mas não chegava nem perto do poder do homem que a abraçava. O coração dele batia contra o ombro dela. Cada trote do cavalo a jogava para Simon em um ritmo ofuscante.

Ela sentia a respiração dele em seu pescoço, seus braços de aço envolvendo-a. Nunca tinha experimentado algo assim.

O tempo pareceu parar enquanto eles cavalgavam para longe do mundo. Para longe de qualquer outra pessoa.

Simon a levou para dentro da floresta, onde não havia ninguém além deles. Parou à beira de um lago reluzente com as margens cobertas de musgos e ajudou Kenna a descer. Ele então acariciou o cavalo por um instante e o deixou pastar e beber água.

Kenna esperou pacientemente e admirou a maneira como seus músculos se flexionavam e contraíam. Era a primeira vez que percebia o modo como o corpo de um homem se movimentava quando ele se esforçava. Ficou fascinada pelo tom escurecido de seu rosto, por suas mãos grandes tratando o animal com tanta gentileza.

Simon era poderoso. Forte, mas delicado ao cuidar. Ela sorriu ao perceber isso.

Quando Simon terminou, voltou a se juntar a ela. Pegando-a pela mão, levou-a até onde um pequeno círculo de pedras formava um desenho estranho que lembrava uma mesa com cadeiras.

– O que vamos fazer aqui? – perguntou ela enquanto caminhava ao redor do pequeno afloramento de pedras.

– Nada. Só quero me sentar para poder olhar para você sem a preocupação de que alguém nos interrompa.

Kenna franziu o cenho ao ouvir essas palavras.

– E por que quer fazer isso?

– Porque venho sonhando com seu rosto todas as noites há um ano. Da próxima vez que a deixar, quero garantir que não vou esquecer o menor dos detalhes.

Ele se sentou, então a puxou para que ela se sentasse ao seu lado na grama.

Kenna o observou sem falar nada. Ele se encostou em uma pedra sem desviar o olhar do dela. A intensidade daquele olhar azulado a agitava. Ela não sabia ao certo o que dizer.

Como era estranho! Sempre tivera muito a dizer em suas cartas. Mas as cartas eram algo inofensivo. E não havia nada de inofensivo no homem sentado ao seu lado. Ele era *perigoso*. Ela sentia isso. Era um homem que enfrentara sozinho seus inimigos. Que arriscara a própria vida pelos outros, inúmeras vezes.

– Edward me contava histórias de como você ajudava...

– Shh – disse ele, colocando o dedo sobre os lábios. – Não tenho a menor intenção de relembrar o passado. O tempo que passei no estrangeiro foi um pesadelo que prefiro esquecer.

Ela assentiu. Aqueles horrores haviam assombrado seu irmão até o dia de sua morte. Ao voltar para casa, Edward se recusava a ficar no escuro. Pagavam criados para que ficassem acordados a noite toda, mantendo a lareira e as velas acesas em seu quarto até o amanhecer. O próprio Edward comprara dúzias de gatos para garantir que jamais houvesse ratos na casa.

Durante o primeiro ano após seu retorno, Edward parecera louco. Ficava aterrorizado e nervoso. Gritava sem motivo aparente. Permanecia sentado por horas, encolhido e abraçando as próprias pernas, embalando a si mesmo sem parar.

Todos temeram por sua sanidade, até que certa noite um estranho aparecera. Kenna nunca soube seu nome. Ele ficara com Edward durante meses até que seu irmão voltasse a se comportar como um homem, não um animal assustado esperando levar uma surra.

Quando o homem fora embora, entregara a Edward a insígnia que ela devolvera a Stryder na Normandia – o símbolo da Irmandade da Espada, um grupo de homens cujos laços eram muito mais fortes que os de sangue. Era uma irmandade de tristeza e pesar. De dor e tormento inimagináveis.

E ali estava Simon, que estivera no meio daquilo tudo e de alguma forma parecia ter saído inteiro e ileso. Ela se maravilhava com sua força.

– O que vai fazer depois do torneio? – perguntou.

– Stryder quer voltar à Normandia por um tempo.

O estômago dela revirou ao pensar nele tão longe mais uma vez.

– Você vai com ele?

– Ainda não decidi. E você?

Ela soltou um suspiro enquanto pensava.

– Preciso voltar para casa – falou. – O Anjo enviou uma mensagem avisando que mais um escocês necessita de um lugar para descansar por um tempo antes de voltar para sua família. Preciso estar lá para recebê-lo.

Simon assentiu.

O Anjo fora a única mulher que estivera com eles no estrangeiro.

Apenas Simon e os outros quatro homens que haviam planejado a fuga da prisão sabiam que o Anjo era uma mulher.

Os cinco a protegeram de seus inimigos com todo o cuidado.

Ele era grato a Kenna por seguir cumprindo o juramento do irmão de ajudar a salvar e proteger aqueles que sofreram os terrores de uma prisão sarracena. Kenna era uma boa mulher que ele desejaria pelo resto da vida.

Como Simon queria que as coisas fossem diferentes! Ele ficou sentado em silêncio, vendo o vento brincar com os cachos castanhos dela, observando seus dedos longos e graciosos brincarem com a barra do vestido.

Aquelas mãos o cativavam. As mãos que ele queria sentir em sua pele. Os dedos que queria provar e provocar...

Pela primeira vez na vida, Simon se sentia constrangido e inseguro com uma mulher. Tinha medo de dizer a coisa errada e fazer com que Kenna exigisse que ele fosse embora.

Ele observou Kenna pegar uma folha de grama e usá-la como um pequeno apito.

– O que está fazendo, milady?

Ela sorriu, então soprou de novo.

– Chamando as fadas.

– Por quê?

– Para que lhe devolvam a língua afiada com que tanto me cortejou. Você está rígido comigo agora e não quero que fique assim.

Ele pigarreou ao ouvir aquelas palavras. Kenna não fazia ideia de como ele estava *rígido*.

Ela jogou a folha para o lado.

– O que posso fazer para que você relaxe?

Deite-se comigo e me deixe mordiscar cada centímetro de seu corpo...

Simon pigarreou mais uma vez em reação àquele pensamento lascivo.

– E então? – insistiu ela.

Ele quis mentir, mas não conseguiu. Nunca mentira para ela. Eles sempre compartilharam de honestidade no que dizia respeito a seus sentimentos, e ele não tinha nenhum desejo de mudar isso.

– Não ouso dizer.

– Por que não?

Com a respiração irregular, ele manteve o olhar firme no dela.

– Porque o que quero de você, milady, é completamente indecente e impróprio. Tenho medo de que saia correndo se eu exprimir meus pensamentos.

Ela franziu de leve o cenho.

– E qual é a indecência desses pensamentos?

Simon se preparou para ser rejeitado ao dizer a verdade a ela.

– Quero sentir seu sabor, Kenna, e não só de seus lábios. Quero conhecer cada centímetro de seu corpo. Não houve uma única noite no ano que passou em que eu não tenha ficado acordado ansiando por seu toque. Ansiando por seu corpo.

Kenna estremeceu ao ouvir aquelas palavras descaradas. Podia ser virgem, mas entendia muito bem o que ele estava pedindo. Ainda mais importante: entendia as consequências do desejo satisfeito e não satisfeito.

A mãe um dia lhe dissera como a virgindade de uma mulher era preciosa. Uma vez perdida, jamais poderia ser recuperada. Homens do mundo todo afirmavam que era direito apenas do marido tirar isso de uma mulher, mas a mãe dela pensava diferente.

Guarde-a para o homem que vier a amar de todo o seu coração. Se Deus quiser, é com ele que vai se casar. Mas, no fim, todas as mulheres deveriam conhecer o amor na primeira vez que recebem um homem em seu corpo. É o presente mais precioso que uma mulher pode dar para um homem: saber que ele é o primeiro.

Kenna conhecia muito bem a realidade de sua posição. Ela era prima do rei, o que significava que tinha um vínculo direto com o trono da Escócia. O amor não teria lugar em seu casamento. Política e praticidade eram só o que importava. Por isso Stryder teria sido uma boa escolha.

Mas Simon...

Seu primo jamais aprovaria aquele casamento. Ela sabia disso. Só que não queria outro homem. Queria seu cavaleiro poeta. Já que seria obrigada a suportar um casamento de aliança, então queria um dia de amor. Um momento com o homem que fazia com que ela se sentisse mulher.

Naquele único instante em sua vida, ela não queria ser a dama obediente. Queria algo para si mesma. E esse algo era o homem que estava à sua frente.

– Faça amor comigo, Simon.

O coração de Simon parou com aquelas palavras sussurradas. Ele não conseguia acreditar no que ouvia, mas não havia como negar a sinceridade no rosto dela.

– Você tem ideia do que está dizendo?

Ela assentiu.

Simon engoliu em seco. Ele deveria se levantar e ir embora. Não tinha direito ao que ela lhe oferecia e sabia muito bem disso. Mulheres de sangue real não se entregavam a cavaleiros errantes que não tinham perspectiva de alcançar nada melhor na vida.

Ele ficou horrorizado consigo mesmo por não se levantar imediatamente e levá-la de volta ao castelo. Mas não conseguia. Seu corpo se recusava a obedecer, e seu coração...

Seu coração precisava dela.

Quando Kenna se aproximou para beijá-lo, o bom senso o abandonou. Simon não conseguiu mais pensar em ir embora. Não quando tudo o que queria era ficar.

Segurou o rosto dela, deleitando-se com a suavidade de sua pele. Então aprofundou o beijo, deitou-a na grama quente e deixou que seu toque o levasse para longe da realidade.

Simon fechou os olhos e permitiu que ela invadisse todos os seus sentidos. A boca de Kenna era mais doce que o mel, e seu toque, sublime. Ele rosnou, precisando de mais da sua pele, desesperado para se deitar com ela, pele nua na pele nua.

Antes que a tarde terminasse, ambos estariam saciados.

Kenna estremeceu com a novidade de ter Simon em cima dela. Sentir seu peso sobre ela era tão bom; seus lábios, mais ainda.

A mão de Simon desceu até os laços de seu vestido enquanto seus beijos quentes e urgentes lhe tiravam o fôlego. Os sentidos de Kenna rodopiavam com a cascata de emoções e sensações que percorriam seu corpo. O mundo à sua volta saía do eixo. Seu corpo parecia pegar fogo e as chamas ficavam mais altas a cada toque da mão de Simon em sua pele.

Os dedos dele brincaram com os laços até abrir a parte superior de seu vestido, expondo seu pescoço e a protuberância de seus seios a seu olhar ardente.

Kenna observou, admirada e fascinada, quando ele baixou a cabeça para provocar a pele dela com a boca. O desejo a envolveu, acumulando-se em uma pulsação profunda no centro de seu corpo.

Simon mal conseguia respirar enquanto saboreava sua pele quente e doce. O aroma de lavanda do corpo de Kenna penetrava em sua cabeça, fazendo-o arder de desejo.

Ele não se lembrava de ter sentido tanto desejo por uma mulher, de querer tanto sentir seu sabor. Ela era sua Afrodite.

Faminto por ela, Simon abriu mais o vestido, até libertar seu seio direito. Um rubor leve cobriu a pele dela.

– Não tenha vergonha, milady – sussurrou ele e usou a barba para provocar levemente seu mamilo antes de colocá-lo na boca.

Kenna gemeu em resposta. Arqueou as costas e enlaçou as mãos no cabelo dele, puxando-o mais para perto, murmurando de prazer enquanto ele lambia e provocava sua aréola enrijecida.

Ele abriu ainda mais o vestido até que ambos os seios estivessem nus diante de seu olhar faminto. Simon não se apressou ao saboreá-la: ia de um seio para outro enquanto ela passava as mãos em seu corpo.

O que ele não daria para que ela fosse sua, para ser seu marido legítimo... Doía-lhe saber que um dia ela se deitaria assim com outro homem. Que seria obrigada a permitir que outro a tocasse.

Esse pensamento o levou a praguejar.

Ela ficou tensa.

– Eu irritei você?

– Não, meu amor – respondeu ele, lambendo o caminho de volta aos lábios dela. – Você jamais me irritaria.

– Então por que...

Ele a silenciou com um beijo, não querendo estragar o momento com o que tinha arruinado seu humor. Mas só por um instante.

O sabor da boca quente e acolhedora de Kenna era tudo de que ele precisava.

Ela soltou um suspiro de satisfação enquanto Simon acariciava seus lábios suavemente. Quem poderia imaginar que beijar fosse tão prazeroso?

Aquilo abriu seu apetite, fez com que ela desejasse vê-lo nu. Com uma coragem que a surpreendeu, Kenna puxou a túnica de Simon.

Ele riu de seu ímpeto e então se afastou o suficiente para se livrar das roupas.

Kenna engoliu em seco ao ver sua pele nua e bronzeada reluzindo à luz do sol. Ele era esplêndido. Cada parte dele. Mordendo o lábio, ela estendeu a mão para percorrer os músculos enrijecidos de seu ombro até seu bíceps poderoso, depois o peitoral.

Ele ronronou ao sentir seu toque e ficou imóvel para que ela o explorasse. E foi o que ela fez. Passou as mãos investigadoras por seu peito até o abdômen firme de aço, onde cada músculo era bem-definido. Depois desceu até a pequena trilha de pelos que ia do umbigo ao cós de sua calça.

Kenna hesitou em seguir adiante. Queria desesperadamente vê-lo por inteiro, mas estava um pouco assustada. Nunca vira um homem nu.

Como ele seria?

– Não pare aí – pediu ele, puxando o cordão do cós.

Com a garganta seca, Kenna cedeu à própria curiosidade e buscou coragem no olhar febril e ansioso de Simon.

Conduziu a mão lentamente dentro de sua calça. E o encontrou de imediato. Estava intumescido, úmido e rígido. Com a mão tremendo, ela o envolveu. Simon gemeu.

Ele se sustentou acima dela com um dos braços e usou a mão livre para cobrir a dela. Kenna estremeceu quando ele lhe mostrou como acariciá-lo.

– Você gosta disso? – perguntou ela, deslizando a mão até a base.

– Sim. Gosto.

Querendo lhe dar mais prazer, ela o segurou firme enquanto ele provocava a pele de seu pescoço com a boca. Calafrios a percorreram ao sentir seu hálito quente.

Era difícil acreditar que ela estava fazendo aquilo com ele, que estavam prestes a compartilhar a mais íntima das experiências – mas por que não deveriam? Era algo que ela não queria compartilhar com mais ninguém. Simon era o único que fazia com que se sentisse feminina. Desejável.

Ah, como ela amava sentir as mãos dele em seu corpo! Senti-lo em suas mãos. Tão macio e firme, pairando sobre ela.

Simon se afastou e tirou as botas e as calças.

Kenna lambeu os lábios ao ver sua forma masculina nua. Ele era todo poder. Todo pele dourada e músculos. Se pudesse, ela passaria o resto da vida observando aquele corpo maravilhoso e exuberante.

O desejo que sentia por ele triplicou, deixando-a sem fôlego e fraca.

Ele estendeu a mão e tirou o resto das roupas dela. Kenna estremeceu, sentindo-se completamente vulnerável.

Ela sabia que não era uma mulher bonita. Sabia que nunca tinha deixado os homens loucos de desejo.

Mas queria fazer aquilo com Simon naquele instante.

– Estou decepcionando você?

Simon ficou perplexo com a pergunta.

– Como pode perguntar isso?

Ele nunca tinha sentido tanto desejo por uma mulher.

Kenna sorriu para ele.

– Não quero que se arrependa.

– Eu jamais me arrependeria de você.

Ele a envolveu em seus braços e a puxou mais para perto. Sentir seu corpo contra o dele era o bastante para levá-lo à loucura. Ele foi descendo devagar, beijando sua pele. Do pescoço até os seios, então mais e mais para baixo.

Não havia nenhuma parte dela que ele não quisesse experimentar. Nenhuma parte dela que não quisesse tocar.

Os olhos de Kenna se arregalaram quando ela sentiu a mão dele sondar entre suas pernas. Seu corpo inteiro ardeu no momento em que ele deslizou os dedos para dentro e ao redor de sua fenda, provocando-a com prazer.

Ele tirou a mão e a cobriu por completo com seu corpo. Apreendendo novamente os lábios dela nos seus, ele abriu suas pernas e deslizou fundo para dentro dela.

Kenna sibilou quando a dor se espalhou por seu corpo.

– Shh – fez Simon em seu ouvido. – Vai passar em um instante. Prometo.

Ela mordeu o lábio e esperou enquanto ele ficava imóvel. Senti-lo inteiro era tão estranho. Ela já tinha tentado imaginar como seria ter um homem dentro de si, mas nada a preparara para a realidade.

Era tão íntimo tê-lo ali enquanto ele olhava para ela...

Simon sorriu com ternura.

– Você é linda, Kenna. Um verdadeiro tesouro.

Ela estendeu a mão e tocou seu rosto enquanto olhava dentro de seus olhos azuis ardentes.

– Eu te amo, Simon.

Ele baixou a cabeça e a beijou, então começou a se movimentar lentamente nela.

Kenna gemeu ao sentir suas arremetidas e se deixou levar pelo amor que sentia por ele. Pelo desejo.

Simon voltou para sua boca, e sua respiração roubava a dela enquanto se beijavam e se acariciavam com suas mãos e seus corpos.

Ele mal conseguia respirar enquanto se perdia na maciez do corpo dela. Raramente encontrara conforto na vida. Raramente encontrara ternura. Sua vida envolvia pessoas que lhe tinham pouca ou nenhuma consideração. Ele sempre precisou se provar merecedor. Mas não com ela. Ela o amava pelo que ele era. Não pelo braço que empunhava a espada, não por sua habilidade de pensar rápido.

Ela o amava pelo seu coração.

Com Kenna ele não precisava fingir ser nada que não era. Podia ser brando. Gentil.

Era tão injusto que não pudesse ficar com ela.

Kenna correu a mãos pelas costas dele, queimando-lhe a alma com seu toque. Ela era tudo o que ele queria em uma mulher. E tudo o que não podia ter.

Mas era dele naquele momento. Deleitando-se com isso, ele se perdeu nela.

Kenna gemeu quando a dor deu lugar ao prazer de sentir Simon dentro de si. A força rígida a preenchia a ponto de transbordar. Ela nunca sentira nada mais sublime que ele deslizando dentro dela, de novo e de novo, até ela ficar sem fôlego e fraca.

– Ah, Simon – disse ao retomar o fôlego, maravilhada.

O corpo de Kenna se contraía e relaxava ao movimento de Simon. O êxtase se acumulou até ela ter a certeza de que estava a ponto de morrer. Então, quando achou que não poderia mais suportar, seu corpo explodiu.

Kenna o abraçou com força, gritando de prazer, e Simon rosnou ao sentir o clímax dela. Incapaz de suportar o prazer do corpo dela agarrando-se ao seu, Simon se juntou a Kenna no orgasmo.

Ele acariciou seu pescoço com os lábios enquanto uma onda de prazer o invadia. O aroma do corpo dela preencheu sua mente, deixando-o tonto.

Simon não se mexeu por longos minutos, só ficou ali, nos braços dela, deixando que sua maciez o acalmasse. Por fim, com medo de machucá-la com seu peso, ele se afastou.

– Obrigado, milady.

Kenna sorriu para ele. Era tão estranho senti-lo dentro de si enquanto ele falava com ela.

Simon estava tão lindo: o rosto corado, o cabelo úmido do esforço.

Kenna estendeu a mão e afastou a franja úmida da testa dele, então traçou a linha de sua mandíbula. Como queria que pudessem ficar assim. Mas era impossível.

Ela percebeu que Simon relutava em se afastar dela. Então ele a pegou no colo e a levou em direção à água.

– O que está fazendo?

– Planejo dar-lhe um banho, milady. Lavar cada parte sua.

Kenna mordeu o lábio e uma onda de excitação percorreu seu corpo.

Simon a levou pelo lago até o ponto onde a água tocava sua cintura, então cumpriu a promessa. Correu as mãos por toda a sua pele quente, banhando-a com uma ternura que parecia estranha para um cavaleiro de seu calibre.

Ele submergiu e Kenna observou a água brincar nos músculos das costas dele quando voltou à superfície. Simon então a puxou para si e ela se deleitou com a sensação daquele corpo molhado contra o dela.

– Estou tão feliz por você ter vindo comigo hoje.

Ela sorriu para ele ao tocar o medalhão que continha a mecha de seu cabelo.

– Eu também.

Depois do banho, eles se deitaram nus na grama para secarem ao sol.

Simon parecia tão bem, esparramado embaixo dela. Ela gostou em especial do modo como os pelos castanho-avermelhados se espalhavam por suas pernas e seu peito. Do jeito como seu membro se aninhava nos pelos densos abaixo de sua cintura.

Nenhum homem era comparável a ele.

Kenna se deitou de bruços, principalmente por pudor. Ficou sobre o peito de Simon enquanto ele brincava com seu cabelo e contava histórias de suas viagens com Stryder.

– Ele não ronca – disse ela, rindo do último comentário sobre os defeitos de Stryder.

Se não conhecesse Simon, ela poderia jurar que ele só enumerava os defeitos do outro por inveja.

– Como um urso. Juro. Às vezes é tão alto que ele mesmo acorda. Aí pega o punhal e procura saber quem o acordou.

Ela riu de novo.

– Ele o mataria se ouvisse isso.

O sorriso de Simon deixou o coração de Kenna leve.

– Ele já ouviu isso de mim muitas vezes. Não finjo sutileza com ele.

– Não sei como ele o tolera – provocou ela enquanto passava a mão pelo peito de Simon.

Vinha traçando círculos em sua pele desde que se deitaram ali. Por algum motivo, não conseguia parar de tocar sua pele nua.

– Tolerar? Não sei como eu tolero Stryder. Sério, o homem é um brutamontes.

– Ele não pode ser tão ruim assim, se vê o que há de bom em você.

Simon levantou o tronco para capturar seus lábios em um leve beijo.

Kenna soltou um suspiro de satisfação. Que dia maravilhoso acabara tendo... e emocionante.

Pela manhã, ela achara que passaria o dia com Stryder. Jamais imaginaria que o dia terminaria daquela forma, que o homem de seus sonhos fosse Simon de Ravenswood.

Simon se afastou e soltou um suspiro melancólico quando o estômago dela roncou.

– Infelizmente, preciso levá-la de volta antes que sintam sua falta e Sin mande um grupo de busca atrás de você.

– Queria que isso não fosse necessário. Não podemos fugir juntos?

Os dedos de Simon brincaram no rosto dela.

– Eu gostaria que fosse possível. Mas preciso cumprir meu juramento à irmandade. Sou o único em quem Stryder confia. Ele tem inimigos que fariam qualquer coisa para vê-lo morto.

– Eu sei. Mas eu queria...

Ela não conseguiu concluir o pensamento. Não que precisasse. Simon conhecia seus desejos tanto quanto ela.

Simon prendeu uma mecha do cabelo dela atrás da orelha.

– E também temos que considerar o seu primo, que nunca descansaria se pensasse que eu a tirei do seu lar. Malcolm nunca nos deixaria em paz.

Mais uma vez, ele tinha razão.

– Prometa que não vai simplesmente me deixar, Simon. Jure que sempre vai me escrever.

– Eu juro.

Com o coração partido, ela se afastou e se levantou. Nenhum dos dois falou enquanto se vestiam e montavam o cavalo.

Kenna não suportava pensar no que estava por vir. A ideia a rasgava por dentro como uma lâmina cruel, entalhando sua alma.

Como queria ter nascido outra pessoa, ser uma dama menos célebre cuja posição social fosse equivalente à de Simon. Então talvez pudesse haver futuro para eles.

Eles chegaram ao castelo rápido demais.

Simon cavalgou até o estábulo, e a primeira coisa que Kenna avistou fez com que seu corpo inteiro gelasse.

– Você está bem? – perguntou Simon ao descer da sela.

Kenna não conseguiu responder. Seu olhar estava fixo no garanhão ruano na baia ao lado. Era um cavalo que ela conhecia bem. Pertencia a seu primo mais novo, Malcolm – o rei da Escócia.

Ela estremeceu ao imaginar por que ele estaria ali. Mas não precisou pensar muito. Logo que entraram no castelo, ela foi cercada por todos os nobres ingleses e escoceses.

O silêncio caiu sobre a multidão.

Engolindo em seco, Kenna se obrigou a seguir em frente. Malcolm estava na plataforma do salão principal, sentado ao lado do rei Henrique II da Inglaterra.

Com a coluna ereta, ela tomou coragem para seguir andando até se colocar diante do primo. Simon permaneceu ao seu lado, oferecendo conforto com sua presença enquanto ela fazia uma reverência.

Malcolm pareceu desconfortável.

– Prima Kenna, procuramos você a tarde toda. Por onde andou?

Ela se controlou para não olhar para Simon, para não se entregar.

– Perdão, majestade – ressoou a voz grave de Simon. – Eu a detive.

O olhar de Malcolm era severo.

– E o senhor é...?

– Simon de Ravenswood – respondeu o rei Henrique II. – Ele é irmão do conde de Ravenswood.

– E meu amigo pessoal – falou Sin MacAllister em meio à pequena multidão que tinha se reunido à esquerda de Kenna.

Ela olhou com gratidão para Sin. Ele era amigo e conselheiro de Henrique II e também se tornara aliado de confiança de Malcolm. Os dois reis o tinham em alta conta.

Malcolm relaxou.

– Então ele é confiável?

– Eu confiaria minha vida a ele – respondeu Sin sem hesitar.

– Ótimo – disse Malcolm. – Eu detestaria que algo se pusesse entre minha prima e seu casamento.

O pavor a consumiu.

– Casamento? – repetiu Kenna.

Foi então que ela viu Stryder de Blackmoor, que abriu caminho em meio à multidão. A expressão em seu rosto era de ira infernal.

Ele lançou um olhar assassino para Simon, então abriu um sorriso forçado para Kenna.

– Minha querida – disse Stryder em uma voz nada terna. – Parece que vamos nos casar amanhã.

CAPÍTULO 4

— omo disse? – perguntou Kenna, incapaz de compreender o que Stryder acabara de dizer.

Com sorte, ela desenvolvera algum problema de audição durante a tarde e não escutara bem.

Infelizmente, não tinha tanta sorte.

Malcolm sorriu.

– Estamos muito orgulhosos de você, prima. Um campeão de justas inglês é um ótimo aliado para nossa família. Foi muito sensata ao escolher seu marido.

Kenna se esforçou para manter a compostura. Ousou lançar um olhar rápido para Simon e o viu imóvel como uma estátua. Ele não oferecia uma única pista a respeito de seu humor, exceto o tique nervoso na mandíbula e a dor em seu olhar.

– Majestade – disse Kenna, espantada com o equilíbrio em sua voz, uma vez que desejava sair correndo e gritando. – Podemos falar em particular?

Malcolm hesitou.

– Agora, por favor? – insistiu ela.

Para seu alívio, ele concordou. Foram guiados a uma pequena antecâmara próxima ao salão principal, onde poderiam conversar sem que ninguém ouvisse.

Contudo, para a decepção de Kenna, Henrique II os acompanhou.

Quando Stryder tentou se juntar a eles, ela bateu o pé e o excluiu da sala. Ah, se pudesse fazer o mesmo com Henrique...

Não que isso importasse. Ela se recusava a se casar com Stryder. Esse laço não seria justo com nenhum dos dois, agora que ela sabia a verdade.

– Qual é o problema? – perguntou Malcolm assim que os três ficaram sozinhos.

Kenna respirou fundo e expôs seu desejo.

– Não quero me casar com Stryder de Blackmoor.

Os dois reis trocaram olhares, espantados.

– Caledonia nos garantiu que você ama o conde – apontou Malcolm. – Que só fala nele há meses.

Ela se eriçou, desconfortável.

– Eu estava enganada.

Ela se encolheu ao perceber que as palavras saíram mais em tom de dúvida que de afirmação.

– Enganada? – repetiu Henrique II. – Milady, por acaso é maluca?

Malcolm arqueou uma sobrancelha real diante da brusquidão do rei mais velho.

– Nossa prima é perfeitamente sã. Talvez o *seu* campeão tenha algum defeito.

Henrique riu.

– Nosso campeão é invencível. Teste sua força você mesmo e verá que ninguém se compara a ele em destreza. Garantimos que o problema não está em Stryder.

– Por favor, majestades – disse Kenna antes que eles começassem uma guerra. – Eu imploro, não briguem. Não há nada de errado com lorde Stryder ou comigo, só que...

– A senhorita ama outra pessoa.

Foi Henrique quem falou.

Kenna desviou o olhar.

– É verdade? – indagou Malcolm.

Ela assentiu e o primo soltou um suspiro enquanto pensava.

– E quem é o homem?

Ela engasgou com a resposta, com medo de que, ao falar seu nome, pudesse prejudicá-lo.

Mas não precisou dizer. Henrique fez isso por ela.

– Simon de Ravenswood. Por isso vocês dois estavam juntos.

O silêncio se impôs pelo que pareceu uma eternidade.

Kenna não tinha ideia do que dizer. Morria de medo de fazer algo que pudesse causar problemas a Simon.

– Kenna? – chamou Malcolm com a voz grave e calma.

O olhar dela encontrou o do primo.

– O que você diz sobre esse homem?

– Eu amo mesmo Simon, majestade.

O olhar de Malcolm assumiu um ar severo e especulativo.

– Mais uma vez seu rei pergunta: quem é esse Simon de Ravenswood? É alguém de posição superior ou privilégio?

Henrique balançou a cabeça.

– Ele é um cavaleiro errante que viaja com os campeões de justa ingleses. Não tem título nem perspectiva de conquistar um.

Os olhos de Malcolm perderam o brilho enquanto ele acenava a cabeça em agradecimento à honestidade de Henrique. Quando voltou a encarar Kenna, o coração dela se encolheu ao perceber a tristeza e o pesar em seu rosto.

Ele não lhe ofereceria nenhuma esperança.

– Kenna, você sabe da riqueza destinada a quem desposá-la. É a última dos filhos do seu pai. Você levaria Sua Majestade a oferecer sua mão a um cavaleiro sem terras?

– Se está pedindo que eu responda de coração, majestade, então a resposta é sim. Se pergunta à minha cabeça, eu conheço a verdade. Por favor, não me torture com isso. Como sempre, farei o que mandar.

O olhar do primo se suavizou um pouco.

– Viemos aqui para entregá-la em casamento a um campeão inglês – afirmou ele, depois se dirigiu a Henrique. – Haverá uma justa amanhã, certo?

– Sim.

– Então o vencedor receberá a mão de minha prima.

Kenna ficou estupefata com as palavras inesperadas de Malcolm.

– O que disse?

A chama de determinação que lhe era familiar voltou aos olhos de Malcolm.

– Seu Simon terá uma única chance de conquistá-la, Kenna. Reze esta noite para que ele seja tão hábil com a espada quanto foi em ganhar seu coração.

Radiante com suas palavras, Kenna se jogou nos braços do primo e o abraçou com força. Era uma quebra de protocolo, mas ela sabia que o primo não se importaria.

– Obrigada!

Ela lhe deu um beijo no rosto. Malcolm deu uns tapinhas em suas costas, então a soltou.

Kenna fez uma reverência para ambos os reis, pediu licença e correu para encontrar Simon, que estava em um canto com Sin e Stryder.

Nenhum deles parecia feliz.

Ainda em êxtase, ela teve de se conter para não abraçar o amado.

– Nem tudo está perdido – anunciou ao grupo.

– Como assim? – perguntou Simon.

– Malcolm não nos punirá de imediato – respondeu ela. – Se você vencer a justa amanhã, ele vai permitir que nos casemos.

Simon arqueou a sobrancelha, incrédulo.

– Se *eu* vencer?

– Sim.

O entusiasmo de Kenna diminuiu quando ela percebeu a expressão atordoada de Simon.

Stryder e Sin caíram na gargalhada.

– Qual é a graça? – questionou ela.

– Você nunca viu Stryder lutar, viu? – perguntou Sin.

Kenna franziu o cenho.

– Sim, vi.

– E não percebeu que ninguém me vence? – indagou Stryder. – Muito menos Simon.

– Preciso ressaltar que estou atrás *apenas* de você, de Sin e de Draven – rosnou Simon.

– Isso o colocaria em quarto lugar, não? – apontou Sin.

Simon lhe lançou um olhar feroz.

– Eu deveria ter deixado MacNeelys envenená-lo.

– Não importa quem é o melhor – falou Kenna. – Simon vai vencer amanhã.

Stryder riu.

– Duvido muito.

Kenna ergueu o queixo e olhou, muito séria, para o belo conde.

– Eu não. Pois se o senhor vencer, milorde, e eu for obrigada a me casar com o senhor, então posso garantir que se arrependerá da vitória pelo resto da vida.

Stryder se retesou ao ouvir suas palavras.

– Não me ameace, milady. Não aceito isso. E não vou perder para Simon nem para qualquer outro homem. Nunca fui derrotado na vida, e esse é um título que vou lutar até a morte para proteger. Ninguém me vencerá.

Antes que ela pudesse responder, Stryder deu meia-volta, furioso, e saiu.

– Como ele ousa?!

Kenna ameaçou ir atrás dele, mas Simon a impediu.

– Não se importe com ele, meu amor. Stryder tem bons motivos para dizer o que disse.

– Pode ser que tenha, mas não vou deixá-lo vencer amanhã.

Seus olhos cruzaram com os olhos negros de Sin.

– Você não poderia ajudar Simon a treinar?

Sin balançou a cabeça.

– Temos apenas uma noite.

– Sim, mas...

– Não adiantaria, Kenna – interveio Simon. – Vou lutar com todas as minhas forças por você, não duvide disso. Mas não sou tão bom quanto Stryder. Não tenho ilusões quanto a isso.

Talvez, mas no fundo ela sabia que daria certo. Tinha que dar.

– Acho que você vai se surpreender com o que é capaz de fazer.

Kenna e Simon conversaram pouco naquela noite. Depois do jantar, Caledonia levou Kenna para seu quarto enquanto Simon ia atrás de Stryder, que não aparecera para comer.

Ele encontrou o velho amigo sentado no parapeito com uma jarra de cerveja aninhada nos braços, como se fosse um bebê. Simon soltou um suspiro de desgosto ao ver a cena.

– Por que você e Sin gostam de fazer isso?

Stryder não respondeu, mas terminou a cerveja.

– Por que está aqui, Simon?

– Quero conversar sobre amanhã.

Stryder não se virou para encará-lo. Em vez disso, continuou olhando para o pátio embaixo.

– Não vou entregar a batalha.

– Eu sei.

Simon jamais pediria isso de um homem que passara a vida inteira fugindo de seu passado. Fugindo do garotinho que fora um dia. Perder não era algo que Stryder admitisse, e Simon jamais pediria um sacrifício como esse ao amigo.

– Não quero que você entregue.

– Então por que está aqui?

– Quero me certificar de que ainda somos amigos.

– Amigos...

Stryder riu e foi então que Simon percebeu que ele estava bêbado. Completamente bêbado, a julgar pelo modo como cambaleou ao colocar a jarra de lado e pegar outra que estava no chão, aos seus pés.

Stryder se endireitou e voltou a olhar para o pátio.

– Você me compromete com uma mulher que eu não conheço e agora alguém me diz que eu tenho de batalhar para me casar com ela amanhã, embora eu não queira uma esposa, menos ainda uma que esteja apaixonada por outro. Se não fôssemos amigos, você estaria morto agora, Simon.

– Não era minha intenção que tudo isso acontecesse.

Stryder levantou a cabeça, com um olhar apreensivo.

– E nunca foi minha intenção que você e Edward fossem capturados.

A dor daquela recordação invadiu Simon. Stryder mal tinha sido ordenado cavaleiro quando eles seguiram o pai de Simon além-mar. Ainda escudeiro, Simon achava que seria uma grande aventura, até eles encontrarem o pequeno grupo de Cruzados.

O pai de Simon apenas escarnecera dos tolos, mas Stryder era jovem e queria provar seu valor, então decidira seguir os Cruzados para conquistar fama e glória.

Simon escolhera a amizade e fora com Stryder, sem saber o que aquela decisão traria. Três anos de suas vidas foram sacrificados naquele dia fatídico. Três anos vivendo na sujeira e na miséria. Lutando contra ratos e serpentes por migalhas de comida.

A pele de Simon ainda exibia as marcas daquele tempo, mas, ao contrário de Stryder, ele escolhera enterrar as cicatrizes internas, tentar ao máximo esquecer todos os horrores e degradações que tinham vivido.

– Eu nunca culpei você.

– E eu nunca entendi por quê.

– Somos irmãos, Stryder.

Assim como ele era irmão de Sin e Draven. Fora obrigado a se aliar a todos eles para sobreviver. As tragédias que compartilhavam eram o que os unia.

Stryder respirou fundo.

– Você a ama?

– Sim.

– Então como pode ficar aí, tão despreocupado, sabendo que amanhã ela pertencerá a mim?

– Porque ela nunca pertenceu a mim de verdade.

A verdade doía, mas tanto ele quanto Stryder a conheciam.

– Eu sou mesmo o Espectro – ironizou Simon com amargura. – Ela só me viu quando já era tarde demais para fazer algo a respeito – disse e, com dor no coração, acrescentou: – Sei que você vai honrá-la.

– E se ela morrer por causa da maldição da minha família?

Simon revirou os olhos diante da loucura daquela pergunta.

– Você não é amaldiçoado, Stryder.

– Sou, sim. Por que outro motivo eu seria obrigado a me casar com a amada do meu melhor amigo?

Stryder passou a mão na cabeça.

– Por que você está aqui comigo, afinal? Deveria passar esta noite com ela. Talvez nunca mais tenham uma chance.

Simon franziu o cenho.

– Você está sendo incrivelmente compreensivo com tudo isso.

– Estou é incrivelmente bêbado, Simon. Pretendo beber tanto que esta noite não passará de um borrão. Amanhã você e eu vamos lutar.

Stryder olhou para o amigo.

– Não quero lutar contra você, Simon. Você é uma das poucas pessoas que eu considero da família e minha família é muito pequena. Agora vá. Quero ficar sozinho com minha tristeza.

Simon assentiu. Ele entendia bem aquele sentimento, embora naquela noite, pela primeira vez, não quisesse ficar sozinho.

Queria Kenna.

No entanto, não ousou procurá-la. Se agisse assim, passaria a noite com ela, e não podia fazer uma coisa dessas com Stryder.

Ele estimava a confiança de Kenna em suas habilidades, mas conhecia os limites de sua destreza. Jamais derrotaria Stryder. Maldito fosse o destino por isso!

Cerrando os dentes, ele deixou Stryder com sua cerveja e foi procurar qualquer consolo que houvesse em sua tenda.

Era uma noite calma, silenciosa. A maioria dos cavaleiros ainda estava no salão, vangloriando-se de como pretendiam se sair no dia seguinte.

Se fosse uma semana antes, Simon voltaria para sua tenda para escrever para Kenna, para contar a ela sobre seu dia e especular sobre o que a manhã traria. Porém nem nisso podia encontrar consolo agora. Os dias de escreverem um para o outro tinham chegado ao fim. Seria impróprio da parte dele continuar se correspondendo com a condessa de Blackmoor enquanto cavalgava com seu marido. A dor desse pensamento quase o derrubou de joelhos.

Com o coração partido, Simon entrou em sua tenda e começou a se despir. Já estava apenas de túnica e meias quando ouviu um barulho atrás da cortina que separava a área de vestir da cama.

Desconfiando de que fosse um invasor, ele pegou a espada. Com ela em punho, puxou a cortina. Ficou paralisado.

Ali, em sua cama, estava a única mulher pela qual ele venderia a alma para possuir: Kenna.

O cabelo espesso e ondulado estava solto, emoldurando seu rosto. Ela vestia uma camisola branca tão transparente que ele conseguia ver com clareza os bicos rosados de seus seios.

Simon nunca vira nada mais belo que Kenna à espera dele.

– Não deveria estar aqui – disse ele, abaixando a espada.

– Este é o único lugar onde eu deveria estar. Não quero ficar sem você, Simon.

Ele ficou emocionado com suas palavras. Com o fato de ela arriscar tanto para estar com ele naquela noite em que precisava tanto dela.

Simon deveria mandá-la embora. Era a coisa nobre a fazer. No entanto, depois de ter passado a vida inteira em função dos outros, naquela noite ele se descobriu egoísta.

Pela primeira vez, queria algo para si.

Simon largou a espada e foi em direção à cama onde ela estava deitada. Como queria poder ficar com ela assim para sempre!

Kenna prendeu a respiração, com medo de que Simon a mandasse embora. Seu olhar lhe dizia que ele estava dividido.

Mas não havia dúvida no dela. Kenna estava concentrada nele e só nele.

Ela estremeceu quando ele se aproximou e puxou as cobertas.

– Não sei o que a trouxe aqui esta noite, milady, mas me alegra que tenha vindo.

Kenna sorriu.

– É claro que eu viria por você, meu cavaleiro. Não importa onde estivesse.

Ele tirou o restante da roupa e a tomou nos braços. Kenna soltou um suspiro ao sentir a pele dele. Simon estava tão rígido e quente. Ela amava o modo como os músculos dele ondulavam sob suas mãos. O jeito dele de olhar para ela, como se Kenna fosse um prato saboroso que ele desejava devorar.

O medalhão de Simon caiu e se aninhou entre seus seios. Ela se sentiu incendiar ao acolher Simon.

– Não me deixe, Simon – sussurrou Kenna. – Por favor, vença por mim amanhã.

– Vou fazer tudo o que estiver ao meu alcance para ganhá-la.

Ele afastou as pernas dela com o joelho. Kenna gemeu ao receber o corpo rijo sobre o dela. Conseguia senti-lo dos lábios até os dedos dos pés.

Então Simon a beijou, um beijo quente e apaixonado. Ela passou as mãos por suas costas enquanto o sentia intumescido colado a ela. O corpo dela latejava de anseio de ter Simon dentro de si de novo.

Ele abriu sua camisola e deslizou a mão por seu peito, que se enrijeceu de desejo.

Com um grunhido, ele deixou os lábios de Kenna e colocou na boca o mamilo rijo. Ela sibilou ao senti-lo ali enquanto segurava sua cabeça contra o peito. Não conseguia imaginar nada mais prazeroso que o toque de Simon.

Ele não se apressou em saboreá-la, em provocá-la, e só depois começou a descer por seu corpo em um rastro lento.

Kenna não tinha ideia do que Simon pretendia. Ele levantou a barra de sua camisola, expondo a metade de baixo do corpo dela a seu olhar faminto.

Ela estremeceu ao ver que ele observava sua parte mais íntima. Ele afastou mais as pernas dela e passou o dedo pela fenda molhada. Quando ela achou que o prazer não poderia ficar maior, ele baixou a cabeça e a tomou em sua boca.

Kenna gritou em êxtase. Nunca imaginara um homem fazendo aquilo com ela. Ele a degustava com vontade. E, quando ela chegou ao auge, foi como se rasgasse por dentro.

Então Kenna imaginou que ele entraria nela.

Porém, não entrou. Em vez disso, se afastou e baixou a camisola, cobrindo-a. Então se deitou ao seu lado e a puxou para perto, aninhando a cabeça dela em seu peito.

– Você não teve o seu prazer.

– Tive, sim, meu amor. Seu prazer foi meu esta noite.

– Não compreendo.

– Não posso tomá-la de novo, Kenna, sabendo que amanhã você pode pertencer a outro. Não posso mandá-la para Stryder esperando um filho meu. Não seria justo com nenhum de nós.

– E se eu já estiver grávida de um filho seu?

– Não posso desfazer isso. Só posso garantir que não o trairei a partir de agora.

Kenna engoliu as lágrimas que desejava chorar. Era tão injusto! Ela receberia exatamente o que quisera: casar-se com Stryder. Mas não era dele que ela precisava. Era de Simon.

Ela ficou deitada em silêncio, escutando o coração de Simon bater junto a seu rosto.

Soltou um suspiro.

– Você se lembra do que escreveu para mim no último Natal, quando estava em Flandres?

– Que odeio pato?

Ela riu.

– Sim, você disse isso também. Mas eu estava pensando sobre você ter contado que queria uma comemoração em família como a do duque de Burgundy. Você escreveu que ele ficava rodeado pelos filhos, os irmãos e a irmã, lembra?

– Sim. Os homens sempre querem o que sabem que nunca poderão ter.

– Pode chegar o dia...

– Não – disse ele, interrompendo-a. – Mesmo que me tornasse um senhor de terras, eu não iria querer mais ninguém, Kenna. Você é a única mulher por quem vou buscar.

– Você mudaria de ideia, Simon, se recebesse terras.

– Nada mudaria. Conheci muitas mulheres nesta vida, de todas as posições sociais, e conheço bem meu coração. Em todas as minhas jornadas, nunca uma mulher me fez sentir o mesmo que você. Você é minha amiga e confidente. Confiei em você como em ninguém antes. Não é do meu feitio ser tão aberto, no entanto lhe contei todos os pensamentos e sonhos que já tive.

Aquelas palavras aqueceram o coração de Kenna.

Ele enrolou o cabelo dela na mão e o levou ao rosto. Fechando os olhos, inalou seu perfume. Kenna ficou admirada com aquilo.

– Não posso perder você, Simon.

O queixo dele se enrijeceu.

– Nós faremos o que tivermos que fazer.

– Mas...

– Não, Kenna. Não importa o que queremos; o amanhecer virá e nos separará.

– Mas se nós...

– Não existe "mas". Não vou levá-la a fugir da família que a ama e deixá-los loucos de preocupação. Stryder é um bom homem. Ele vai cuidar de você.

– Ele vai me amar?

Os olhos azuis cristalinos de Simon ficaram sem brilho, torturados.

– Não. Ele nunca vai se permitir amar uma mulher.

– E eu nunca vou amá-lo. Diga: como pode haver felicidade para mim ou para Stryder assim?

– Vocês vão encontrá-la. De alguma forma.

Kenna rosnou. Como queria esganar aquele teimoso! Qual era o problema dos homens? Por que eram tão cegos?

Simon beijou sua testa e segurou seu rosto entre as mãos.

– Durma, Kenna. Preciso descansar antes da batalha.

Ela assentiu, embora quisesse discutir mais. Tinha aprendido havia muito tempo que, quando um homem colocava algo na cabeça, não havia como fazê-lo mudar de ideia.

Contudo, deitada ali, aninhada nos braços de Simon, ela rezou por um milagre que lhe permitisse se casar com o homem que ganhara seu coração, não com o que ganhava as justas em nome da Inglaterra.

CAPÍTULO 5

A o amanhecer, Simon despertou sentindo Kenna ao seu lado. Seu corpo quente e macio chamava o dele, e seu cheiro magnífico e doce se agarrava a ele, dominando sua cabeça. Ele ficou deitado em silêncio, só ouvindo Kenna respirar e experimentando o toque de sua pele na dele.

Era estranho que, poucos meses antes, a única coisa que ele quisesse fosse passar o resto da vida ajudando a irmandade. Estava satisfeito com sua condição de segundo filho e cavaleiro sem terras. Ninguém lhe devia nada, e ele não devia nada a ninguém. Sua vida parecia boa. Desejável, até.

Kenna tinha mudado isso. Agora Simon só queria ficar com ela. Pela primeira vez na vida, desejava ser marido, pai. Queria ser tudo para ela, ver a barriga dela ficar redonda com um filho seu e segurar a criança nos braços. Queria envelhecer com ela.

No fim das contas, porém, ele não poderia participar da vida de Kenna de jeito nenhum. Depois daquele dia, seria obrigado a entregá-la a Stryder e se afastar. Seria a coisa mais difícil que ele já fizera.

Com o coração pesado, ele se obrigou a deixá-la e se vestir. Havia muito a fazer para se preparar para os eventos do dia.

Quando estava pronto para sair, Simon voltou até a cama e roubou um beijo silencioso de Kenna.

Ela não se mexeu.

Traçando os lábios dela com o dedo, ele deu um sorriso triste.

– Durma bem, meu amor. Espero que tenha paz em seus sonhos.

Pois ele nunca teria paz no coração. Não enquanto fossem obrigados a viver longe um do outro.

Com isso, ele a deixou e seguiu para a liça, onde os cavaleiros já começavam a se reunir.

Stryder estava lá com seu escudeiro, Raven. O garoto arrumava a couraça de Stryder para garantir uma maior amplitude de movimentos durante as batalhas que viriam.

– Como vai? – perguntou Simon ao amigo.

Os olhos de Stryder estavam fundos e vermelhos. Ele o cumprimentou com um rosnado.

– Não fale tão alto.

Simon balançou a cabeça.

– Pelo seu estado, talvez eu tenha chance, afinal.

Porém, sabia que não era verdade. Já tinha visto Stryder se recuperar de coisas muito piores e ainda assim lutar como um leão.

Stryder grunhiu em resposta.

Simon passou a manhã treinando e descansando para o que viria naquela tarde. Mas era difícil se concentrar, pois seus pensamentos teimavam em voltar para a mulher que deixara em sua tenda.

– Meu Deus – sussurrou, olhando para o céu azul –, dê-me força para vencer ou para ser homem o suficiente para me afastar e deixá-los em paz.

Kenna acordou no silêncio de uma tenda vazia. Não havia sinal de Simon. Nada além do cheiro quente e viril na própria pele.

Até seu olhar cair no travesseiro ao lado, onde ele deixara um bilhete.

Ela sentou-se e puxou o lençol até o peito, enquanto o cabelo caía em suas costas. Rompeu o selo e encontrou a escrita fluida e masculina que significava tudo para ela.

Coragem, meu amor. Preciso que você mantenha a mesma chama que a fez ir da Escócia até a Normandia no dia em que nos conhecemos. O que quer que aconteça hoje, saiba que sempre a amarei. Você é dona do meu coração, da minha alma, de todo o meu ser.

Seja forte por mim, Kenna.

Seu cavaleiro para sempre,
S.

P.S.: O "S" não é de "Stryder".

Ela riu disso, embora seus olhos estivessem cheios de lágrimas. Piscou para afastá-las, se vestiu depressa e rumou para o castelo antes que descobrissem sua ausência.

Contudo, não ficou muito tempo lá. Foi para a liça, onde os homens treinavam.

Como sempre, ninguém prestou atenção nela. Só depois de saber quais eram seus títulos e seu status um homem passou a fitá-la. Simon era diferente. Ele gostava dela, não de sua posição.

Ela o encontrou ao lado do cavalo, verificando as ferraduras e a sela.

Ele se levantou assim que a sombra de Kenna o cobriu. Seus olhos se arregalaram de surpresa.

– Kenna. Não esperava vê-la.

– Eu sei – falou ela e lhe entregou logo o pequeno embrulho que tinha nas mãos. – Mas queria lhe trazer isto.

Ele abriu o embrulho e encontrou a fita vermelha que ela sempre usava no cabelo. A que o pai lhe dera de presente dias antes de morrer. Era o primeiro dia em anos que ela ficava sem a fita.

– Já que perdeu a última, quero que use meu presente.

Ele sorriu para ela.

– Sempre.

Ele beijou seus lábios suavemente, então estendeu o braço para que ela pudesse amarrar a fita no bíceps coberto pela cota de malha. O coração dela ficava fraco e tomado pela dor só de pensar em perdê-lo.

Em silêncio, Kenna lhe desejou a força e a misericórdia de Deus. Assim que terminou, deu um pequeno passo para trás.

– Boa sorte, milorde.

Ele abriu a boca para falar, mas os arautos chamaram os cavaleiros para que se preparassem para a marcha de entrada.

Simon beijou a mão de Kenna, então se virou e montou no cavalo. De sua sela, ele olhou para ela.

Kenna viu a brisa gentil agitar seus cabelos castanho-avermelhados e percebeu a paixão e a promessa que ardiam em seus olhos. Nunca tinha visto um homem mais deslumbrante.

– Que a força de Deus esteja com você – desejou ela.

Simon assentiu, então virou o cavalo e se juntou aos demais.

Kenna não conseguiu se mexer enquanto o observava partir. Era como algo que viesse de um pesadelo esquecido.

– Kenna?

Ela se virou e viu Caledonia.

– Não se preocupe, prima – disse Callie, pegando seu braço. – Simon não vai permitir que outro homem ganhe você.

– Rezo para que esteja certa.

Callie a puxou em direção à área que havia sido preparada para os espectadores. Malcolm e Henrique II já estavam sentados na parte mais alta, onde um toldo listrado os protegia do sol.

Callie a levou até um assento atrás dos dois reis, onde Sin, todo vestido de preto, esperava.

– Você não vai participar? – perguntou Kenna a Sin.

Ele balançou a cabeça.

– Eu não brinco em combate e não tenho nenhum desejo de constranger Stryder tirando-lhe essa vitória.

Kenna pensou nessa declaração presunçosa.

– Se tem certeza de que pode vencer, então eu imploro que participe.

– Por quê?

– Se vencer, não serei obrigada a me casar com Stryder.

Malcolm riu ao ouvir isso.

– Seu rei não a deixaria sair dessa tão fácil assim, Kenna.

Irritada com o fato de o primo falar sério, Kenna se sentou em silêncio e esperou que o evento começasse.

O dia foi passando devagar enquanto cavaleiros e mais cavaleiros lutavam e derrotavam uns aos outros.

Simon lutava como se sua vida dependesse do resultado, e dependia. Se ele perdesse, ela mesma o mataria.

Estava quase anoitecendo quando chegaram à batalha final.

Stryder e Simon.

Kenna prendeu a respiração enquanto os dois se encaravam.

Simon estava exausto. Seu corpo inteiro doía das batalhas do dia. O último homem que queria enfrentar era Stryder. Após anos batalhando contra ele em treinos, sabia como o amigo era habilidoso.

Conhecia as fraquezas de Stryder, assim como ele conhecia as suas.

Nem uma vez em todos os anos juntos eles se enfrentaram de verdade.

Isso estava prestes a mudar.

Estavam em guerra agora, Stryder para defender sua honra e sua reputação, Simon para conquistar sua dama.

Simon agarrou as rédeas de seu cavalo e olhou para Stryder. Ele não perderia. De jeito nenhum entregaria a vitória a Stryder. Qualquer que fosse o preço, ele venceria. O conde de Blackmoor estava prestes a experimentar sua primeira derrota.

O arauto baixou a bandeira.

Simon esporeou o cavalo.

Ele seguiu em direção a Stryder a toda a velocidade, com a lança em punho. O barulho dos cascos ressoava em seus ouvidos, assim como seus batimentos cardíacos acelerados. O suor escorria por sua nuca.

Stryder se aproximava.

Simon retesou os músculos, preparando-se para os golpes.

Um...

Dois...

Atingiu Stryder no mesmo instante em que a lança do oponente o acertou em cheio no peito. Simon rugiu de dor.

A força do golpe fez com que ele perdesse o fôlego, mas Simon se manteve na sela. Por todos os anjos do céu, ele não seria derrubado do cavalo. Não naquele dia, e não por Stryder.

Esforçando-se para respirar, Simon jogou a lança quebrada para seu escudeiro e recebeu uma nova. Ele virou o cavalo e voltou para o campo de batalha.

Stryder inclinou a cabeça em direção a ele em uma saudação respeitosa. Simon retribuiu o gesto enquanto esperavam pelo sinal para recomeçarem.

Ele olhou para as arquibancadas onde Kenna estava. Só conseguia enxergar a cor de seu vestido, mas jurava que podia sentir seu olhar, ouvir sua voz levando-o à vitória. Ele não a decepcionaria.

A bandeira tremulou.

Por você, meu amor, por você...

– Iá!

Simon instigou o cavalo.

Porém, assim que começou a avançar, Simon percebeu: sua sela estava levemente frouxa. No início parecia pouco, mas, com as batidas dos cascos, foi piorando.

Simon praguejou ao perceber que não teria tempo de desviar de Stryder e do golpe que se aproximava.

Rangendo os dentes, recebeu o golpe com toda a força, mas sabia que a sela frouxa não aguentaria, e a lança de Stryder o jogou para trás.

A fivela da sela se rompeu, e ele foi ao chão.

Nesse momento, Simon sentiu o peso de sua derrota.

Maldição!

Ele aterrissou com tanto impacto que seus dentes bateram, seus ossos se agitaram.

Durante um minuto, Simon não conseguiu respirar, e a multidão gritava de entusiasmo pela vitória de Stryder.

Simon ficou imóvel, com o coração partido martelando. A sela estava caída ao seu lado, prova de sua má sorte.

Não! Como ele podia ter perdido por um azar do destino? Aquela injustiça o fazia querer gritar.

– Simon?

Ele mal conseguiu reconhecer a voz de Stryder de tanto que seus ouvidos zumbiam.

– Simon, você está bem?

Ele rosnou ao sentir que Stryder tentava ajudá-lo a se levantar.

– Deixe-me!

Simon tirou o elmo da cabeça e encarou o amigo. Queria bradar que não aceitava o que ocorrera, mas não seria tão infantil. Nem perderia sua dignidade.

Essas coisas aconteciam. Ele tinha sido derrotado.

Os olhos de Stryder queimavam de culpa.

– Sinto muito, Simon.

No fundo, ele sabia que Stryder estava sendo sincero. Mas isso não mudava nada.

Ele tinha perdido Kenna. Para sempre.

– Maldito seja, Stryder. Vá para o inferno!

Os olhos de Stryder faiscaram de raiva. Um músculo se retesou em sua mandíbula.

Simon esperava que ele atacasse. Ele não atacou. Em vez disso, Stryder lhe deu as costas e voltou em direção a seu cavalo.

Com raiva e ferido física, mental e espiritualmente, Simon soltou as amarras da touca e foi pegar o elmo onde ele mesmo o jogara. Contudo, ao estender a mão para pegar o elmo, algo chamou sua atenção.

Juraria se tratar do sol poente refletido numa besta escondida nas ameias. Havia participado de muitas guerras e batalhas e entendia bem essas táticas.

Ao olhar para Stryder, ele percebeu algo terrível: a besta estava apontada para o amigo.

Se ele morrer, Kenna será sua.

A ideia passou por sua cabeça antes que ele pudesse contê-la. Não que fizesse diferença. Ele jamais conseguiria ser feliz com Kenna sabendo que tinha deixado o amigo morrer.

Reagindo por puro instinto, Simon correu em direção a Stryder. Ao vê-lo se aproximar, o outro praguejou.

– Simon, eu juro...

As palavras foram interrompidas quando Simon se lançou em seus braços. Seu peso fez com que Stryder cambaleasse para trás.

No início, ele pensou se tratar de um ataque de Simon, até que percebeu que as pessoas à sua volta gritavam.

Simon estava sangrando.

Stryder ficou boquiaberto ao ver as três flechas nas costas do amigo.

– Não! – gritou Stryder, colocando Simon de lado no chão com cuidado. – Simon?

Simon tremia de dor.

Sua testa estava coberta de suor.

De repente Kenna estava ali, com o rosto pálido e as bochechas cobertas de lágrimas.

– Simon? – chamou ela, soluçando e colocando a cabeça dele em seu colo.

Simon engoliu em seco, depois cuspiu sangue. Ele segurou a mão de Kenna; não queria soltar. Lutava para respirar, mas a dor o dilacerava.

Stryder gritou chamando um médico.

Mas era tarde demais. Simon sabia. Compreendera isso assim que avistara o assassino.

– Não ouse morrer, Simon – disse Kenna, chacoalhando-o. – Não ouse...

Ele não se deu o trabalho de discutir com ela. Era o tipo de coisa que fugia ao controle dos homens. Em vez disso, beijou sua mão e inalou seu cheiro terno de mulher.

– Que droga, Simon! – grunhiu Stryder. – Você não deveria ter feito isso de novo. Você jurou que nunca mais arriscaria sua vida por mim.

Simon pegou a mão de Stryder e a colocou sobre a de Kenna.

– Cuide dela por mim, Stryder.

Ele engoliu em seco e deixou que a escuridão o engolfasse.

CAPÍTULO 6

enna caminhava de um lado para outro em frente ao quarto onde cuidavam de Simon. O corredor era cinza e ermo – um espelho perfeito de seu humor. Stryder, Sin e Caledonia, além de Malcolm e Henrique II, esperavam com ela.

Ela tentara permanecer no quarto com Simon enquanto os médicos reais de Henrique o atendiam, mas Malcolm se recusara a permitir isso.

– Foi algo extraordinário o que ele fez – disse Malcolm, como quem pensasse em voz alta.

– Ele é um homem extraordinário, majestade – acrescentou Sin. – Jamais deixa de proteger aqueles que ama e é extremamente leal.

Kenna ficou ouvindo Sin e Stryder falarem sobre a coragem de Simon aos dois reis. Sin contou que, mesmo correndo um grande risco, Simon fora para a Escócia garantir que Sin não enfrentasse seus inimigos sozinho.

Stryder contou sobre a coragem de Simon na Terra Santa e sobre sua lealdade ao irmão, Draven. Que Simon mantivera a cunhada, Emily, em segurança quando eles foram atacados por desconhecidos.

Não que Kenna precisasse ouvir provas de sua coragem ou de seus feitos. Ela sabia muito bem quão nobre e bom era Simon. Era por isso que o amava.

A porta se abriu.

Kenna levantou o olhar, esperançosa, e deu um passo à frente.

O mais velho dos três médicos saiu, enxugando as mãos em um pano azul-claro.

– Como ele está? – perguntou Kenna.

– Não muito bem, milady. Cauterizamos as feridas, mas são profundas. Não temos certeza se perfuraram algum órgão vital. Se ele aguentar até amanhã, pode ser que se recupere. Do contrário...

O estômago de Kenna revirou.

– Posso vê-lo?

Ele assentiu.

Kenna não esperou pelos demais. Correu para dentro do quarto e encontrou Simon inconsciente na cama enquanto os outros dois médicos guardavam seus instrumentos e suprimentos.

Simon estava deitado de bruços, coberto por um lençol. Seu rosto estava pálido e fantasmagórico, e seu corpo, coberto de suor.

Com dor no coração, ela se sentou ao seu lado e tirou o cabelo suado de sua testa.

– Simon – sussurrou. – Por favor, volte para mim.

⌒

Durante quatro dias, Kenna esperou com medo e sem saber se Simon acordaria, mas ele nem se mexeu.

No quinto dia, Malcolm ficou impaciente.

– A Escócia precisa de um rei em seu trono, Kenna. Não podemos mais esperar que ele acorde.

Kenna queria gritar sua recusa. Entretanto, ela era obrigada pela honra a fazer o que o primo pedisse, porque seus pedidos não eram pedidos, mas exigências de um monarca.

O irmão de Simon, Draven, que chegara para ficar com ele, encontrava-se do outro lado da cama carmesim. Seu belo rosto estava sombrio ao olhar do rei para Kenna.

– Eu cuido dele para você, Kenna. Confie em mim.

– Venha, Kenna – chamou Malcolm. – Vamos realizar logo esse casamento para que seu rei volte para casa.

Com o coração pesado, ela assentiu.

⌒

Simon acordou com a cabeça latejando. Ouviu sussurros por perto e uma porta sendo fechada.

De repente ficou com calor. As cobertas sobre ele pareciam sufocantes, insuportáveis. Ele tentou chutá-las para longe, mas descobriu que eram pesadas demais, e seus membros, fracos demais. Por que se sentia assim? Estava mais fraco que um cãozinho recém-nascido e seu corpo doía como se tivesse sido partido ao meio.

Apenas quando focou o olhar no irmão ele se lembrou do que acontecera.

– Stryder? – perguntou Simon, na esperança de que o amigo não tivesse sido atingido.

Draven foi até ele e o segurou para que permanecesse na cama.

– Shh, fique deitado.

Simon obedeceu, embora estivesse ansioso para saber o que tinha acon-

130

tecido depois que ele desmaiara. Seu olhar encontrou o do irmão, e ele percebeu que alguns fios grisalhos começavam a se destacar entre os cabelos cor de ébano de Draven.

– Onde está Stryder? – quis saber.

– Ele foi embora há quase uma semana.

Aquelas palavras fizeram a cabeça de Simon latejar ainda mais.

– Embora? – sussurrou ele.

Draven assentiu.

Simon fechou os olhos quando o desespero tomou conta dele. Isso significava que Kenna também se fora.

Pelo menos Stryder está vivo...

Sim, o amigo estava vivo, graças a ele, e casado com a mulher que Simon amava. Mais uma vez, graças a ele.

Naquele instante, ele odiou a si mesmo.

– Não quer saber há quanto tempo está acamado?

Simon balançou a cabeça. Não se importava nem um pouco com isso.

A única coisa que importava era o fato de Kenna não estar ali naquele momento.

– Quer que eu lhe conte sobre o casamento?

Simon rosnou para ele.

– Faça isso e eu juro: irmãos ou não, ferido ou não, vou acabar com você.

Draven arqueou as sobrancelhas em reação ao rancor do irmão.

– Tudo bem, me desculpe por ter tentado.

Draven se afastou da cama, depois voltou com um copo.

Simon o recusou.

– Você precisa beber alguma coisa. Você está...

– Eu não preciso disso.

O que ele precisava era ver a esposa de Stryder.

A esposa de Stryder.

As palavras o cortaram por dentro.

Simon se virou para a parede e deixou que a dor de tê-la perdido o varresse. Por que ele não morrera? Nenhum homem seria capaz de viver com a dor que ele sentia no coração.

Atrás de si, ele ouviu Draven colocar a taça na mesa de cabeceira e atravessar o quarto. A porta se abriu, mas Simon não se deu o trabalho de olhar. Sem dúvida Draven iria embora.

Ótimo. Ele queria ficar sozinho.

– Ele está acordado. – Simon ouviu Draven dizer a alguém no corredor lá fora. – Mas um conselho, milady: seu marido está de mau humor.

Simon franziu o cenho ao ouvir aquilo.

Ele se virou e viu... Não, não podia ser. Piscou ao ver Kenna se aproximar da cama.

Draven o fulminou com os olhos.

– Seja simpático com ela, irmão.

Simon não conseguia respirar. Não conseguia tirar os olhos da visão que era Kenna.

O rosto pálido dela estava reluzente e feliz. Seus olhos castanhos brilhavam. Ela usava um vestido em um tom carmesim fechado que combinava com a fita que entregara a ele.

– Você está acordado – falou, ofegante, com a voz trêmula de felicidade.

Ela se jogou sobre ele, segurando sua cabeça nas mãos enquanto o abraçava.

– Graças a Deus e a todos os santos por sua misericórdia!

Simon estava pasmo. Ele olhou para Draven na expectativa de uma explicação, mas o irmão apenas ficou com as mãos cruzadas no peito, observando os dois.

– O que você está fazendo aqui? – perguntou Simon.

– Onde mais eu estaria? – respondeu ela, afastando-se para olhá-lo.

– Com seu marido.

Ela riu.

– Eu *estou* com meu marido.

Simon ficou ainda mais confuso.

– Draven disse que Stryder foi embora.

– Sim, foi.

– Então por que você ainda está aqui?

Quem riu dessa vez foi Draven.

– Tenha piedade do homem, Kenna, e conte sobre o casamento. Ele não quis ouvir os detalhes de mim.

Aquilo era tão estranho...

– Que detalhes? – perguntou Simon.

Kenna se sentou e segurou as mãos dele.

– Malcolm nos casou por procuração.

Simon piscou. E mais uma vez.

Ela dissera mesmo o que ele tinha ouvido?

– Como?

O olhar de Kenna era terno, acolhedor.

– Depois que você foi trazido para cá, esperamos quase uma semana, mas Malcolm precisava ir embora. Ele tinha que estar aqui para assinar os papéis para que nosso casamento fosse válido e, como você não dava sinais de acordar, ele permitiu que Stryder fosse seu procurador.

A mudança de ideia do rei não fazia sentido.

– Mas por quê? Não entendo o que fez com que ele mudasse de ideia. Eu perdi a justa.

– Sim, mas não foi justo. Até Stryder destacou que ele venceu porque sua sela se rompeu. Não que importasse, no fim. Malcolm mudou de ideia porque considerou que um homem tão leal a seus amigos, que sacrificaria a própria felicidade para salvar Stryder, seria digno de se casar comigo. Mais que isso, na verdade, uma vez que Malcolm compreendeu que você jamais tentaria derrubá-lo.

– Mas eu não tenho um título.

Draven resfolegou.

– Agora tem, lorde Simon de Anwyk. O rei Henrique ofereceu um pequeno baronato pelo qual deve jurar sua fidelidade. Parece que ele gosta muito da ideia de ter um barão casado com uma princesa escocesa.

Simon olhava de um para outro, ainda incerto se não estaria delirante por causa da queda.

– Vocês estão brincando?

Draven balançou a cabeça em negativa.

– Não, meu amor – garantiu Kenna com um largo sorriso.

Então ela ficou séria.

– Você pode se divorciar de mim, é claro...

– Não – disse ele, enfático. – Nunca.

Ela sorriu de novo.

– Eu achei que você não fosse se importar.

EPÍLOGO

imon parou em frente à pequena fortificação em Anwyk para observar a esposa orientar os criados que a ajudavam a plantar roseiras no pátio.

Infelizmente, um véu azul leve cobria seus cabelos castanhos. Como ele amava passar as mãos naquelas mechas longas e onduladas à noite. Enterrar o rosto em seu aroma sempre que faziam amor.

A cada dia ela se tornava mais bonita, mais querida a seu coração.

Kenna levantou o olhar e viu que ele a observava. O sorriso em seu rosto fez com que o coração de Simon disparasse.

– Saudações, milorde – disse ela. – Gostaria de nos ajudar?

– Não – respondeu ele, encurtando a distância entre os dois para poder envolvê-la em seus braços. – Prefiro observar você – explicou, depois se inclinou e sussurrou em seu ouvido: – Principalmente quando você se curva.

Ela deu um gritinho brincalhão ao ouvir isso.

– Você está animado hoje...

– Milady, fico animado *sempre* que olho para você.

Ela riu, então lhe deu um beijo ligeiro e casto.

– Saia daqui, seu despudorado. Tenho trabalho a fazer.

Simon virou a cabeça para observar o membro mais jovem da equipe. O rapaz era apenas um garoto quando fora aprisionado. Stryder o enviara a eles para que cuidassem dele e o ajudassem a se adaptar à liberdade recém-descoberta. Com o cuidado e a gentileza de Kenna, o garoto progredira bastante em poucas semanas.

– Você faz um ótimo trabalho, milady – elogiou Simon, em tom sério.

Ou pelo menos ficou sério até o diabinho que havia nele assumir o controle novamente.

Ele levantou Kenna. Ela gritou em protesto.

– O que está fazendo?

– Parece-me que milady ainda tem uma promessa a cumprir.

– E que promessa é essa?

– A de que me daria um filho antes do próximo verão.

Ele a beijou e a levou para longe dos demais. Carregou-a até o castelo que agora pertencia ao homem que um dia não tivera nenhuma perspectiva. Bem, agora ele tinha e pretendia passar a vida fazendo com que Kenna soubesse como era grato a ela.

Simon correu com ela até o quarto no andar de cima. Fechou a porta e franziu o cenho ao ver a carta sobre a cama.

Colocou a esposa de pé e foi até lá.

Kenna se aproximou enquanto ele observava o próprio selo baronial.

– O que é isto? – perguntou ele.

Eles não se correspondiam desde antes do casamento.

Ela deu de ombros.

– Leia.

Simon rompeu o selo e abriu a carta.

Meu querido campeão,

Como todas as boas notícias parecem vir por escrito, achei que devesse contar o seguinte: cumpri minha promessa.

Para sempre sua,
K.

P.S.: O "K" é de "Kenna", caso você venha a me confundir com outra pessoa.

A mão de Simon tremeu enquanto ele compreendia o significado daquilo.

Ela estava grávida.

Ele quis gritar de felicidade. Virou-se para ela e indagou:

– Você tem certeza?

Ela assentiu.

Rindo alto, ele a pegou nos braços e a rodopiou.

– Obrigado! – exclamou, colocando-a no chão para beijá-la.

Todos os seus sonhos tinham se realizado e ele devia tudo a uma mulher...

Sua Kenna.

Julia Quinn

Um conto de duas irmãs

*Esta história é para os funcionários de todas aquelas Starbucks
que me prepararam tantos caramelos macchiatos triplos,
desnatados, com pouca baunilha, e não disseram uma única
palavra enquanto eu ficava horas lá sentada, digitando no laptop.*

*E também para Paul, embora ele diga que tomar café é
"um hábito desagradável, sujo e nojento" e que "nunca trouxe
nada de bom". (Isso aparentemente inclui a ocasião em que
minha mãe quase perdeu o voo porque paramos para um latte a
caminho do aeroporto.)*

Não sei como você sobreviveu à faculdade de medicina, querido.

CAPÍTULO 1

Ned Blydon soltou um suspiro de cansaço e olhou para os dois lados antes de instigar o cavalo e sair dos estábulos. Era um trabalho exaustivo evitar três mulheres de uma vez só.

Em primeiro lugar, a irmã. Arabella Blydon Blackwood tinha opiniões fortes sobre como o irmão deveria levar a vida, opiniões que ela não tinha vergonha nenhuma de compartilhar.

Opiniões que Ned vinha ignorando nos últimos oito anos, mais ou menos.

Em geral, Belle era uma pessoa adorável e sensata, porém achava que sua posição de mulher casada lhe dava o direito de mandar nele, embora Ned fosse – como costumava lembrá-la – mais de um ano mais velho que ela.

Em segundo lugar, a prima Emma, que tinha – se é que isso era possível – ainda menos reservas que Belle. O único motivo pelo qual ela não estava empatada com a irmã dele no primeiro lugar da lista atual de mulheres-a-
-serem-evitadas-a-todo-custo era o fato de estar grávida de sete meses e não conseguir se movimentar com rapidez.

Se correr para fugir de uma grávida cambaleante tornava Ned uma pessoa má, que fosse. Sua paz de espírito valia o risco.

Por fim, e ele tinha vergonha de admitir, era a vez de Lydia.

Ele soltou um gemido. Em três dias, Lydia Thornton se tornaria sua esposa. E, embora não houvesse nada especialmente errado com ela, o tempo que passava em sua companhia era composto de silêncios constrangedores e olhadelas para o relógio. Não condizia com o que ele imaginava de um casamento, mas era – e ele já aceitara isso – tudo o que poderia esperar.

Ned passara as últimas oito temporadas de eventos sociais em Londres, um homem charmoso na cidade, um tanto libertino, mas não a ponto de mães nervosas afastarem as filhas dele. Não evitava o casamento conscientemente – bem, não nos últimos anos, pelo menos –, mas também nunca conhecera uma mulher que lhe inspirasse paixão.

Desejo, sim. Luxúria, com certeza. Mas paixão verdadeira? Nunca.

Então, ao se aproximar dos 30 anos, seu lado prático assumira o comando e ele decidira que, já que não se casaria por amor, que se casasse por terras.

Aí entrava Lydia Thornton.

Tinha 22 anos, belos cabelos loiros, olhos cinzentos atraentes, inteligência razoável e boa saúde. E seu dote consistia em 8 hectares de belas terras que se estendiam ao longo da fronteira leste de Middlewood, um dos menores imóveis da família Blydon.

Oito hectares não eram muito para um homem cujas propriedades familiares se espalhavam por todo o sul da Inglaterra, mas Middlewood era a única que Ned podia realmente chamar de sua. As demais pertenciam a seu pai, o conde de Worth, e seria assim até que ele morresse e passasse o título para o filho.

Embora Ned entendesse que o condado era um direito e um privilégio seus enquanto primogênito, não estava com pressa de assumir as responsabilidades que vinham com o título. Além disso, era um dos poucos homens em seu círculo de conhecidos que *gostava* dos pais – a última coisa que queria era enterrá-los.

O pai, em sua sabedoria infinita, entendia que um homem como Ned precisava de algo para chamar de seu, então, quando Ned completara 24 anos, ele transferira Middlewood, uma das propriedades não vinculadas ao condado, ao filho.

Talvez fosse pela casa elegante, talvez fosse pelo esplêndido lago de trutas. Talvez fosse pelo simples fato de a propriedade ser sua, mas Ned amava Middlewood, cada centímetro quadrado dela.

Então, quando lhe ocorrera que a filha mais velha do vizinho já tinha idade suficiente, bem, pedi-la em casamento parecera fazer todo o sentido.

Lydia Thornton era perfeitamente agradável, tinha um dote perfeito, era perfeitamente atraente, enfim, perfeita em tudo.

Só não era perfeita para ele.

Porém, não era justo usar esse argumento contra ela. Ele sabia o que estava fazendo ao pedir sua mão. Só não esperava que o casamento iminente evocasse tanto a imagem de uma corda amarrada em seu pescoço. Embora, na verdade, a ideia de matrimônio não lhe parecesse tão infeliz até a semana anterior, quando ele chegara a Thornton Hall para comemorar a data vindoura com as duas famílias e cerca de cinquenta amigos próximos.

Era impressionante quantos estranhos podiam surgir nesse grupo, o bastante para levar um homem à loucura. Ned praticamente não tinha dúvida de que poderia ir direto para o hospício assim que deixasse a igreja do vilarejo no sábado de manhã com o anel de sua família firmemente abrigado no dedo de Lydia.

– Ned! Ned! – chamou uma voz feminina estridente, uma voz que ele conhecia muito bem. – Não tente me evitar. Já vi você.

Que inferno! Era sua irmã. E, se tudo acontecesse como de costume, Emma chegaria logo em seguida, andando feito um pinguim e pronta para passar o próprio sermão assim que Belle fizesse uma pausa para respirar.

E – por Deus! – no dia seguinte sua mãe chegaria para completar a tríade assustadora.

Ned estremeceu – um tremor físico real – ao pensar nisso.

Instigou o cavalo a trotar – era o mais rápido que poderia seguir, estando tão próximo da casa. Planejava galopar assim que fosse possível fazê-lo sem colocar ninguém em risco.

– Ned! – gritou Belle, ignorando o decoro, a dignidade e até mesmo o risco em que se colocava ao descer correndo pela rua sem dar atenção à raiz de árvore que serpenteava pelo caminho.

Pof!

Ned fechou os olhos, agoniado, e parou o cavalo. Agora mesmo é que não conseguiria fugir. Ao abrir os olhos, viu Belle sentada na terra parecendo bastante aborrecida, mas não menos determinada.

– Belle! Belle!

Ned olhou além de Belle e viu a prima Emma aproximar-se o mais rápido que sua silhueta redonda permitia.

– Você está bem? – perguntou Emma a Belle antes de se virar para Ned e perguntar: – Ela está bem?

Ele encarou a irmã.

– Você está bem?

– E *você*, está bem? – retrucou ela.

– Que tipo de pergunta é *essa*?

– Uma pergunta bastante pertinente – respondeu Belle, quase derrubando Emma ao se levantar apoiando-se na mão que ela lhe estendera. – Você me evitou a semana toda...

– Faz dois dias que você está aqui, Belle.

– Bem, *parece* uma semana.

Ned não tinha como discordar.

Como ele não respondeu, Belle fez uma careta.

– Vai ficar aí, montado no cavalo, ou vai descer e conversar comigo como um ser humano decente?

Ned pensou sobre a questão.

– É bastante grosseiro ficar montado no cavalo enquanto duas damas estão em pé – acrescentou Emma.

– Vocês não são damas – resmungou ele –, são parentes.

– Ned!

Ele se virou para Belle.

– Tem certeza de que não se machucou?

– Sim, claro, eu...

Os olhos azuis reluzentes de Belle se arregalaram quando ela se deu conta da intenção dele.

– Bem – emendou ela –, na verdade, meu tornozelo está um pouco sensível e...

Ela tossiu algumas vezes, por garantia, como se isso reforçasse a afirmação de que tinha torcido o tornozelo.

– Ótimo – disse Ned, sucinto. – Então não precisa de minha ajuda.

Ele esporeou o cavalo e as deixou para trás. Grosseiro, talvez, mas Belle era sua irmã, seria obrigada a amá-lo mesmo assim. Além disso, ela só queria conversar com Ned sobre o casamento iminente e esse era o último assunto que ele queria discutir.

Ele partiu para oeste, primeiro porque a fuga seria mais fácil naquela direção, mas também porque logo se encontraria em meio às terras do dote de Lydia. Talvez um lembrete do motivo de se casar o ajudasse a manter o equilíbrio mental. Eram terras muito agradáveis, verdes e férteis, com um lago pitoresco e um pequeno pomar de macieiras.

– Você gosta de maçãs – murmurou Ned baixinho. – Sempre gostou de maçãs.

Maçãs eram um ponto positivo. Seria bom ter um pomar.

Quase fazia o casamento valer a pena.

– Tortas – continuou. – Bolos. Tortas e bolos sem fim. E compota de maçã.

Compota de maçã era uma coisa boa. Uma coisa muito boa. Se ele seguisse equacionando o casamento como compotas de maçã, talvez mantivesse a sanidade até a semana seguinte, pelo menos.

Semicerrou os olhos para enxergar à distância, tentando avaliar quanto faltava para chegar às terras de Lydia. Não muito mais que cinco minutos galopando, supôs, e...

– Ei! Ei! Eeeeeei!

Ah, ótimo. Mais uma mulher.

Ned diminuiu a velocidade, olhando ao redor enquanto tentava descobrir de onde vinha a voz.

– Aqui! Por favor, ajude!

Ele virou para a direita e depois para trás, então percebeu por que não notara a jovem antes. Ela estava sentada no chão, vestida com um traje de montaria verde que a camuflava em meio à grama e aos arbustos baixos ao redor. O cabelo castanho comprido estava preso para trás de uma forma que jamais seria aprovada em uma sala de estar londrina, mas lhe caía muito bem.

– Bom dia! – exclamou a jovem, soando um pouco insegura.

Ele parou, relutante, e desceu do cavalo. Só queria um pouco de privacidade, de preferência montado e cavalgando o mais rápido possível em campos ondulantes, mas era um cavalheiro (apesar do tratamento reconhecidamente displicente que dera à irmã) e não poderia ignorar uma dama em apuros.

– Algum problema? – perguntou ele com a voz suave enquanto se aproximava.

– Acho que torci o tornozelo – respondeu ela, estremecendo ao tentar tirar a bota. – Eu estava caminhando e...

Ela levantou a cabeça e piscou os grandes olhos cinzentos várias vezes.

– Ah!

– Ah? – ecoou ele.

– O senhor é lorde Burwick.

– Sou.

O sorriso dela tornou-se estranhamente frio.

– Sou a irmã de Lydia.

Charlotte Thornton estava se sentindo uma idiota – e odiava sentir-se assim. Não que alguém gostasse disso, imaginava, mas ela achava essa sensação especialmente irritante, pois sempre considerara o bom senso a mais louvável das características.

Ela saíra para uma caminhada para escapar da multidão de convidados um tanto irritantes que tinham invadido sua casa na semana que antecedia o casamento da irmã mais velha.

Jamais compreenderia por que Lydia precisava que cinquenta desconhecidos testemunhassem seu casamento. E isso nem incluía todos os que planejavam chegar no dia da cerimônia. Contudo Lydia queria isso – ou melhor, a mãe delas queria –, então agora a casa estava lotada, assim como as residências dos vizinhos e todas as estalagens locais.

Charlotte estava prestes a perder a cabeça. Portanto, antes que alguém a avistasse e implorasse por sua ajuda em alguma tarefa *absolutamente* importante, como garantir que o melhor chocolate fosse entregue à duquesa de Ashbourne, ela vestira o traje de montaria e fugira.

No entanto, ao chegar ao estábulo, descobrira que sua égua não estava lá, mas com um dos convidados. Os cavalariços afirmaram que a mãe dela dera permissão, mas isso não contribuíra muito para melhorar o humor de Charlotte.

Então ela saíra pisando duro em busca apenas de um pouco de paz e sossego e acabara enfiando o pé em um buraco de toupeira. Percebera que tinha virado o tornozelo antes mesmo de cair no chão.

Ele já estava inchando e, naquele dia de azar, era claro que ela estava usando botas fechadas, não aquelas com cadarços, fáceis e rápidas de tirar.

O único aspecto positivo de sua manhã era não estar chovendo, embora, com sua sorte – sem falar no céu cinza –, Charlotte não pudesse tomar por certo que continuasse assim.

Agora seu salvador era ninguém menos que Edward Blydon, visconde de Burwick, o homem que em três dias viria a se casar com sua irmã mais velha. De acordo com Lydia, ele era um completo libertino e nada sensível às emoções delicadas de uma mulher.

Charlotte não saberia dizer o que constituía uma emoção delicada e, na verdade, duvidava que ela mesma tivesse alguma. Ainda assim, essa descrição não era algo que enaltecesse o jovem visconde. A definição de Lydia fazia com que ele parecesse um pouco grosseiro e arrogante. Nem de longe seria o tipo de cavalheiro mais adequado para resgatar uma donzela em perigo.

E ele parecia mesmo um libertino. Charlotte podia não ser uma sonhadora romântica como Lydia, mas isso não queria dizer que fosse indiferente à postura e à aparência de um homem. Edward Blydon – ou Ned, como ela ouvira Lydia chamá-lo – tinha os olhos azuis mais surpreendentemente reluzentes que ela já vira. Em algum outro homem, talvez não parecessem másculos (ainda mais com aqueles cílios pretos pecaminosamente longos), mas Ned Blydon era alto e forte, e qualquer um perceberia o corpo definido e atlético embaixo do casaco e da calça, mesmo alguém que não estivesse olhando muito – e ela com certeza *não* estava.

Ah, tudo bem, ela estava. Mas como poderia evitar? Ele pairava sobre ela como um deus perigoso, bloqueando com a silhueta poderosa o que ainda restava do sol.

– Ah, sim – disse ele, com certo ar de superioridade, na opinião dela. – Caroline.

Caroline? Eles tinham sido apresentados *três* vezes.

– Charlotte – corrigiu ela.

– Charlotte – repetiu ele, com elegância suficiente para oferecer um sorriso tímido.

– *Há* uma Caroline – a honestidade obrigou-a a dizer. – Ela tem 15 anos.

– Portanto, é jovem demais para sair sozinha, imagino – afirmou ele.

Insinuando que *ela* também era jovem demais. Charlotte semicerrou os olhos ao perceber o leve tom de sarcasmo na voz dele.

– Está me repreendendo?

– Eu jamais faria isso.

– Porque eu *não tenho* 15 anos – ressaltou ela, atrevida – e saio para caminhar sozinha o tempo todo.

– Tenho certeza que sim.

– Bom, geralmente não para caminhar – admitiu ela, com a irritação um tanto atenuada pela expressão branda dele. – Mas para cavalgar.

– E por que não está cavalgando? – perguntou ele, ajoelhando-se ao lado dela.

Ela sentiu os lábios se contorcerem em uma expressão extremamente desagradável.

– Alguém pegou minha égua.

Ele levantou as sobrancelhas.

– Alguém?

– Um convidado – grunhiu ela.

– Ah – disse ele, demonstrando simpatia. – Parece que há muitos circulando por aí.

– Como uma infestação de gafanhotos – resmungou ela.

Então se deu conta de que acabara de ser incrivelmente rude com o homem que até então não demonstrara ser o grosseiro desagradável que a irmã pintara. Os gafanhotos de um eram os convidados do outro, afinal.

– Desculpe – emendou logo, olhando para ele com olhos hesitantes.

– Não precisa se desculpar – respondeu ele. – Por que acha que *eu* saí para cavalgar?

Ela piscou.

– Mas é seu casamento.

– Sim – respondeu ele, irônico. – É mesmo, não é?

– Bom, é – disse Charlotte, como se ele esperasse uma resposta, embora ela soubesse que não. – É, sim.

– Vou contar um segredo – falou ele, colocando as mãos com delicadeza em sua bota. – Posso?

Ela assentiu e tentou não choramingar quando ele puxou a bota de seu pé.

– Casamentos são para mulheres.

– Alguns diriam que existe pelo menos *um* homem envolvido – contrapôs ela.

– Verdade – concordou ele, finalmente tirando a bota por completo. – Mas sejamos sinceros: o noivo faz mais do que ficar ali e dizer "Sim"?

– Ele precisa *fazer o pedido*.

– Pff – bufou ele, desdenhoso. – Isso leva apenas alguns minutos. Além do mais, é feito meses antes. Quando chega o casamento de verdade, as pessoas mal se lembram da ocasião.

Charlotte sabia que isso era verdade. Não que alguém tivesse se dado o trabalho de pedir sua mão, mas, quando ela perguntara a Lydia o que o visconde tinha dito ao pedir a dela, a irmã só suspirara e dissera: "Não me lembro. Algo absolutamente trivial, com certeza."

Charlotte ofereceu um sorriso de compaixão ao futuro cunhado. Lydia nunca falara bem dele, mas o homem não parecia ser um tipo ruim de fato. Na verdade, ela sentia certa afinidade com ele, dado o fato de que ambos tinham fugido de Thornton Hall em busca de paz e tranquilidade.

– Acho que não está quebrado – disse ele, pressionando os dedos com delicadeza no tornozelo dela.

– Não, acredito que não. Estarei melhor amanhã, tenho certeza.

– Tem? – perguntou Ned, a boca se curvando em uma expressão desconfiada. – Porque eu tenho certeza de que não estará. Deve demorar pelo menos uma semana até que consiga caminhar sem desconforto.

– Uma semana? Não!

– Bom, talvez não. Não sou médico. Mas vai mancar por algum tempo.

Ela soltou um suspiro, uma espécie de som resignado.

– Vou ser uma dama de honra incrível para Lydia, não acha?

Ned não se dera conta de que ela fora convidada para a função; na verdade, ele prestara pouca atenção aos detalhes do casamento. Mas era muito bom em fingir interesse, então assentiu de forma educada, resmungou algo sem muito sentido e tentou não parecer tão surpreso quando ela exclamou:

– Talvez agora eu não precise ser!

Ela o encarou com inegável entusiasmo, os olhos grandes e cinzentos reluzentes.

– Posso passar a posição para Caroline e me esconder nos fundos.

– Nos fundos?

– Da igreja – explicou ela. – Ou na frente. Não importa onde. Mas talvez agora eu não tenha de participar dessa cerimônia infeliz. Eu... Ah!

Ela cobriu a boca depressa e seu rosto ficou vermelho.

– Desculpe. É a *sua* cerimônia infeliz, não é?

– Por mais infeliz que seja admitir isso – respondeu ele, incapaz de evitar um leve sorriso –, sim.

– O vestido é amarelo – resmungou ela, como se isso explicasse tudo.

Ned olhou para o traje de montaria verde certo de que jamais entenderia o funcionamento da mente feminina.

– O que disse?

– Eu tenho que usar um vestido amarelo – explicou ela. – Como se aguentar a cerimônia inteira não fosse ruim o bastante, Lydia escolheu um vestido amarelo para mim.

– Hum... por que a cerimônia será tão terrível? – perguntou Ned, apreensivo de repente.

– Lydia deve saber que eu fico horrível de amarelo – disse Charlotte, ignorando a pergunta. – Como uma vítima da peste. A congregação provavelmente vai fugir da igreja aos gritos.

Ned deveria ficar assustado diante da ideia dos convidados de seu casamento correndo em massa, histéricos. Em vez disso, porém, ficou assustado por achar essa imagem bastante reconfortante.

– Qual é o problema da cerimônia? – indagou de novo, balançando de leve a cabeça ao lembrar que ela não respondera à sua pergunta.

Ela franziu os lábios enquanto cutucava o tornozelo, dando pouca atenção a ele.

– O senhor *viu* o programa?

– É... não.

Ele começou a pensar que talvez isso tivesse sido um erro.

Ela levantou a cabeça, os olhos grandes e cinzentos claramente expressando pena dele.

– Deveria ter visto – foi tudo o que disse.

– Srta. Thornton – falou ele, com a voz severa.

– Será uma cerimônia muito longa – contou ela. – E vai ter pássaros.

– Pássaros? – ecoou ele.

Ned engasgou com essa única palavra a ponto de ter um acesso de tosse.

Charlotte esperou que o ataque diminuísse antes de assumir uma expressão inocente e perguntar:

– O senhor não sabia?

Ele se viu incapaz de fazer mais que uma careta. Ela riu, um som suave e musical, então disparou:

– O senhor não é como Lydia o descreveu.

Isso era interessante.

– Não sou? – perguntou ele, mantendo a voz suave.

A jovem engoliu em seco e Ned percebeu que ela se arrependera de ter falado demais. Ainda assim, teria de dizer algo, então ele esperou pacientemente.

– Bom, na verdade ela não disse muita coisa – tentou corrigir-se Charlotte. – O que talvez tenha me levado a acreditar que o senhor fosse um pouco distante.

Ele se sentou na grama ao lado dela. Era bastante confortável estar com a jovem depois de ter se obrigado a manter-se alerta entre as multidões em Thornton Hall.

– E como a senhorita teria chegado a essa conclusão? – perguntou ele.

– Não sei. Acho que só imaginei que, se o senhor não fosse distante, as conversas com ela teriam sido um pouco mais... – falou ela e então franziu o cenho. – Como dizer?

– Descontraídas?

– Exato.

Ela se virou para ele com um sorriso excepcionalmente reluzente e Ned se viu prendendo a respiração. Lydia nunca lhe sorrira assim. Pior: Ned nunca quisera que ela sorrisse assim para ele.

Entretanto, Charlotte Thornton... ela era uma mulher que sabia sorrir. O sorriso vinha de sua boca, de seus olhos, irradiava de sua pele.

Inferno, no momento aquele sorriso descia pelo seu corpo para áreas que jamais deveriam ser tocadas pela cunhada.

Era melhor ele se levantar de imediato, arranjar uma desculpa para levá-la de volta para casa – qualquer coisa que pusesse fim àquele encontro, porque não havia nada mais inaceitável que desejar a cunhada, que era o que ela seria em três dias. Contudo, qualquer desculpa se revelaria falsa,

uma vez que ele acabara de dizer que só queria fugir das festividades pré-
-casamento.

Isso sem falar no fato de as áreas não mencionáveis de sua anatomia estarem se comportando de uma maneira que poderia ser considerada um tanto óbvia caso ele se levantasse.

Então ele decidiu apenas desfrutar da companhia dela, uma vez que não fizera isso com ninguém desde sua chegada, dois dias antes. Inferno, ela era a primeira pessoa que ele encontrava que não lhe dava os parabéns ou, como a irmã ou a prima, não tentava lhe dizer como levar a própria vida.

A verdade era que ele achava Charlotte Thornton bastante encantadora e, como tinha certeza de que sua reação ao sorriso dela era um acontecimento estranho e único – além de não ser terrivelmente urgente, apenas constrangedor –, bem, não haveria mal nenhum em prolongar o encontro.

– Certo – dizia ela, alheia ao sofrimento físico dele. – E se suas conversas com ela tivessem sido mais descontraídas, imagino que ela teria mais a me contar.

Ned achou bom que a futura esposa não fosse dada a conversas indiscretas. Ponto para Lydia.

– Talvez – respondeu ele, de modo um pouco mais brusco do que gostaria – ela não seja de se abrir.

– Lydia? – indagou Charlotte e bufou. – Não. Ela sempre me conta tudo sobre...

– Sobre...?

– Nada – retrucou ela, ligeira, mas não fitou os olhos dele.

Ned sabia que não deveria insistir. O que quer que ela estivesse prestes a dizer, não seria exatamente um elogio a Lydia e, se havia uma coisa que ele já percebera sobre Charlotte Thornton, era que ela era leal no que importava. E não iria revelar os segredos da irmã.

Engraçado. Não lhe ocorrera que uma mulher como Lydia pudesse ter segredos. Ela sempre lhe parecera tão... singela. Na verdade, fora essa característica que o convencera de que o casamento não era uma decisão imprudente. Já que não amaria a esposa, ao menos não seria incomodado por ela.

– Acha que é seguro voltar? – perguntou Ned, apontando na direção de Thornton Hall com um gesto de cabeça.

Ele preferiria permanecer ali com Charlotte, mas imaginou que seria inadequado ficar sozinho com ela por muito tempo. Além disso, estava se sentindo um pouco mais... tranquilo agora e supôs que poderia se levantar sem nenhum constrangimento.

Não que uma criatura inocente como Charlotte Thornton fosse entender o significado de uma protuberância nas calças de um homem.

– Seguro? – ecoou ela.

Ele sorriu.

– Em relação à infestação de gafanhotos.

– Ah – fez ela, tristonha. – Duvido. Acho que minha mãe organizou uma espécie de almoço para as mulheres.

Ele deu um largo sorriso.

– Excelente!

– Para o senhor, talvez – retrucou ela. – Devem estar me esperando.

– A dama de honra? – perguntou ele, com um sorriso malicioso. – Com certeza estão. Na verdade, talvez nem comecem sem a sua presença.

– Imagine só! Se a fome apertar, nem vão perceber que não estou lá.

– Fome, é? E eu aqui achando que as mulheres comessem como passarinhos.

– Apenas na presença dos homens. Quando os senhores não estão, enlouquecemos com presunto e chocolate.

– Juntos?

Ela riu, um som musical, rico.

– O senhor é muito engraçado – disse ela, com um sorriso.

Ele se aproximou com uma expressão perigosa.

– A senhorita não sabe que jamais deve dizer a um libertino que ele é engraçado?

– Ah, o senhor não é um libertino – discordou ela, despreocupada.

– Por que acha isso?

– Vai se casar com minha irmã.

Ele deu de ombros.

– Libertinos acabam se casando um dia.

– Não com Lydia – rebateu ela, soltando uma bufada. – Ela seria a pior esposa para um libertino.

Charlotte olhou para Ned com mais um daqueles largos sorrisos, iluminados.

– Mas o senhor não tem com o que se preocupar, pois obviamente é um homem muito sensato.

– Acho que nunca fui chamado de sensato por uma mulher – ponderou ele.

– Posso garantir que digo isso como o maior dos elogios.

– Dá para perceber – resmungou ele.

– O bom senso parece ser uma coisa tão fácil – disse ela, pontuando as palavras ao agitar uma das mãos. – Não consigo entender por que tantas pessoas são desprovidas dele.

Ned riu sem querer. Era uma ideia de que ele compartilhava, embora nunca tivesse pensado em expressá-la nesses termos.

Então Charlotte soltou um suspiro, um som preocupado que vinha direto do coração.

– É melhor eu voltar – afirmou, não parecendo nem um pouco animada.

– Não faz muito tempo que saiu – destacou ele, com uma vontade imensa de esticar a conversa.

– Não faz muito tempo que *o senhor* saiu – corrigiu ela. – Eu saí há uma hora. E o senhor tem razão: não posso evitar o almoço. Minha mãe vai ficar muito irritada, o que acho que eu seria capaz de suportar, uma vez que ela está sempre irritada, mas não é justo com Lydia. Sou a dama de honra, afinal.

Ele se levantou e lhe estendeu a mão.

– A senhorita é uma boa irmã, não é?

Ela o observou com atenção enquanto pousava os dedos em sua mão. Quase como se estivesse tentando analisar sua alma.

– Tento ser – disse, em um tom de voz brando.

Ned estremeceu ao pensar em Belle sentada no chão, gritando com ele. Provavelmente devesse pedir desculpas. Afinal, ela era sua única irmã.

Porém, enquanto cavalgava de volta a Thornton Hall com Charlotte Thornton atrás dele na sela, abraçada à sua cintura, ele não pensou em Belle.

Nem em Lydia.

CAPÍTULO 2

 almoço estava sendo exatamente como Charlotte previra: chato. Não era insuportável. A comida estava muito boa, afinal. Mas era chato, sem dúvida.

Charlotte encheu o prato de presunto e bolo de chocolate (mal conseguia acreditar que a mãe tivesse servido os dois ao mesmo tempo, e ela precisava comer os dois, em homenagem ao visconde) e achou uma cadeira no canto, onde esperava que ninguém fosse incomodá-la.

E ninguém o fez, pelo menos até o final, quando Lydia tomou o assento ao lado.

– Preciso falar com você – disse Lydia, em um sussurro ríspido.

Charlotte olhou para a direita, depois para a esquerda, tentando entender por que Lydia precisaria anunciar aquilo.

– Então fale – pediu.

– Não aqui. Em particular.

Charlotte mastigou o último pedaço de bolo e o engoliu.

– Seria difícil encontrar um lugar menos privado – comentou.

Lydia lhe lançou um olhar de irritação.

– Pode me encontrar no seu quarto em cinco minutos?

Charlotte observou a festividade com uma expressão desconfiada.

– Você acha mesmo que vai conseguir fugir em cinco minutos? Mamãe parece estar se divertindo bastante. Duvido que ela vá querer...

– Eu estarei lá – garantiu Lydia. – Confie em mim. Vá agora, para que ninguém nos veja saindo juntas.

Charlotte não foi capaz de deixar aquilo passar sem um comentário.

– Ora, Lydia, somos irmãs. Acho que ninguém daria muita atenção se saíssemos juntas.

– Não importa – falou Lydia.

Charlotte decidiu não perguntar o que não importava. Lydia tinha o costume de se comportar como uma atriz quando enfiava na cabeça que o assunto era importante e Charlotte já tinha percebido que era melhor não questioná-la.

– Tudo bem – disse, colocando o prato em uma cadeira vazia ao seu lado. – Estarei lá.

– Ótimo! – exclamou Lydia, olhando de modo furtivo ao redor. – E não fale nada a ninguém.

– Pelo amor de Deus – disse Charlotte, embora Lydia já tivesse se afasta-do. – A quem eu falaria?

☙

– Ah, meu Deus! – falou Charlotte, quase como um gorjeio. – Que surpresa encontrá-lo aqui.

Ned olhou lentamente ao redor do salão. Ele não tinha acabado de deixá--la ali, não fazia nem uma hora?

– Não é lá muita coincidência – sentiu-se obrigado a destacar.

– Hum, sim – concordou ela. – Mas, considerando que nunca havíamos nos cruzado antes, duas vezes em um dia é bem impressionante.

– De fato – respondeu ele, embora não achasse aquilo nada impressionante. Ned fez um gesto indicando a mulher que estava ao seu lado.

– Posso apresentá-la à minha irmã? Srta. Thornton, minha irmã, lady Blackwood. Belle, esta é a Srta. Charlotte Thornton. Ela é a irmã mais nova de Lydia – explicou.

– Já fomos apresentadas – falou Belle, com um sorriso gentil. – Embora nunca tenhamos tido a oportunidade de trocar mais que algumas gentilezas.

– É um prazer conhecê-la melhor, lady Blackwood – disse Charlotte.

– Por favor, pode me chamar de Belle. Seremos irmãs em questão de dias. Ela assentiu.

– E eu sou Charlotte.

– Encontrei Charlotte esta manhã – contou Ned, sem saber ao certo por que dava aquela informação.

– Você não conhecia a irmã de Lydia? – perguntou Belle, surpresa.

– Sim, é claro que conhecia – disse ele. – Quis dizer que nos encontra-mos por acaso lá fora.

– Eu virei o tornozelo – acrescentou Charlotte. – Ele foi muito prestativo.

– E como está seu tornozelo? – perguntou Ned. – Não deveria ficar an-dando por aí.

– Não estou andando. Estou...

– Mancando?

Ela deu um sorriso culpado.

– Sim.

– Eu a encontrei no campo – disse Ned, direcionando a explicação à irmã, mas sem olhar para ela. – Eu tinha saído para fugir da multidão.

– E eu também – completou Charlotte. – Mas tive que ir a pé.

– Um dos cavalariços entregou a égua dela a um convidado – contou Ned. – Você acredita?

– Minha mãe deu permissão – disse Charlotte, revirando os olhos.

– Ainda assim.

Ela assentiu, concordando.

– Ainda assim.

Belle ficou boquiaberta com os dois.

– Vocês percebem que estão terminando as frases um do outro?

– Não, não estamos – discordou Charlotte.

Ao mesmo tempo, Ned deu uma resposta mais desdenhosa:

– Que besteira.

– Estávamos falando muito rápido – argumentou Charlotte.

– E ignorando você – acrescentou Ned.

– Mas não terminando as frases um do outro – completou Charlotte.

– Bom, acabaram de fazer isso – ressaltou Belle.

A resposta de Charlotte não passou de um olhar vazio.

– Tenho certeza de que está enganada – murmurou ela.

– Tenho certeza de que não estou – respondeu Belle. – Mas isso não quer dizer nada.

Um silêncio constrangedor se impôs sobre eles, até que Charlotte pigarreou e disse:

– Preciso ir, infelizmente. Fiquei de encontrar Lydia em meu quarto.

– Mande meus cumprimentos a ela – disse Ned, com a voz suave, perguntando-se por que ela estremecera logo depois de dizer que encontraria Lydia.

– Farei isso – disse ela, com o rosto agora meio corado.

Ned ficou desconfiado. Será que Charlotte estava mentindo sobre encontrar Lydia no andar de cima? Se fosse esse o caso, por que ela achava que ele se importaria? Que segredo poderia ter que o afetasse?

– Cuide desse tornozelo – recomendou ele. – Talvez seja bom apoiá-lo sobre um travesseiro quando chegar ao quarto.

– Excelente ideia – disse ela, assentindo. – Obrigada.

Então Charlotte se afastou mancando e desapareceu do campo de visão deles.

– Bom, isso foi interessante – comentou Belle assim que teve certeza de que Charlotte não ouviria.

– O que foi interessante? – perguntou Ned.

– Isso. Ela. Charlotte.

Ele a encarou sem entender.

– Belle, seja clara.

Ela apontou com a cabeça na direção em que Charlotte tinha saído.

– É com ela que você deveria se casar.

– Ah, meu Deus, Belle, *não comece*.

– Eu sei que eu disse...

– Eu não sei o que você *não* disse – retrucou ele.

Ela olhou para o irmão, depois correu o olhar ao redor, furtiva.

– Não podemos conversar aqui – afirmou Belle.

– Não vamos conversar em lugar algum.

– Vamos, sim – respondeu ela, puxando o irmão para um cômodo próximo.

Após fechar a porta, ela virou para ele com toda a força da preocupação de uma irmã.

– Ned, precisa me ouvir. Não pode se casar com Lydia Thornton. Ela é a pessoa errada para você.

– Lydia é perfeitamente aceitável – disse ele em um tom seco.

– Você ouviu o que acabou de dizer? – perguntou ela, impetuosa. – Perfeitamente aceitável? Você não quer se casar com uma mulher perfeitamente aceitável, Ned. Quer se casar com uma mulher que faça seu coração cantar, uma mulher que faça você sorrir sempre que ela chega. Acredite em mim, eu sei como é isso.

Ele compreendia. Belle e o marido se amavam com uma devoção intensa que talvez fosse enjoativa para quem visse de fora, mas que, por algum motivo, sempre parecera calorosa e reconfortante a Ned.

Até aquele momento, quando começava a fazer com que ele sentisse – Deus do céu! – inveja. O que, é claro, só servia para deixá-lo de mau humor.

– Ned – insistiu Belle –, você pelo menos está me ouvindo?

– Tudo bem – retrucou ele, incapaz de se conter e descontando o mau humor na irmã. – Então diga como é que vou me livrar disso. Devo abandoná-la a três dias da cerimônia?

Belle não fez mais que piscar, mas Ned não se enganou: a mente da irmã estava trabalhando tão rápido que ele ficou surpreso por não ver vapor saindo de suas orelhas. Se havia uma forma de romper um noivado três dias antes do casamento, certamente Belle descobriria.

Ela ficou em silêncio por tempo suficiente para que Ned achasse que a conversa tinha chegado ao fim.

– Se é só isso... – disse ele, indo em direção à porta.

– Espere!

Ele soltou um gemido cansado. Era mesmo esperar muito.

– Você sabe o que acabou de dizer? – perguntou ela, colocando a mão em seu braço.

– Não – respondeu ele, sem rodeios, com esperança de que fosse o fim daquela conversa.

– Você me perguntou como poderia se livrar de seu casamento. Você sabe o que isso significa? Significa que você *quer* se livrar – completou ela, bastante presunçosa, na opinião dele.

– Não significa nada disso – retrucou Ned. – Nem todo mundo tem a sorte de se casar por amor, Belle. Tenho quase 30 anos. Se não aconteceu ainda, não vai acontecer. E estou envelhecendo.

– Você mal está com um dos pés na cova – zombou ela.

– Vou me casar em três dias – disse ele, severo. – Você precisa se acostumar com essa ideia.

– As terras valem tudo isso mesmo? – questionou Belle, com a voz suave mais cativante que qualquer grito jamais seria. – Oito hectares, Ned. Oito hectares em troca da sua vida.

– Vou fingir que você não disse isso – declarou ele, com firmeza.

– Não tente se enganar achando que não se trata do mais mercenário dos esforços.

– E, se for, sou tão diferente assim da maioria das pessoas da nossa classe?

– Não – concordou ela –, mas seria muito diferente de *você*. Não é a coisa certa, Ned. Não para você.

Ele a encarou com insolência.

– Posso ir agora? Isso conclui nossa conversa?

– Você é melhor que isso, Ned – sussurrou ela. – Você pode achar que não, mas eu sei que é.

Ele engoliu em seco, sentindo a garganta de repente tensa. Sabia que a irmã tinha razão e odiava isso.

– Vou me casar com Lydia Thornton – decretou, mal reconhecendo a própria voz. – Tomei essa decisão há meses e vou mantê-la.

Belle fechou os olhos por um instante. Ao abrir, estavam tristes e marejados.

– Você está destruindo sua vida.

– Não – disse ele apenas, incapaz de tolerar a discussão por mais um instante que fosse. – Estou só saindo daqui.

Porém, ao sair do cômodo, não sabia aonde ir. Era uma sensação que ele parecia ter com frequência nos últimos tempos.

❧

– Por que demorou tanto?

Charlotte se assustou ao entrar no quarto. Lydia já estava lá, andando de um lado para outro como um gato enjaulado.

– Bem – disse Charlotte –, eu virei o tornozelo hoje e não consigo andar depressa e...

Ela se conteve. Era melhor não dizer a Lydia que tinha parado para conversar com o visconde e a irmã dele. Porque, sem querer, ela mencionara que iria encontrar Lydia, e a irmã tinha dito explicitamente que ela não deveria contar isso a ninguém.

Não que Charlotte entendesse qual era o problema. Ainda assim, Lydia não parecia estar no mais equilibrado dos humores. Charlotte não viu motivo para perturbá-la ainda mais.

– É muito grave?

– O que é muito grave?

– Seu tornozelo.

Charlotte olhou para baixo como se tivesse esquecido que o tornozelo estava ali.

– Não muito, acho. Não creio que eu possa ganhar alguma corrida no futuro próximo, mas também não preciso de bengala.

– Ótimo.

Lydia deu um passo à frente e seus olhos cinzentos, tão parecidos com os de Charlotte, brilhavam de tanto entusiasmo.

– Porque preciso de sua ajuda e não seria bom que estivesse debilitada.

– Do que está falando?

A voz de Lydia virou um sussurro.

– Eu vou fugir.

– Com o visconde?

– Não. Não com o visconde, sua boba. Com Rupert.

– Rupert? – quase gritou Charlotte.

– Você poderia falar baixo? – pediu Lydia, sibilando.

– Lydia, você está louca?

– Loucamente apaixonada.

– Por Rupert? – perguntou Charlotte, sem conseguir esconder a descrença em sua voz.

Lydia olhou para ela com afronta.

– Ele com certeza é mais digno de minha paixão que o visconde.

Charlotte pensou em Rupert Marchbanks, o homem de cabelos dourados e autodenominado intelectual que morava próximo da família Thornton fazia anos. Não havia nada de errado com Rupert, imaginou Charlotte, para quem gostava do tipo sonhador. Um sonhador que falava demais, se é que existia.

Charlotte fez uma careta. Existia, sim, e seu nome era Rupert. Em sua última visita, Charlotte fingira uma gripe só para poder fugir da ladainha interminável sobre seu novo livro de poesia.

Ela tentara ler a obra. Parecia a coisa educada a fazer, uma vez que eram vizinhos. Mas, depois de um tempo, ela simplesmente desistira. "Amor" sempre rimava com "condor" (onde, ela se perguntava, era possível ver tantos condores em Derbyshire?) e "senhorita" rimava tantas vezes com "favorita" que Charlotte tinha vontade de agarrar Rupert pelos ombros e gritar: "Erudita, recita, incita, mesquita." Meus Deus, até "irrita" seria preferível.

A senhorita erudita recita na mesquita.

A poesia de Rupert certamente poderia melhorar.

Contudo, Lydia sempre parecera gostar muito dele e, de fato, Charlotte a ouvira referir-se a ele como a "personificação da genialidade" mais de uma vez. Pensando bem, Charlotte deveria ter percebido o que vinha acontecendo, mas, na verdade, achava Rupert tão ridículo que era difícil imaginar que alguém pudesse se apaixonar por ele.

– Lydia, como você pode preferir Rupert ao visconde? – disse ela, tentando manter um tom de voz razoável.

– Como você poderia saber? – retrucou Lydia. – Você nem conhece o visconde. E *certamente* – prosseguiu ela, com uma fungada orgulhosa – não conhece Rupert.

– Conheço sua poesia horrível – murmurou Charlotte.

– O que você disse? – inquiriu Lydia.

– Nada – respondeu Charlotte depressa, para evitar *aquela* conversa. – É que tive a oportunidade de conversar com o visconde hoje e ele me pareceu ser um homem muito sensato.

– Ele é terrível – declarou Lydia e se jogou na cama de Charlotte.

Charlotte revirou os olhos. Sem histeria, por favor.

– Lydia, ele não tem nada de terrível.

– Ele nunca recitou poesia para mim.

O que, a Charlotte, parecia um ponto a favor.

– E isso é um problema?

– Charlotte, você jamais entenderia. É jovem demais.

– Sou 11 meses mais nova que você!

– Em termos de idade – disse Lydia com um suspiro dramático. – Mas décadas em termos de experiência.

– *Meses!* – ressaltou Charlotte, quase gritando.

Lydia colocou uma das mãos sobre o coração.

– Charlotte, não quero discutir com você.

– Então pare de falar como uma louca. Você está noiva. Vai se casar em três dias. Três dias!

Charlotte jogou as mãos para o alto em sinal de desespero.

– Não pode fugir com Rupert Marchbanks!

Lydia se sentou tão de repente que Charlotte ficou tonta.

– Posso, sim – rebateu. – E vou. Com ou sem a sua ajuda.

– Lydia...

– Se não me ajudar, vou pedir a Caroline – avisou Lydia.

– Ah, não faça isso – respondeu Charlotte, com um gemido. – Pelo amor de Deus, Lydia, Caroline mal fez 15 anos. Não seria justo arrastá-la para uma situação dessas.

– Se você não concordar, não terei escolha.

– Lydia, por que aceitou o visconde se o odeia tanto?

Lydia abriu a boca para responder, mas ficou em silêncio e uma expressão pensativa incomum surgiu em seu rosto. Pela primeira vez, ela não estava sendo dramática só por gostar de drama. Pela primeira vez, não desatou a falar sobre amor, romance, poesia e emoções ternas. E, quando Charlotte olhou para ela, pela primeira vez, o que viu foi a irmã amada com quem ela compartilhara quase tudo, até a própria infância.

– Não sei – respondeu Lydia, finalmente, com a voz suave e cheia de arrependimento. – Acho que pensei que era o que esperavam de mim. Ninguém nunca imaginou que eu seria pedida em casamento por um aristocrata. A mamãe e o papai ficaram tão felizes... Ele é um ótimo partido, sabia?

– Eu imagino – disse Charlotte, uma vez que não tinha nenhuma experiência com o mercado casamenteiro.

Ao contrário de Lydia, ela nunca passara uma temporada social em Londres. O dinheiro da família era curto demais para isso. Mas ela não se importava. Sempre vivera no sudeste de Derbyshire e esperava passar o resto da vida ali também. Os Thorntons não eram o que se pudesse chamar de pobres, mas estavam sempre tirando de Pedro para dar a Paulo – manter as aparências era *caro*, a Sra. Thornton sempre dizia. Charlotte se admirava de nunca terem sido obrigados a vender o lote de terra que era o dote de Lydia.

Entretanto, Charlotte não sentira falta de passar uma temporada de eventos sociais em Londres. A família só conseguiria arcar com o custo disso se vendesse todos os cavalos dos estábulos, o que seu pai não estava disposto a fazer. (E, na verdade, nem Charlotte; ela gostava demais de sua égua para trocá-la por alguns vestidos elegantes.) Além disso, naquela região, aos 21 anos as mulheres não eram consideradas velhas demais para casar e ela certamente não se sentia uma solteirona. Depois que Lydia se casasse e saísse de casa, tinha certeza de que os pais voltariam sua atenção para ela.

Embora não tivesse tanta certeza de que isso seria *bom*.

– E eu o acho bonito – admitiu Lydia.

Muito mais que Rupert, pensou Charlotte, mas guardou isso para si mesma.

– E ele é rico – disse Lydia com um suspiro. – Não sou mercenária...

É claro que não, se estava pensando em se casar com Rupert, que não tinha um tostão.

– ... mas é difícil recusar alguém que vai oferecer dotes e temporadas sociais para as suas irmãs mais novas.

Os olhos de Charlotte se arregalaram.

– Ele vai fazer isso?

Lydia assentiu.

– Ele não usou essas palavras, mas o dinheiro necessário para isso seria uma ninharia para ele. E ele disse ao papai que garantiria que todos os Thorntons seriam assistidos. O que teria de incluir vocês, não é? Vocês são Thorntons tanto quanto eu.

Charlotte afundou na cadeira da escrivaninha. Não tinha ideia de que Lydia estava fazendo um sacrifício tão grande por ela. E Caroline e Georgina, claro. Quatro filhas eram um fardo e tanto no orçamento da família Thornton.

Então um pensamento horrível ocorreu a Charlotte. Quem iria pagar pelas comemorações do casamento? O visconde, ela imaginava, mas era difícil acreditar que ele fizesse isso se Lydia o abandonasse. Ele já teria antecipado os fundos para os Thorntons ou a mãe delas organizara tudo (o que era muito caro) entendendo que lorde Burwick a reembolsaria?

O que ele certamente não faria se fosse largado no altar.

Meu Deus, que confusão.

– Lydia – disse Charlotte, com uma urgência renovada –, você precisa se casar com o visconde. Precisa.

E garantiu a si mesma que não dizia aquilo apenas para salvar a própria pele ou livrar a família da ruína. Ela acreditava mesmo que, dos dois pretendentes de Lydia, Ned Blydon era o melhor. Rupert não era *ruim*; ele não faria nada que magoasse Lydia, mas gastava um dinheiro que não tinha e vivia falando de coisas como metafísica e emoções elevadas.

Na verdade, era difícil ouvi-lo sem rir.

Ned, por outro lado, parecia coerente e confiável. Belo e inteligente, com uma sagacidade aguda. E, quando falava, era sobre assuntos realmente interessantes. Ele era tudo o que uma mulher poderia querer de um marido, pelo menos na opinião de Charlotte. Charlotte jamais entenderia como Lydia não enxergava isso.

– Não posso – respondeu Lydia. – Simplesmente não posso. Se eu não amasse Rupert, seria diferente. Eu poderia aceitar me casar com alguém que não amo se fosse minha única opção. Mas não é. Você não vê? Eu tenho outra opção. E escolho o amor.

– Você tem certeza de que ama Rupert? – perguntou Charlotte, retraída.

E se fosse apenas uma paixãozinha boba? Lydia não seria a primeira mulher a destruir sua vida por causa de uma paixão adolescente, mas Charlotte não se importava com as outras mulheres infelizes – elas não eram suas irmãs.

– Tenho – sussurrou Lydia. – De todo o meu coração.

Coração, pensou Charlotte, com frieza. Ela se lembrava de Rupert rimando a palavra com *declaração*. E uma vez com *operação*, o que parecera bem estranho.

– Além disso, é tarde demais – acrescentou Lydia.

Charlotte olhou para o relógio.

– Tarde demais para quê?

– Para me casar com o visconde.

– Não entendo. O casamento é só daqui a três dias.

– Não posso me casar com ele.

Charlotte lutou contra a vontade de rosnar para a irmã.

– Sim, você já disse isso.

– Não, eu quero dizer que *não posso*.

As palavras pairaram no ar, ameaçadoras, e Charlotte sentiu algo explodir dentro de si.

– Ah, não, Lydia, você não fez isso.

Lydia assentiu sem um pingo de remorso.

– Fiz.

– Como pôde fazer isso? – indagou Charlotte.

Lydia soltou um suspiro, sonhadora.

– Como eu poderia não fazer?

– Bem – retrucou Charlotte –, você poderia ter dito não.

– É impossível dizer não a Rupert – murmurou Lydia.

– Bem, impossível para *você*, com certeza.

– Para qualquer uma – disse Lydia, com um sorriso quase de beata. – Tenho tanta sorte por ele ter me escolhido!

– Ah, pelo amor de Deus – resmungou Charlotte.

Ela se levantou para andar de um lado para outro, então quase uivou de dor ao se lembrar de seu pobre tornozelo.

– O que você vai fazer?

– Vou me casar com Rupert – respondeu Lydia, e o olhar sonhador foi surpreendentemente substituído por uma determinação lúcida.

– Você não está sendo justa com o visconde – destacou Charlotte.

– Eu sei – afirmou Lydia, com o rosto tão avermelhado de remorso que Charlotte chegou a pensar que fosse sincero. – Mas não sei o que fazer. Se eu contar à mamãe e ao papai, eles vão me trancar em meu quarto, com certeza.

– Bom, então, pelo amor de Deus, se você vai fugir, precisa ser esta noite. Quanto antes, melhor. Não é justo abandonar o coitado em cima da hora.

– Só posso fugir na sexta à noite.

– Posso saber por quê?

– Rupert não está pronto.

– Bom, então faça com que ele esteja – repreendeu-a Charlotte. – Se você não fugir antes de sexta à noite, ninguém vai saber até sábado de manhã, o que significa que todos vão estar reunidos na igreja quando você *não* aparecer.

– Não podemos ir sem dinheiro – explicou Lydia. – E Rupert só conseguiu que o banco liberasse fundos na sexta à tarde.

– Eu não sabia que Rupert *tinha* fundos – resmungou Charlotte, incapaz de ser educada naquele momento.

– Ele não tem – disse Lydia, que aparentemente não se ofendera. – Mas ele recebe uma mesada trimestral do tio. E só vai receber na sexta. O banco confirmou.

Charlotte soltou um gemido. Fazia sentido. Se ela fosse a responsável por repassar a mesada trimestral de Rupert, também não a entregaria um dia antes que fosse.

Ela apoiou a cabeça nas mãos e os cotovelos nos joelhos. Aquilo era horrível. Ela sempre fora especialista em ver o lado bom das coisas. Mesmo quando a situação parecia desoladora, ela conseguia encontrar um ângulo interessante, um caminho positivo que pudesse ser a saída do problema.

Mas não naquele dia.

Só uma coisa era certa: ela teria de ajudar Lydia a fugir, por mais desagradável que isso fosse. Não seria justo Lydia se casar com o visconde depois de já ter se entregado a Rupert.

Contudo, não se tratava apenas do visconde. Lydia era sua irmã. Charlotte queria que ela fosse feliz. Mesmo que isso significasse ter Rupert Marchbanks como cunhado.

Ainda assim, ela não conseguiu se livrar da sensação terrível na boca do estômago quando finalmente levantou a cabeça para olhar para Lydia e disse:

– Diga o que eu preciso fazer.

CAPÍTULO 3

—**A**-a-a-a...

– Ela está doente? – soou uma voz feminina gentil que Charlotte jamais saberia de quem era, pois seus olhos estavam fechados em uma concentração profunda.

Isso sem falar que eles tinham de estar fechados para que o espirro fosse convincente.

– Atchim!

– Nossa! – disse Rupert Marchbanks em voz alta, balançando a cabeça para que os cachos loiros saíssem de seus olhos. – Acho que ela está espirrando por minha causa.

– Atchim!

– Meu Deus! – exclamou Lydia, preocupada. – Você não parece nada bem.

Charlotte queria – mais do que tudo – lançar um olhar sarcástico para a irmã, mas não podia fazer isso diante de uma plateia tão grande.

– Atchim!

– Tenho *certeza* de que é por minha causa – anunciou Rupert. – Só pode ser. Começou bem quando eu cheguei.

– Atchim!

– Estão vendo? – acrescentou ele para ninguém especificamente. – Ela está espirrando.

– Isso – pronunciou uma voz masculina grave que só podia pertencer a Ned Blydon – não está em questão.

– Bem, ela não pode ser minha parceira na caça ao tesouro – disse Rupert. – Eu vou matar a garota.

– Atchim!

Charlotte soltou um espirro um pouco mais suave, só para variar.

– O senhor usou algum perfume estranho? – perguntou Lydia a Rupert. – Ou talvez um sabonete novo?

– Um perfume novo! – exclamou Rupert, com os olhos brilhando como se ele tivesse acabado de descobrir, digamos, a gravidade. – *Estou* usando um perfume novo! Mandei vir especialmente de Paris, é claro.

– Paris? – falou Lydia, encantada. – É mesmo?

Charlotte imaginou se conseguiria acertar a irmã nas costelas sem que ninguém percebesse.

166

– Sim – continuou Rupert, sempre contente por ter uma plateia para uma discussão sobre moda ou higiene. – É uma mistura deliciosa de sândalo e caqui.

– Caqui? Não! – lamentou Charlotte, tentando voltar ao assunto em questão. – Caqui be leba a esbirrar.

Ela tentou simular que lacrimejava – o que, claro, não estava acontecendo, uma vez que até o dia anterior ela nem sabia direito o que era um caqui.

Lydia olhou para Ned e pestanejou.

– Ah, milorde – implorou –, o senhor trocaria de lugar com Rupert para a caça ao tesouro? Não podemos deixar Charlotte passar a tarde com ele.

Ned encarou Charlotte com uma sobrancelha erguida. Ela olhou para ele e espirrou.

– Não – disse ele, tirando um lenço do bolso com delicadeza e enxugando o rosto. – De fato, não podemos.

Charlotte espirrou de novo, enviando mentalmente aos céus um pequeno pedido de perdão que teria de ser maior na igreja, no domingo. O que Lydia sabia, que todas as irmãs sabiam, era que ninguém conseguia fingir um espirro como Charlotte. As garotas dos Thorntons sempre se divertiram muito com os falsos espirros dela. Por sorte, a mãe nunca percebera, do contrário ela estaria observando a cena com muita suspeita.

Contudo a Sra. Thornton estava ocupada com os convidados, então apenas acariciou as costas de Charlotte e disse a ela que bebesse água.

– Então o senhor concorda? – perguntou Lydia a Ned. – Vamos nos encontrar depois da caça ao tesouro, claro.

– É claro – murmurou ele. – Fico feliz em fazer dupla com sua irmã. Eu jamais recusaria auxílio a uma donzela em tamanho... ahn...

– Atchim!

– ... perigo.

Charlotte abriu um sorriso de gratidão. Parecia a coisa certa a fazer.

– Ah, obrigada, milorde – disse Lydia. – Já vamos sair, então. Preciso tirar Rupert de perto de Charlotte imediatamente.

– Ah, sim – concordou ele, com a voz suave. – Imediatamente.

Lydia e Rupert saíram, apressados, deixando Charlotte sozinha com Ned. Ela olhou, hesitante, para o visconde. Ele estava apoiado na parede olhando para ela, com os braços cruzados.

Charlotte espirrou de novo, dessa vez de verdade. Talvez ela fosse *mesmo* alérgica a Rupert. Por Deus, qualquer que tivesse sido o perfume enjoativo com que ele se encharcara, ainda impregnava o ar.

Ned ergueu as sobrancelhas.

– Talvez um pouco de ar fresco lhe faça bem – sugeriu.

– Ah, sim – disse Charlotte, impaciente.

Se ela estivesse lá fora, haveria diversas opções para onde olhar. Árvores, nuvens, animaizinhos peludos – qualquer coisa serviria, desde que não tivesse que encarar o visconde.

Porque ela suspeitava que ele sabia de seu fingimento.

Charlotte tinha dito a Lydia que aquilo não iria funcionar. Ned Blydon não era nenhum tolo. Ele não seria convencido por piscadelas e alguns espirros falsos. Mas Lydia insistira em passar um tempo sozinha com Rupert para planejar a fuga, por isso eles teriam que ser parceiros na caça ao tesouro.

A mãe, infelizmente, já definira as duplas, e é claro que colocara Lydia com o noivo. Como Charlotte era dupla de Rupert, Lydia inventara aquele esquema maluco que envolvia Charlotte espirrar para trocarem de parceiros. Mas Charlotte não acreditara que aquilo fosse enganar Ned e, de fato, assim que eles saíram e respiraram o ar fresco da primavera, ele sorriu (apenas de leve) e disse:

– Foi uma performance e tanto.

– Como? – falou ela, tentando ganhar tempo, porque, na verdade, que outra opção teria?

Ele olhou para as próprias unhas.

– Minha irmã sempre fingiu espirros impressionantes.

– Ah, milorde, eu lhe asseguro...

– Não minta – ordenou ele, e os olhos azuis fitaram os dela. – Não quero perder o respeito pela senhorita. Foi uma apresentação excelente e teria convencido qualquer pessoa que não fosse parente da minha irmã. Ou seu, imagino.

– Enganou minha mãe – murmurou Charlotte.

– Enganou mesmo, não foi? – disse ele, parecendo um pouco... bom, por Deus, será que ele estava *orgulhoso* dela?

– Teria enganado meu pai também – acrescentou ela –, se ele estivesse lá.

– Quer me contar por que fez tudo isso?

– Na verdade, não – respondeu ela, aproveitando que era uma pergunta do tipo sim ou não.

– Como está seu tornozelo? – quis saber ele.

A repentina mudança de assunto a surpreendeu.

– Muito melhor – garantiu ela, com cautela, sem entender por que ele a deixaria escapar da conversa inicial. – Quase não dói mais. Deve ter sido uma torção menos grave do que eu imaginava.

Ele fez um gesto em direção à alameda que levava para longe da casa.

– Vamos caminhar? – sugeriu.

Ela assentiu, hesitante, porque não acreditava que ele fosse mesmo deixar para trás o assunto principal.

E, é claro, ele não deixou.

– Vou contar algo sobre mim – disse ele, fingindo olhar para a copa das árvores com um ar casual.

– O quê?

– Eu geralmente consigo o que quero.

– Geralmente?

– Quase sempre.

Ela engoliu em seco.

– Compreendo.

Ele deu um leve sorriso.

– Compreende?

– Eu disse que sim – resmungou ela.

– Então – continuou ele, deixando de lado o comentário dela – podemos ter quase certeza de que, antes do fim dessa caça ao tesouro que sua mãe organizou como entretenimento, você vai me contar por que se esforçou tanto para garantir que fôssemos parceiros hoje.

– Ah, entendo – divagou ela, desconfiando que parecia uma tola.

Porém a alternativa era ficar em silêncio e, dado o tom da conversa, isso não parecia muito melhor.

– Entende? – indagou ele, com a voz terrivelmente suave. – Entende mesmo?

Então ela *ficou* em silêncio. Não conseguiu pensar na resposta certa para aquela pergunta.

– Podemos facilitar as coisas – disse ele, ainda como se falasse sobre algo tão corriqueiro quanto o clima – e abrir o jogo agora. Ou podemos dificultar bastante as coisas – acrescentou, mais grave.

– Podemos?

– Eu posso.

– Foi o que pensei – resmungou ela.

– Então, preparada para contar tudo?

Ela fitou os olhos dele.

– O senhor é sempre calmo e controlado assim?

– Não – respondeu ele. – Nem um pouco. Na verdade, já me disseram que meu temperamento é dos mais cruéis.

Ele se virou para ela e sorriu.

– Mas costumo conseguir controlá-lo uma ou duas vezes a cada dez anos.

Ela engoliu em seco, nervosa.

– Faz muito bem.

– Não vejo nenhum motivo para perder a paciência agora, não acha? – continuou o visconde a falar daquele jeito controlado, terrível. – A senhorita parece ser uma jovem sensata.

– Está bem – disse Charlotte, uma vez que o homem provavelmente a amarraria a uma árvore (com um sorriso calmo no rosto) se ela não lhe desse algum tipo de explicação. – Acontece que não teve nada a ver com o senhor.

– É mesmo?

– É tão difícil assim de acreditar?

Ele ignorou o sarcasmo.

– Continue.

Ela pensou rápido.

– É Rupert.

– Marchbanks? – perguntou ele.

– Sim. Eu não o suporto.

O que não deixava de ser verdade. Em mais de uma ocasião, Charlotte chegara a pensar que fosse enlouquecer na companhia de Rupert.

– A ideia de passar a tarde inteira com ele me deixou em pânico. Embora eu deva dizer que não esperava que Lydia se oferecesse para trocarmos de lugar.

Ele pareceu mais interessado na frase anterior.

– Em pânico, é?

Charlotte olhou bem para o visconde.

– Tente o senhor passar três horas ouvindo-o recitar sua poesia e vamos ver quem vai entrar em pânico.

Ned estremeceu.

– Ele escreve poesia?

– E *fala* sobre escrever poesia.

Ele pareceu angustiado.

– E, quando não está fazendo isso – prosseguiu Charlotte, entrando no espírito da conversa –, está falando sobre análise de poesia e explicando por que falta à maioria das pessoas a capacidade intelectual para entender poesia.

– Ao contrário dele?

– É claro.

Ele assentiu devagar.

– Preciso confessar uma coisa, então. Eu mesmo não gosto muito de poesia.

Charlotte não conseguiu evitar: abriu um largo sorriso.

– Não?

– Ninguém usa rimas nas conversas do cotidiano – argumentou ele e fez um aceno de mão desdenhoso.

– É exatamente o que eu penso! – exclamou ela. – Alguma vez, eu lhe pergunto, o senhor já disse "Meu amor é como um condor"?

– Bom Deus, espero que nunca.

Charlotte caiu na gargalhada.

– Não é? – exclamou ele e então apontou para a copa das árvores. – Aquelas folhas! São como bolhas!

– Ah, por favor! – disse ela, tentando soar desdenhosa, mas rindo sem parar. – Até eu escreveria algo melhor.

Ele deu um sorriso diabólico e Charlotte de repente entendeu por que ele possuía a fama de haver partido tantos corações em Londres. Por Deus, deveria ser ilegal ter tanta beleza. Apenas um sorriso e ela sentira sua energia até as pontas dos pés.

– É mesmo? – zombou ele. – Melhor que "Vi minha irmã na neblina e...".

– E o quê? – perguntou Charlotte enquanto ele procurava o que dizer. – Péssima ideia escolher uma palavra tão difícil de rimar, milorde.

– E desejei... – continuou ele, com ar triunfante – ... e desejei... ora, não sei o que desejei, mas não foi sua ruína.

O rosto de Ned assumiu uma expressão brincalhona.

– Não seria apropriado, não acha?

Charlotte teria respondido, só que ria demais para conseguir falar.

– Certo – disse ele, parecendo bastante satisfeito consigo mesmo. – Bem, agora que concordamos que sou o melhor poeta, qual é o primeiro item da lista?

Charlotte olhou para o pedaço de papel que esquecera que trazia nas mãos.

– Ah, sim. A caça ao tesouro. Bem, vamos ver. O primeiro item é uma pena, mas eu acho que não precisamos encontrar tudo na ordem.

Ele inclinou a cabeça para o lado enquanto tentava ler a bela letra da mãe dela.

– De que mais precisamos?

– Um tijolo vermelho; uma flor de jacinto... essa vai ser fácil, sei onde ficam no jardim; duas folhas de papel em branco, não do mesmo tipo; uma fita amarela; e um pedaço de vidro. Um pedaço de vidro? – repetiu ela, olhando para cima. – Onde é que vamos encontrar isso? Acho que mamãe não pretendia que quebrássemos janelas.

– Vou roubar os óculos da minha irmã – disse ele, improvisando.

– Ah. É muito esperto – falou e olhou para ele com admiração. – E ardiloso também.

– Bem, ela é minha *irmã* – disse ele, com modéstia. – Ainda que eu não deseje sua ruína. É que ela fica quase cega sem os óculos e devemos ser ardilosos em tudo o que envolve irmãos, concorda?

– Nesta situação, certamente.

Ela e as irmãs costumavam se dar bem, mas estavam sempre se provocando mutuamente e pregando peças. Roubar óculos para vencer uma caça ao tesouro – isso era algo que ela podia respeitar.

Charlotte observou o rosto de Ned enquanto ele olhava a distância, com a cabeça aparentemente em outro lugar. Não pôde deixar de pensar que ele se revelara um ótimo sujeito.

Desde que aceitara ajudar Lydia a deixá-lo, Charlotte se sentia um pouco culpada, mas só agora começava a se sentir realmente mal. Tinha a sensação de que o visconde não amava sua irmã. Na verdade, tinha quase certeza. Mas ele *pedira* a mão de Lydia em casamento, então devia querê-la como esposa, qualquer que fosse o motivo. E, como todos os homens, ele tinha seu orgulho. E ela, Charlotte Eleanor Thornton, que gostava de acreditar que era uma pessoa correta e de princípios, estava ajudando a orquestrar sua ruína.

Charlotte suspeitava que houvesse coisas mais vergonhosas na vida que ser deixado no altar, mas naquele momento não conseguiu pensar em nenhuma.

Ele ficaria horrorizado.

E magoado.

Além de furioso.

E provavelmente a mataria.

A pior parte era que Charlotte não tinha ideia de como impedir aquilo. Lydia era sua irmã. Era obrigação de Charlotte ajudá-la, não era? Não devia sua lealdade à família, acima de tudo? Além disso, se aquela tarde lhe ensinara algo, era que Lydia e o visconde não combinavam. Meu Deus, Lydia *esperava* que seus pretendentes falassem em versos. Charlotte não conseguia imaginar que aqueles dois sobrevivessem a mais que um mês de casamento sem tentarem se matar.

Ainda assim... não era certo. Ned – quando tinha começado a pensar nele pelo primeiro nome? – não merecia o tratamento desprezível que estava prestes a receber. Talvez ele fosse um pouco autoritário e certamente era arrogante, mas no fundo parecia ser um homem bom – era sensato, engraçado e um verdadeiro cavalheiro.

E foi então que Charlotte fez uma promessa. De jeito nenhum ela permitiria que ele esperasse na igreja no sábado de manhã. Ela podia não ser capaz de impedir Lydia e Rupert de fugirem – podia até mesmo estar *ajudando* –, mas faria tudo o que estivesse ao seu alcance para salvar Ned do pior dos constrangimentos.

Ela engoliu em seco, nervosa. Isso significaria ir atrás dele no meio da noite, assim que Lydia estivesse a uma distância segura, mas ela não tinha escolha. Não se quisesse viver tranquila com sua consciência.

– A senhorita ficou muito séria de repente – comentou ele.

Ela foi pega de sobressalto pelo som de sua voz.

– Só perdida em devaneios – respondeu ela, feliz porque pelo menos isso não era mentira.

– Sua irmã e o poeta parecem estar no meio de uma conversa importante – disse ele, baixo, inclinando a cabeça para a esquerda.

Charlotte virou o rosto. Lydia e Rupert entabulavam uma conversa séria e apressada a uns 30 metros dali.

Graças a Deus eles estavam longe demais para serem ouvidos.

– Eles são bons amigos – disse Charlotte, torcendo para que o calor que sentia nas bochechas não significasse que ela corava. – Conhecemos Rupert há anos.

– Isso significa que minha futura esposa é uma grande fã de poesia?

Charlotte deu um sorriso tímido.

– Temo que sim, milorde.

Quando ele olhou para ela, seus olhos brilhavam.

– O que significa que ela espera que eu recite poesia para ela?

– Provavelmente – respondeu Charlotte, olhando para ele com uma compaixão que não era fingimento.

Ele soltou um suspiro.

– Bem, acho que nenhum casamento é perfeito.

Então ele ajeitou a postura.

– Venha. Temos penas para arrancar e óculos para roubar. Já que somos obrigados a participar desta caça ao tesouro, vamos pelo menos vencer.

Charlotte endireitou os ombros e deu um passo à frente.

– Tem razão, milorde. É exatamente o que penso.

E era mesmo. Era estranho, na verdade, que ele dissesse com tanta frequência algo em que ela estava pensando.

CAPÍTULO 4

Na noite de sexta aconteceu o sarau pré-casamento que Ned imaginara que de alguma forma seria diferente dos saraus pré-casamento de quarta e quinta. Contudo, em pé nos fundos do salão segurando uma taça de champanhe e um prato com três morangos, ele não conseguia, por mais que tentasse, ver qualquer diferença.

As mesmas pessoas, outras comidas. E só.

Se ele fosse o responsável pelos detalhes, teria descartado toda aquela baboseira pré-casamento e simplesmente aparecido diante do vigário na hora e no local marcados, mas ninguém achara necessário perguntar sua opinião – embora, para ser justo, ele nunca tivesse demonstrado se importar. E, na verdade, nem ele mesmo percebera que se importava até aquela semana – aquela semana assustadora, não, infernalmente longa.

Porém, todos pareciam se divertir, o que ele imaginava ser bom, uma vez que, segundo lhe constava, ele estava pagando por tudo aquilo. Ned soltou um suspiro ao relembrar vagamente uma conversa em que dissera algum disparate do tipo "É claro que Lydia deve ter o casamento de seus sonhos".

Olhou para os morangos em seu prato. Havia cinco no início, e os dois que já estavam em seu estômago constituíam tudo o que comera naquela noite. Eram os morangos mais caros que já provara.

Não que ele não pudesse pagar pelas festividades; tinha dinheiro de sobra e não iria querer negar a uma jovem o casamento de seus sonhos. O problema, claro, era que a jovem que teria o casamento de seus sonhos acabara se revelando não ser a dos sonhos *dele* e só agora – quando era tarde demais para fazer algo a respeito – ele começava a perceber que isso fazia diferença.

E o mais triste era que ele nem sabia que *tinha* sonhos. Até então, nunca lhe ocorrera que ele gostaria de se apaixonar e ter um casamento romântico. Agora, quando faltavam – segundo o relógio em um canto – aproximadamente 12 horas para que tivesse de se arrastar para dentro da igreja e garantir que nada daquilo aconteceria.

Ele se apoiou na parede sentindo-se mais cansado do que seria normal para um homem de sua idade. Em quanto tempo, ele se perguntou, poderia ir embora sem que parecesse grosseiro?

No entanto, verdade fosse dita, ninguém parecia notar sua presença. Os convidados se divertiam bastante e não davam atenção ao noivo. Ou, por falar nisso, Ned percebeu ao examinar o salão, surpreso, à noiva.

Onde estava Lydia?

Ele franziu o cenho, depois deu de ombros, decidindo que aquilo não queria dizer nada. Tinha falado com ela mais cedo, quando dançaram a valsa obrigatória, e ela parecera bastante agradável, embora um pouco distraída. Desde então, ele a vira em meio à multidão algumas vezes, conversando com os convidados. Provavelmente estava no banheiro feminino agora, remendando uma bainha, ou beliscando as bochechas, ou fazendo o que quer que as mulheres faziam quando achavam que ninguém as observava.

E sempre pareciam sair da festa aos pares. Charlotte também desaparecera. Ele poderia apostar três morangos (o que, no contexto da noite, não era uma quantia pequena) que fora arrastada por Lydia.

Por que isso o irritava tanto, ele não sabia.

– Ned!

Ele se endireitou e colocou um sorriso no rosto, então decidiu que não era preciso. Era sua irmã, que atravessava a multidão com a prima Emma logo atrás.

– O que está fazendo aqui sozinho? – perguntou Belle assim que chegou ao lado dele.

– Desfrutando minha própria companhia.

Ele não tivera a intenção de que isso fosse um insulto, mas Belle deve ter tomado como um, porque fez uma careta.

– Onde está Lydia? – indagou ela.

– Não faço ideia – respondeu ele, com sinceridade. – Provavelmente com Charlotte.

– Charlotte?

– Irmã dela.

– Eu sei quem é Charlotte – disse ela, irritada. – Só fiquei surpresa por vocês...

Ela balançou a cabeça.

– Não importa.

Nesse instante, Emma se inseriu na conversa, a barriga primeiro.

– Você vai comer esses morangos? – perguntou ela.

Ned ofereceu o prato.

– Fique à vontade.

Ela agradeceu e pegou um.

– Sinto fome o tempo todo ultimamente – comentou. – Exceto, claro, quando não sinto.

Ned a encarou como se ela falasse grego, mas Belle assentia como se a compreendesse.

– Fico satisfeita logo – explicou Emma, com pena de sua ignorância. – É porque... – começou ela a dizer, mas depois apenas acariciou o braço do primo. – Você logo vai entender.

Ned pensou em Lydia carregando um filho dele e isso pareceu *errado*. Então o rosto da noiva mudou. Não muito, porque não era preciso. Os olhos eram os mesmos, afinal. E o nariz, provavelmente, também. Mas a boca, não...

Ned se apoiou na parede, sentindo-se bastante mal de repente. O rosto que pairava sobre o corpo grávido era o de Charlotte, e *ela* não parecia nada errada.

– Tenho que ir – disse ele, ligeiro.

– Tão cedo? – perguntou Belle. – Não são nem nove horas.

– Vai ser um grande dia amanhã – resmungou ele, o que era bem verdade.

– Bom, acho que pode mesmo ir – disse sua irmã. – Lydia já foi e, se a noiva pode...

Ele assentiu.

– Se alguém perguntar...

– Não se preocupe – assegurou. – Vou dar desculpas excelentes.

Emma assentiu.

– Ah, e... Ned! – chamou Belle, com a voz baixa o bastante para capturar toda a atenção dele.

Ele olhou para a irmã.

– Desculpe – disse ela, baixinho.

Era a coisa mais doce – e a mais terrível – que ela poderia dizer. Mas ele assentiu assim mesmo, porque ela era sua irmã e ele a amava. Então saiu pelas portas francesas que levavam ao pátio, com a ideia de contornar a casa e entrar pela porta lateral, de onde esperava poder voltar para seu quarto sem encontrar ninguém que quisesse conversar.

Foi quando, é claro, olhou para baixo e percebeu que ainda segurava o prato – ele comeria mais alguns milhares de libras em morangos.

– Você precisa voltar, Lydia!

Lydia balançou a cabeça, frenética, enquanto enfiava mais um par de sapatos na mala, sem nem olhar para Charlotte.

– Não posso. Não tenho tempo.

– Você só vai encontrar Rupert às duas – argumentou Charlotte. – Faltam cinco horas.

Lydia levantou a cabeça, horrorizada.

– Só isso?

Charlotte olhou para as duas malas de Lydia. Não eram pequenas, mas ela não levaria cinco horas para enchê-las. Decidiu tentar outra abordagem.

– Lydia – falou, num esforço para soar bastante razoável –, a festa lá embaixo é sua. Vão dar por sua falta.

Então, como Lydia não fez nada além de levantar dois pares de roupas de baixo para compará-los, ela repetiu, provavelmente mais alto do que deveria:

– Lydia, está me ouvindo? *Vão dar por sua falta.*

Lydia deu de ombros.

– Volte você, então.

– Eu não sou a noiva – destacou Charlotte, pulando diante da irmã.

Lydia olhou para ela e voltou a olhar para as roupas de baixo.

– O lavanda ou o rosa?

– Lydia...

– Qual?

Charlotte não soube ao certo por quê – talvez tenha sido pela pura farsa do momento –, mas olhou para os conjuntos.

– De onde você tirou isso? – perguntou, pensando nas próprias roupas de baixo, todas brancas.

– Do meu enxoval.

– Do seu casamento com o visconde? – retrucou Charlotte, horrorizada.

– É claro – disse Lydia, decidindo-se pelo lavanda e jogando-o na mala.

– Lydia, isso é doentio!

– Não é, não – disse Lydia, dando toda a atenção a Charlotte pela primeira vez desde que entraram sorrateiramente no quarto. – É prático. E, se vou me casar com Rupert, não posso me dar ao luxo de não ser prática.

O queixo de Charlotte caiu de tanta surpresa. Até aquele momento, ela não acreditava que Lydia soubesse em que iria se meter ao casar com um esbanjador como Rupert.

– Não sou tão volúvel quanto você pensa – falou Lydia, constrangendo Charlotte ao ler seus pensamentos com exatidão.

Charlotte ficou em silêncio por um tempo.

– Gosto do rosa – falou por fim, de modo que suas palavras soaram também como um pedido de desculpas.

– Mesmo? – disse Lydia com um sorriso. – Eu também. Acho que vou levar os dois.

Charlotte engoliu em seco, desconfortável, enquanto observava a irmã fazer a mala.

– Você deveria tentar voltar para a festa por alguns minutinhos, pelo menos.

Lydia assentiu.

– Tem razão. Vou voltar assim que terminar aqui.

Charlotte foi até a porta.

– Vou voltar agora. Se alguém perguntar por você, eu... – falou ela, então agitou as mãos no ar sem jeito enquanto pensava no que dizer. – Bom, eu invento alguma coisa.

– Obrigada – disse Lydia.

Charlotte apenas assentiu, sentindo-se abalada demais para dizer qualquer coisa. Saiu do quarto em silêncio, fechando a porta atrás de si, e se apressou pelo corredor até as escadas. Ela *não* estava empolgada com aquilo; supunha que era uma boa mentirosa quando precisava ser, mas odiava mentir e, acima de tudo, odiava mentir para o visconde.

Seria tão mais fácil se ele não tivesse sido tão *agradável*.

Agradável. Por algum motivo, isso a fez sorrir. Ele detestaria ser chamado de agradável. Galante, talvez. Perigoso, certamente. E diabólico também parecia apropriado.

Contudo, gostasse o visconde ou não, ele *era* um homem agradável, bom e verdadeiro e certamente não merecia o destino que Lydia lhe reservava.

Lydia e...

Charlotte parou no patamar e fechou os olhos para esperar que uma onda de náusea, induzida pela culpa, passasse. Ela não queria pensar em sua participação no fiasco que se aproximava. Não naquele instante, pelo menos. Precisava se concentrar em conseguir fazer com que a irmã seguisse seu caminho em segurança.

Então ela poderia fazer o certo pelo visconde – encontrá-lo e avisá-lo para que ele não...

Charlotte estremeceu ao imaginar a cena na igreja. Ela não podia deixar isso acontecer. *Não* deixaria. Ela...

– Charlotte?

Ela abriu os olhos.

– Milorde! – murmurou ela, incapaz de acreditar que ele estava em pé à sua frente.

Ela não queria vê-lo até que tudo tivesse acabado, não queria falar com ele. Não sabia se sua consciência suportaria.

– Está tudo bem? – perguntou ele, e a preocupação em sua voz partiu o coração de Charlotte.

– Sim – respondeu ela, engolindo em seco até ser capaz de dar um sorriso vacilante. – Só estou um pouco... esgotada.

Os lábios dele se retorceram.

– Imagine se fosse um dos cônjuges.

– É – disse ela. – Deve ser bastante difícil, tenho certeza. Quer dizer, é claro que não deveria ser difícil, mas... bem...

Ela se perguntou se algum dia já tinha proferido uma frase mais sem sentido.

– Tenho certeza de que ainda assim é difícil – concluiu.

Ele lhe lançou um olhar estranho, intenso o bastante para levá-la a estremecer.

– A senhorita não faz ideia – murmurou.

Ele estendeu o pratinho que trazia nas mãos.

– Morangos? – ofereceu.

Ela balançou a cabeça; seu estômago estava agitado demais para pensar em colocar alguma coisa nele.

– Aonde está indo? – indagou ela, principalmente porque o silêncio que se seguiu parecia pedir uma pergunta.

– Lá para cima. Lydia saiu e...

– Ela está nervosa também – disparou Charlotte.

Na certa ele não pretendia visitar Lydia em seu quarto. Não seria nada apropriado, mas, pior que isso, ele a flagraria fazendo as malas.

– Ela foi se deitar um pouco – continuou, às pressas. – Mas me prometeu que voltaria logo para a festa.

Ele deu de ombros.

– Ela pode fazer o que quiser. Um dia longo nos aguarda amanhã. Se ela quer descansar, é o que deve fazer.

Charlotte assentiu, soltando o ar lentamente ao perceber que ele nunca tivera a intenção de procurar por Lydia.

Então cometeu o pior erro de sua vida.

Ela ergueu a cabeça.

Foi estranho, porque estava escuro, só uma arandela tremeluzia atrás dela, e não era para ela conseguir ver a cor dos olhos dele. Mas, ao levantar a cabeça, seus olhares se encontraram, e os olhos dele tinham um brilho tão caloroso, tão azul e, mesmo que a casa começasse a cair ao redor deles...

Ela não achava que seria capaz de desviar o olhar.

Ned estava subindo a escada lateral sorrateiramente, com o propósito expresso de evitar qualquer contato humano, mas, ao ver Charlotte Thornton no patamar, algo se encaixara dentro dele e ele percebera que *qualquer contato humano* simplesmente não a incluía.

Não tinha sido como ele temia que fosse, que ele a desejaria – muito embora sentisse algo se contrair em seu âmago toda vez que permitia que seu olhar deslizasse para os lábios dela, algo que nunca deveria acontecer diante de uma cunhada.

Na verdade, quando a vira parada ali de olhos fechados, ela lhe parecera uma tábua de salvação, uma âncora estável em um mundo que tombava ao seu redor. Se ele de alguma forma pudesse tocá-la, apenas segurar sua mão, tudo ficaria bem.

– Quer dançar? – perguntou ele, e as palavras o pegaram de surpresa enquanto saíam de seus lábios.

Ele viu a surpresa nos olhos dela e em sua respiração suave antes mesmo que ela ecoasse a pergunta:

– Dançar?

– Já fez isso? – quis saber ele, certo de que estava seguindo por um caminho bastante perigoso, mas incapaz de se conter. – Já dançou, no caso. Não houve muita dança esta noite e eu não a vi na pista.

Ela balançou a cabeça.

– Mamãe me manteve ocupada – explicou, mas soou distraída, como se as palavras não tivessem nada a ver com o que se passava em sua cabeça. – Detalhes da festa e coisas do tipo.

Ele assentiu.

– Deveria dançar – insistiu.

Queria dizer *Deveria dançar comigo*. Ele largou o prato em um degrau.

– Qual é o sentido de torcer o tornozelo se não se divertir depois que ele estiver curado? – murmurou ele.

Ela não disse nada, só ficou ali, olhando para ele, não como se fosse louco, embora ele tivesse certeza de que era, ao menos naquela noite. Olhava para ele como se não conseguisse acreditar no que via, ou talvez no que ouvia, ou talvez no momento em si.

A música vinha lá de baixo e a escada se curvava de modo que ninguém poderia vê-los no pequeno patamar, nem de baixo nem de cima.

– Deveria dançar – repetiu ele e, provando que um deles continuava são, Charlotte balançou a cabeça.

– Não. Preciso ir.

A mão de Ned caiu junto ao corpo e só então ele percebeu que a tinha levantado com a intenção de posicioná-la nas costas de Charlotte para uma valsa.

– Mamãe deve estar atrás de mim – falou ela. – E preciso ver como Lydia está.

Ele assentiu.

– E depois preciso...

Ela olhou para ele... só por um instante. Só por uma fração de segundo, mas foi o bastante para que seus olhos se encontrassem antes que ela se afastasse.

– Não posso dançar – disse.

E os dois sabiam o que ela queria dizer: *Não posso dançar com você.*

CAPÍTULO 5

ais tarde naquela noite, enquanto encontrava consolo em uma taça de conhaque e no silêncio da biblioteca escassa de Hugh Thornton, Ned não conseguiu se livrar da sensação de que estava prestes a pular de uma ponte.

Sim, ele sempre soubera que estava entrando em um casamento sem amor. Mas julgava ter aceitado a ideia. Apenas recentemente – apenas na última semana, na verdade – percebera que estava prestes a decretar a própria infelicidade, ou, no mínimo, algum descontentamento, pelo resto da vida.

E não havia nada a fazer a respeito. Talvez em outro tempo, em outro lugar, um homem pudesse desistir de um casamento horas antes da cerimônia, mas não em 1824 e não na Inglaterra.

O que ele estava pensando? Não amava a mulher com quem ia se casar, ela não o amava e, francamente, ele nem poderia dizer que se conheciam. Só soubera, por exemplo, que Lydia era aficionada por poesia quando Charlotte lhe contara isso durante a caça ao tesouro (que, é claro, eles tinham vencido. Do contrário, qual seria o sentido de participar de jogos bobos?).

Mas esse não era o tipo de coisa que um homem deveria saber sobre a esposa? Principalmente se esse homem fazia questão de não incluir livros de poesia em sua biblioteca?

E isso fez com que ele se perguntasse o que mais poderia estar escondido por trás dos belos olhos cinzentos de Lydia Thornton. Ela gostava de animais? Era reformista, participava de obras de caridade? Sabia falar francês? Tocava piano? Era afinada ao cantar?

Ele não sabia por que não se preocupara com essas questões. Não lhe pareceram importantes. Certamente, qualquer homem sensato iria querer saber mais sobre sua futura esposa do que a cor de seus olhos e cabelo.

Sentado na escuridão, imaginando a vida que tinha pela frente, ele não conseguia deixar de pensar que era isso que Belle vinha tentando dizer havia meses.

Soltou um suspiro. Belle podia ser sua irmã, mas, por mais que lhe doesse admitir, isso não queria dizer que ela não tinha razão de vez em quando.

Ele não *conhecia* Lydia Thornton.

Ele não a conhecia e iria se casar com ela mesmo assim.

Porém, pensou com um suspiro enquanto seus olhos pousavam sobre uma pilha de livros encadernados em couro em um canto, isso não significava que o casamento seria um fracasso. Muitos casais encontravam o amor depois das bodas, não? Ou, se não amor, satisfação e amizade. Que era tudo o que Ned almejava, para começo de conversa; precisava admitir.

E era com isso que teria de aprender a conviver. Porque ele *tinha* conhecido Lydia Thornton um pouco melhor na última semana. O suficiente para saber que jamais poderia amá-la, não como um homem deveria amar a esposa.

E também havia Charlotte.

Charlotte, para quem ele provavelmente nem olharia duas vezes em Londres. Charlotte, que o fazia rir, para quem podia contar piadas idiotas e não se sentir constrangido.

E que, ele lembrava a si mesmo, seria sua cunhada em cerca de sete horas.

Ele olhou para o copo vazio em sua mão e se perguntou quanto tempo fazia que terminara a bebida. Estava pensando em servir mais uma dose quando ouviu um som do outro lado da porta.

Que estranho. Ele achava que todos já tivessem ido dormir. Eram – olhou para o relógio sobre a lareira – quase duas da manhã. Antes de sair da festa, ele ouvira os Thorntons expressarem suas intenções de encerrar as festividades às onze, pois queriam que todos os convidados estivessem bem descansados e revigorados para a cerimônia que aconteceria no sábado pela manhã.

Ned não tinha fechado a porta por completo, então se esgueirou até a fresta aberta e olhou para fora. Não houve cliques de fechaduras nem rangidos de maçanetas que alertassem qualquer um sobre sua presença, e ele pôde satisfazer sua curiosidade a respeito de quem estava acordado e andando pela casa.

– Shhhh!

Definitivamente, uma mulher pedindo silêncio.

– Você tinha que levar tanta coisa?

Ele franziu o cenho. Parecia a voz de Charlotte.

Ele passara tanto tempo com ela nos últimos dias que devia conhecer sua voz melhor que conhecia a de Lydia.

O que Charlotte fazia acordada no meio da noite?

De repente Ned sentiu como se tivesse levado um soco no estômago. Será que tinha um amante? Com certeza Charlotte não seria tola a esse ponto.

184

– Não posso levar apenas um vestido! – disse uma segunda voz de mulher. – Quer que eu pareça uma indigente?

Hum. Talvez ele conhecesse a voz de Lydia melhor do que pensava, porque aquela parecia muito ser a dela.

Ele ficou de orelhas em pé. Esqueça Charlotte – o que será que *Lydia* estava aprontando? Aonde é que ela achava que iria na noite anterior ao casamento?

Ned aproximou o rosto da fresta aberta, feliz por ser uma noite enluarada. Graças ao luar que entrava pelas janelas, ele nem sequer acendera uma vela ao sentar-se com sua bebida. Sem luzes acesas na biblioteca, não havia nenhuma indicação da presença de alguém ali. A não ser que Charlotte e Lydia fizessem questão de olhar na direção da biblioteca, não o veriam quando passassem.

Com os olhos fixos na escada, ele viu quando elas se puseram a descer, cada uma carregando uma mala grande. A única luz vinha da vela que Charlotte trazia na mão livre. Lydia trajava roupas de viagem, e Charlotte, um vestido prático em alguma cor neutra que ele não conseguia discernir na penumbra.

Nenhuma das duas usava o que se esperaria que uma mulher vestisse no meio da noite.

– Tem certeza de que Rupert vai estar esperando por você na entrada? – sussurrou Charlotte.

Ned não ouviu a resposta de Lydia, nem soube se ela havia respondido ou apenas assentido. O rugido em seus ouvidos bloqueou qualquer som, eliminou qualquer pensamento exceto aquele que era dolorosamente pertinente.

Lydia estava fugindo. Saindo escondida no meio da noite horas antes de eles se encontrarem na igreja.

Ela estava fugindo *para se casar*. Com aquele idiota do Marchbanks.

E ele se encontrava ali sentado, tentando se conformar com um casamento que nem queria, enquanto a noiva planejava largá-lo.

Ned queria gritar. Queria socar uma parede. Queria que...

Charlotte. Charlotte estava ajudando Lydia.

Sua raiva triplicou. Como podia fazer isso com ele? Caramba, eles eram amigos. Amigos. Ele a conhecera poucos dias antes, mas, durante esse tempo, a conhecera *de verdade*. Ao menos era o que pensava. Naquele momento, ele supôs que Charlotte não era tão leal e verdadeira quanto imaginara.

Charlotte. Seu corpo ficou ainda mais tenso, todos os músculos se encheram de fúria. Ele achava que ela era melhor do que isso.

Ela deveria saber o que estava fazendo com ele enquanto guiava Lydia para fora da casa. Será que tinha pensado em como seria para ele na manhã seguinte, em pé no altar diante de centenas de testemunhas, à espera de uma noiva que nunca chegaria?

As duas jovens avançavam devagar em razão da dificuldade imposta pelas malas grandes. Lydia agora arrastava a sua; obviamente não era tão forte quanto Charlotte, que pelo menos conseguia levantar a dela uns cinco centímetros do chão. Ned esperava enquanto elas se aproximavam, com a mandíbula mais tensa a cada segundo, e então, assim que elas chegaram à porta da biblioteca...

Ele saiu.

– Indo a algum lugar? – perguntou.

Ele se surpreendeu com o desprezo arrastado em sua voz. Tinha certeza de que as palavras sairiam como um rugido.

Lydia deu um salto para trás e Charlotte soltou um gritinho, que mudou de tom quando ela derrubou a mala no próprio pé.

Ele apoiou o ombro no batente da porta enquanto cruzava os braços, ciente de que precisava controlar as emoções. Uma única faísca e ele poderia explodir.

– É um pouco tarde para estarem andando por aí, não acham? – perguntou ele, com a voz suave.

As duas Thorntons tremiam ao encará-lo.

– Passa das duas, eu acho – murmurou ele. – É de imaginar que as jovens estariam de camisola.

– Não é o que parece – disparou Charlotte.

Ele olhou para Lydia para ver se o gato tinha devolvido sua língua, mas ela parecia apavorada demais para falar.

Ótimo.

Ele voltou a olhar para Charlotte, já que ela era uma oponente mais digna.

– Interessante. Porque não sei ao certo *o que* isso parece. Talvez a senhorita possa me esclarecer.

Charlotte engoliu em seco e pressionou as mãos uma contra a outra.

– Bem – falou ela, enrolando para ganhar tempo. – Bem...

– Se eu fosse um homem menos inteligente – disse ele, pensativo –, poderia pensar que parece que minha amada noiva está fugindo na noite anterior ao nosso casamento, mas então pensei comigo mesmo: "Isso não pode ser verdade." As garotas Thorntons jamais seriam tão tolas a ponto de tentar uma façanha dessas.

Ele conseguiu. Silenciou as duas. Charlotte piscava sem parar, e ele quase conseguia ver seu cérebro por trás dos olhos buscando freneticamente algo para dizer, sem conseguir pensar em nada. Lydia apenas parecia alguém que ficou muito tempo olhando para o sol.

– Então – continuou ele, desfrutando a situação de um jeito bastante patético e doentio –, como a senhorita obviamente não está fugindo e a senhorita – falou, virando-se para Charlotte com um olhar hostil – obviamente não a está ajudando, talvez possam me dizer o que *estão* fazendo.

Lydia encarou Charlotte com olhos suplicantes. Charlotte engoliu em seco várias vezes.

– Bem, na verdade, eu... – tentou dizer Charlotte.

Ele a observava.

Ela olhou nos olhos de Ned.

O olhar dele se manteve firme.

– Eu... eu...

Seus olhares seguiam cruzados.

– Ela está fugindo – sussurrou Charlotte, e seu olhar finalmente deslizou para o chão.

– Charlotte! – exclamou Lydia, perfurando com a voz a noite silenciosa.

Ela se virou para a irmã com uma expressão irritada e descrente.

– Como você pôde?

– Ah, pelo amor de Deus, Lydia – retrucou Charlotte. – Ele já sabia.

– Talvez ele...

– Você acha que sou burro? – perguntou Ned. – Meus Deus, você ia se casar com um homem que não fosse inteligente o bastante para entender *isto*?

Ele sacudiu a mão no ar.

– Eu disse que isso não ia dar certo – falou Charlotte à irmã, com a voz urgente e dolorosa. – Eu disse que não era certo. Eu disse que você não ia se safar.

Lydia se virou para Ned.

– Você vai me bater?

Ele a encarou em choque. Ora essa. Agora tinha sido ela que o deixara sem palavras.

– Vai? – repetiu ela.

– É claro que não – respondeu ele. – Mas pode ter certeza de que se um dia eu viesse a bater em uma mulher, você seria a primeira da lista.

Charlotte pegou o braço de Lydia e tentou empurrá-la de volta para a escada.

– Vamos voltar – disse, apressada.

Seu olhar encontrou o de Ned pelo que pareceu um segundo eterno.

– Ela sente muito. Nós duas sentimos muito.

– E a senhorita acha que isso é o suficiente? – perguntou ele, autoritário.

Charlotte engoliu em seco e pareceu bastante pálida, mesmo à luz bruxuleante da vela.

– Vamos nos preparar para o casamento – respondeu ela, levantando as duas malas. – Vou garantir que ela esteja na igreja na hora certa. Pode confiar em mim.

Aquilo foi a gota d'água. *Pode confiar em mim.* Como ela ousava dizer essas palavras?

– Esperem! – ordenou ele, interrompendo o avanço lento das duas.

Charlotte se virou para ele, com o desespero no olhar.

– O que o senhor quer? – retrucou ela. – Eu disse que ela estará pronta. Eu disse que vou garantir que ela esteja na igreja na hora certa. Vou garantir também que ninguém saiba o que aconteceu esta noite e que o senhor não sofra nenhum constrangimento em razão das fraquezas de Lydia.

– É muito generoso da sua parte – disse ele. – Porém, à luz dos últimos acontecimentos, o casamento não me parece mais tão interessante.

Lydia ficou boquiaberta com o insulto, e ele teve de desviar o olhar de tão indignado que estava com sua reação. O que ela esperava?

Então seu olhar caiu sobre Charlotte, que de repente parecia incrivelmente linda à luz da vela, com o cabelo refletindo o brilho avermelhado das chamas.

– O que o senhor quer? – sussurrou ela, com os lábios tremendo ao pronunciar as palavras.

Ela estava com a mesma aparência que tinha naquele momento no patamar da escada, com os lábios entreabertos, os olhos prateados à luz da vela. Quando ele quisera dançar com ela.

E agora... Agora que tudo tinha mudado, agora que Lydia quase saíra pela porta, ele podia finalmente admitir que queria mais.

Tinha a cabeça cheia de pensamentos carnais e sedutores, e de algo mais que não conseguia identificar.

Ele olhou para Charlotte, para aqueles olhos cinzentos e mágicos, e disse:

– Eu quero *você*.

Por um instante, ninguém falou nada.

Ninguém nem respirou.

Charlotte por fim recobrou a voz:

– O senhor está louco.

Porém, o visconde apenas pegou as duas malas de Lydia e as levantou como se estivessem cheias de penas.

– Aonde vai com essas malas? – gritou Lydia baixinho, se é que isso era possível, o que pelo jeito era, porque ninguém desceu a escada correndo para perguntar o que estava acontecendo ali.

Ele foi até a porta da frente e jogou as malas para fora.

– Vá! – ordenou Ned, ríspido. – Saia logo daqui.

Os olhos de Lydia se arregalaram.

– O senhor está me deixando ir?

Ele respondeu com uma bufada impaciente enquanto voltava, então a pegou pelo braço e começou a arrastá-la em direção à porta.

– A senhorita acha mesmo que eu iria querer ir em frente com o casamento depois disso? – perguntou ele, erguendo um pouco a voz. – Agora vá!

– Mas preciso percorrer meio quilômetro até encontrar Rupert – protestou Lydia, virando rápido a cabeça da irmã para Ned. – Charlotte ia me ajudar a carregar as malas.

Charlotte assistiu, horrorizada, quando Ned se virou para Lydia com a expressão mais maligna que ela poderia imaginar.

– A senhorita é bem grandinha – disse ele. – Vai dar um jeito.

– Mas não consigo...

– Pelo amor de Deus, mulher! – explodiu ele. – Mande Marchbanks voltar para buscá-las! Se ele a quer tanto assim, vai carregar suas malditas malas.

Então, enquanto Charlotte assistia à cena, boquiaberta, ele empurrou Lydia pela porta e a fechou com força.

– Lydia – foi tudo o que ela conseguiu dizer antes que ele se virasse para ela.

189

– *Você* – disse ele.

Foi uma única palavra, mas tudo em que ela conseguiu pensar foi *Graças a Deus que ele não disse mais nada.*

Mas...

– Espere! – exclamou ela. – Preciso me despedir de minha irmã.

– Você vai fazer o que eu permitir...

Ela passou por ele e correu até a porta.

– Preciso me despedir – repetiu, com a voz falhando. – Não faço ideia de quando vou vê-la de novo.

– Rogo para que não seja logo – murmurou ele.

– Por favor – implorou Charlotte. – Eu preciso...

Ele a segurou pela cintura, mas seus braços logo cederam.

– Ah, pelo am... tudo bem – resmungou ele. – Vá. Você tem trinta segundos.

Charlotte não discutiu. Ele era a parte injustiçada naquela cena terrível e, por mais que ela odiasse sua raiva, achava que ele tinha direito a ela.

Mas em que ele estava pensando ao dizer que a queria?

Não, ela não podia pensar nisso agora. Não quando sua irmã fugia às pressas pela escuridão da noite. Não quando a simples lembrança do rosto dele fazia com que ela estremecesse. Olhos tão azuis, tão intensos ao dizer aquilo...

Eu quero você.

– Lydia! – chamou, com óbvio desespero na voz.

Ela abriu a porta com força e correu para fora como se o fogo do inferno a perseguisse. E a verdade era que ela não tinha certeza de que isso não estaria mesmo acontecendo.

– Lydia! – chamou de novo. – Lydia!

Lydia estava aos soluços, sentada embaixo de uma árvore.

– Lydia! – exclamou Charlotte, horrorizada, e correu até a irmã. – O que houve?

– Não era para ser assim – disse Lydia, virando-se para Charlotte com os olhos cheios de lágrimas.

– Bem, não era – concordou Charlotte, lançando um olhar nervoso em direção à porta.

Ned tinha dito trinta segundos e Charlotte sentia que ele falara sério.

– Mas foi como aconteceu – concluiu.

Contudo isso não foi consolo suficiente para Lydia.

– Não era para ele me encontrar – protestou ela. – Era para ele ter ficado chateado.

– *Isso* ele com certeza ficou – respondeu Charlotte.

Ela se perguntou qual seria o *problema* da irmã. Ela não queria se casar com Rupert? Não estava conseguindo exatamente o que desejava? Por que estava reclamando?

– Não – respondeu Lydia, engasgando e secando o rosto com as costas da mão. – Mas era para isso tudo acontecer depois que eu fosse embora. Não era para eu ter de *pensar* sobre isso.

Charlotte cerrou os dentes.

– Bom, é uma pena, Lydia.

– E eu não achei que ele fosse ficar tão satisfeito por me colocar para *f-f-ora*!

Então Lydia voltou a chorar.

– Levante – ordenou Charlotte, puxando Lydia para que ficasse em pé.

Aquilo era demais. Havia um visconde furioso dentro de casa esperando para despedaçá-la e Lydia estava *reclamando*?

– Estou farta disso tudo! – declarou Charlotte, fervendo de raiva. – Se você não queria se casar com o visconde, não deveria ter aceitado.

– Eu já disse por que aceitei! Fiz isso por você e pela Caroline e pela Georgina. Ele prometeu dotes para vocês.

Lydia tinha alguma razão, mas, por mais que Charlotte reconhecesse o sacrifício que ela quase fizera, não estava disposta a oferecer elogios naquele momento.

– Bem, se ia fugir, deveria ter feito isso há semanas.

– Mas o banco...

– Pouco me importam as finanças do Rupert – retrucou Charlotte. – Você tem se comportado como uma criança.

– Não fale assim comigo! – gritou Lydia, endireitando os ombros. – Sou mais velha que você!

– Então aja como mais velha!

– É o que vou fazer!

E, com isso, Lydia ergueu as duas malas e começou a se afastar. Ela deu cerca de oito passos, então as soltou.

– Ah, mas que inferno – resmungou. – O que foi que eu pus aqui? – perguntou, colocando as mãos no quadril enquanto olhava para as malas transgressoras.

De repente Charlotte começou a rir.

– Eu não sei – disse, sem conseguir segurar o riso, balançando a cabeça.

Lydia olhou para ela com a expressão suave.

– Eu provavelmente preciso de mais de um vestido.

– Provavelmente – concordou Charlotte.

Lydia olhou para as malas e soltou um suspiro.

– Rupert vai carregá-las para você – garantiu Charlotte.

Lydia se virou e fitou os olhos da irmã.

– É, ele vai – concordou, então sorriu. – É bom que carregue.

Charlotte levantou a mão para se despedir.

– Seja feliz.

Nesse momento, Lydia avistou Ned, que tinha saído pela porta da frente e vinha, decidido, na direção delas.

– Cuidado – alertou ela, temerosa.

E correu noite adentro.

Charlotte viu a irmã desaparecer na estrada e respirou fundo, reunindo forças para a batalha que viria. Ela ouvia Ned se aproximar; os passos dele soavam fortes e pesados na noite silenciosa. Assim que Charlotte se virou, ele estava bem ao seu lado, tão perto que ela prendeu a respiração.

– Para dentro – ordenou ele, fazendo um gesto de cabeça em direção à casa.

– Isso não pode esperar até de manhã? – perguntou ela.

Ele lhe dera bem mais que trinta segundos para se despedir de Lydia; talvez estivesse se sentindo generoso.

– Creio que não – respondeu ele em tom ameaçador.

– Mas...

– Agora! – grunhiu Ned e a pegou pelo braço.

Surpreendentemente, apesar de estar puxando Charlotte para dentro da casa, o toque de Ned era suave. Ela se viu seguindo-o aos tropeços em um ritmo apressado para acompanhar seus passos largos. De repente ela se descobriu na biblioteca do pai, com a porta bem fechada.

– Sente-se – ordenou Ned, apontando na direção de uma cadeira.

Ela juntou as mãos.

– Prefiro ficar em pé, se não se importar.

– Sente-se.

Ela obedeceu. Insistir seria travar uma batalha em vão, uma vez que a guerra se aproximava de qualquer modo.

Por um instante ele não fez mais do que encará-la e Charlotte desejou que ele abrisse logo a boca e gritasse. Qualquer coisa seria melhor que o desdém mudo com o qual a fitava. O luar iluminava o azul dos olhos dele, e ela se sentiu perfurada por seu olhar.

– Milorde? – falou ela por fim, desejando mais que tudo quebrar o silêncio.

Isso pareceu despertá-lo.

– A senhorita tem alguma ideia do que fez? – instou ele.

A voz dele saiu suave e, estranhamente, foi pior do que um grito.

Charlotte não respondeu. Não achou que ele quisesse mesmo uma resposta, o que se comprovou menos de três segundos depois.

– Ainda planejava vestir sua fantasia de dama de honra? – prosseguiu ele. – Sentar-se no banco da frente enquanto eu esperasse Lydia no altar?

Ela recuou ao ver a expressão no rosto dele. Ele parecia furioso, mas também... abalado. E tentava com todas as suas forças esconder isso.

– Eu ia contar ao senhor – sussurrou ela. – Eu juro sobre o túmulo de...

– Ah, me poupe do drama – retrucou ele.

Ned começou a andar de um lado para outro com tanta energia que Charlotte quase esperou que as paredes se afastassem por respeito a ele.

– Eu ia contar – insistiu ela. – Logo que Lydia estivesse em segurança, eu ia procurá-lo e contar tudo.

Os olhos dele brilharam.

– A senhorita planejava ir até o meu quarto? – indagou ele.

– Bem... o senhor estava aqui na biblioteca – retrucou Charlotte para se esquivar.

– Mas a senhorita não sabia disso.

– Não – admitiu ela. – Mas...

Ela engoliu o restante das palavras. Ele tinha percorrido o espaço entre eles em menos de um segundo e suas mãos agora estavam plantadas nos braços da cadeira dela.

Seu rosto estava bem próximo.

– A senhorita planejava ir até o meu quarto – repetiu ele. – Que interessante teria sido isso.

Charlotte ficou calada.

– A senhorita teria me acordado? – sussurrou ele. – Tocado meu rosto suavemente?

Ela olhou para as próprias mãos, que tremiam.

– Ou talvez – disse ele, aproximando-se ainda mais, até ela sentir sua respiração – fosse me acordar com um beijo.

– Pare – pediu ela em voz baixa. – Isso não é digno do senhor.

Ao ouvir essas palavras, ele recuou.

– Não sei se está em posição de criticar o caráter alheio, Srta. Thornton.

– Eu fiz o que achava certo – rebateu ela, segurando com firmeza na cadeira.

– A senhorita achou isso *certo*? – perguntou Ned, com o desgosto evidente em cada sílaba.

– Bem, talvez não certo – admitiu ela. – Mas era melhor.

– Melhor? – ecoou ele e quase cuspiu a palavra. – É melhor humilhar um homem diante de centenas de pessoas? É melhor fugir no meio da noite do que encarar...

– O que queria que eu fizesse? – retrucou ela.

Ned ficou em silêncio por um bom tempo, então, tentando recuperar o controle de suas emoções, foi até a janela e se apoiou no parapeito.

– Não há nada neste mundo que eu valorize mais que a lealdade – disse ele, com a voz grave e séria.

– Nem eu.

Os dedos dele se agarraram à madeira com tanta força que as pontas ficaram esbranquiçadas.

– Verdade? – indagou ele, sem confiar em si mesmo a ponto de se virar e olhar para ela. – Então como explica *isso*?

– Não entendo o que quer dizer.

– A senhorita me traiu.

Silêncio. Então:

– Como é?

Ele se virou tão rápido que ela recuou de encontro ao encosto da cadeira.

– A senhorita me traiu. Como pôde fazer algo assim?

– Eu estava ajudando minha irmã!

Suas palavras reverberaram pelo cômodo e, por um instante, ele mal conseguiu se mexer. Ela estava ajudando a irmã. É claro, ele pensou, quase sem emoção. Por que ele esperaria que ela não fizesse isso? Certa vez, cavalgara a toda a velocidade de Oxford até Londres só para evitar que a irmã se comprometesse com um casamento apressado. Ele, de todas as pessoas, tinha de entender a lealdade entre irmãos.

– Sinto muito pelo que fizemos com o senhor – continuou Charlotte, com a voz suave e quase digna na escuridão. – Mas Lydia é minha irmã. Eu quero que ela seja feliz.

Por que ele achava que Charlotte teria de ser fiel primeiro a ele? Por que teria sequer sonhado que ela consideraria sua amizade mais importante que o laço de sangue com a irmã?

– Eu ia contar ao senhor – continuou ela.

Pelo barulho, Ned percebeu que ela se levantava.

– Eu jamais permitiria que ficasse esperando em vão na igreja. Mas... mas...

– Mas o quê? – perguntou ele, com a voz rouca.

Ele se virou. Não sabia por que de repente era tão importante ver o rosto dela; era quase como se um ímã o atraísse. Ele precisava ver seus olhos, saber o que havia em seu coração, em sua alma.

– O senhor não era a pessoa certa – disse ela. – Não que isso justifique o comportamento de Lydia, ou mesmo o meu, imagino, mas ela não seria uma esposa muito boa para o senhor.

Ele assentiu e tudo começou a se encaixar. Algo se pôs a borbulhar dentro dele, algo suave e delicioso, quase eufórico.

– Eu sei – falou ele, aproximando-se para poder inalar o cheiro dela. – E é por isso que agora vou me casar com a *senhorita*.

CAPÍTULO 6

Charlotte estava quase certa de que agora sabia qual era a sensação de ser estrangulada.

– O que exatamente o senhor quer dizer? – perguntou, engasgando, esforçando-se para falar apesar do aperto na garganta.

Ele arqueou as sobrancelhas.

– Não fui claro?

– Milorde!

– Amanhã de manhã – declarou, em um tom que indicava não tolerar divergências. – Vamos nos casar. O vestido de Lydia deve servir na senhorita.

Ele deu um sorriso torto malicioso enquanto caminhava até a porta.

– Não se atrase.

Ela ficou com o olhar vidrado nas costas dele.

– Não posso me casar com o senhor! – gritou.

Ned se virou devagar.

– E por que não? Não me diga que há um poeta idiota esperando pela senhorita lá fora também.

– Bem, eu...

Ela procurou as palavras. Procurou motivos. Procurou qualquer coisa que pudesse lhe dar força para sobreviver àquela que era a noite mais ilógica e inacreditável de sua vida.

– Para começar, os proclames foram lidos com o nome de Lydia!

Ele balançou a cabeça, despreocupado.

– Isso não é um problema.

– É, para mim! Não temos licença – lembrou ela, e seus olhos se arregalaram. – Se nos casarmos, não tem como ser legal.

Ele pareceu despreocupado.

– Posso conseguir uma licença especial ao amanhecer.

– Onde o senhor acha que vai conseguir uma licença especial nas próximas dez horas?

Ele deu um passo na direção dela, com os olhos brilhando de satisfação.

– Para minha sorte e sua também, tenho certeza de que vai perceber isso logo, o arcebispo de Canterbury vem ao casamento.

Charlotte sentiu o queixo cair.

– Ele não vai lhe conceder uma licença especial. Não para uma situação tão irregular.

– Engraçado – comentou ele em um tom pensativo –, eu achava que licenças especiais fossem *para* situações irregulares.

– Isso é loucura. Ele jamais vai permitir que nos casemos. Não quando o senhor chegou tão perto de se casar com minha irmã.

Ned apenas deu de ombros.

– Ele me deve um favor.

Charlotte desabou sobre a beirada da mesa de leitura do pai. Que tipo de homem era ele para que o arcebispo de Canterbury lhe devesse um favor? Ela sabia que os Blydons eram considerados uma família importante na Inglaterra, mas isso estava além do que poderia compreender.

– Milorde – disse ela, torcendo os dedos enquanto tentava formular um argumento convincente e fundamentado contra aquele plano maluco.

Ele certamente estimava argumentos convincentes e fundamentados. Certamente parecera estimar durante o tempo que passaram juntos na última semana. Era por isso que ela gostava tanto dele, afinal.

– Sim? – perguntou ele, erguendo de leve os cantos dos lábios.

– Milorde – repetiu ela, pigarreando. – O senhor parece ser o tipo de pessoa que ouve um argumento convincente e fundamentado.

– Sim.

Ele cruzou os braços e se apoiou na mesa de leitura ao lado dela. Eles estavam lado a lado, com os quadris encostados – uma distração e tanto.

– Milorde – repetiu ela mais uma vez.

– Dadas as circunstâncias – disse ele, com os olhos agora brilhando de satisfação –, não acha que deveria se acostumar com meu primeiro nome?

– Certo – falou ela. – Sim, é claro. Se fôssemos nos casar, eu...

– Nós *vamos* nos casar.

Deus do céu, ele era mesmo obstinado.

– Talvez – disse ela, com calma. – Mas ainda assim...

Ele tocou queixo dela e o ergueu até que seus olhares se encontrassem.

– Pode me chamar de Ned – sugeriu com amabilidade.

– Não tenho certeza se...

– *Eu* tenho certeza.

– Milorde...

– Ned.

– Ned – falou ela, cedendo por fim.

Ele sorriu.

– Ótimo.

Ele a soltou e relaxou, e Charlotte conseguiu voltar a respirar.

– Ned – disse ela, embora parecesse estranho usar o nome dele. – Acho que você precisa respirar fundo e pensar no que está dizendo. Não creio que tenha pensado bem em tudo isso.

– É mesmo? – perguntou ele, com a fala arrastada.

– Nós mal trocamos uma palavra antes dessa semana – salientou ela, implorando com os olhos que ele ouvisse suas palavras. – Você não me conhece.

Ele deu de ombros.

– Eu a conheço bem melhor do que conheço a sua irmã, e ia me casar com ela.

– Mas você queria? – sussurrou ela.

Ele deu um passo à frente e pegou sua mão.

– Nem perto de quanto quero você – murmurou ele.

Ela abriu a boca, mas nenhuma palavra saiu, apenas uma lufada leve de ar quando soltou um suspiro. Ele a puxou para mais perto... mais perto... então o braço dele serpenteou por suas costas e ela sentiu o corpo dele contra o seu, em toda a sua extensão.

– Ned – de alguma forma conseguiu sussurrar.

Então ele colocou o indicador em seus lábios.

– Shhh – fez ele. – Faz dias que eu quero fazer isso.

Seus lábios encontraram os dela e, se ele ainda sentia alguma raiva, não transpareceu no beijo. Foi um toque suave e gentil, sua boca roçando a dela com a mais leve fricção.

Ainda assim, reverberou nela até os dedos dos pés.

– Você já foi beijada antes? – sussurrou ele.

Ela negou com a cabeça. Ele deu um sorriso muito satisfeito e muito, *muito* viril.

– Ótimo – disse e levou os lábios aos dela de novo.

Só que dessa vez o beijo foi de posse, de desejo e necessidade. Sua boca reivindicou a dela, faminta, enquanto as mãos, espalmadas nas costas de Charlotte, a puxavam contra seu corpo. Ela se viu mergulhando, deixando-se derreter no corpo dele, levando as mãos aos músculos poderosos das costas dele através do linho fino de sua camisa.

Isso, ela percebeu em algum lugar na névoa que cobria sua mente, era desejo. Isso era desejo e Lydia era uma tola.

Lydia!

Meu Deus, o que ela estava fazendo? Charlotte se desvencilhou dos braços dele.

– Não podemos fazer isso! – bradou, ofegante.

Os olhos de Ned estavam vidrados e sua respiração era superficial, mas ele conseguiu parecer bastante controlado ao dizer:

– Por que não?

– Você é noivo da minha irmã!

Ele ergueu uma sobrancelha ao ouvir isso.

– Está bem – falou ela, franzindo o cenho. – Acho que não é mais noivo dela.

– É difícil continuar noivo de uma mulher casada.

– Certo.

Charlotte engoliu em seco.

– É claro que ela ainda não está casada...

Ele olhou para ela com a sobrancelha ainda arqueada. Aquilo era muito mais eficiente do que qualquer palavra, pensou Charlotte, impotente.

– Certo – resmungou ela. – É claro. É como se ela estivesse casada.

– Charlotte.

– E seria mesmo esperar demais...

– Charlotte – repetiu ele, um pouco mais alto.

– ... que mantivesse qualquer lealdade a ela nestas circunstâncias...

– Charlotte!

Ela fechou a boca.

O olhar de Ned era tão intenso que ela não seria capaz de desviar os olhos nem se cinco belos homens estivessem dançando nus na janela.

– Há três coisas que você precisa saber esta noite – disse ele. – Primeiro, estou sozinho com você de madrugada. Segundo, eu vou me casar com você pela manhã.

– Não tenho certeza...

– *Eu* tenho certeza.

– Eu não tenho – insistiu ela, numa tentativa patética de ter a última palavra.

Ele se aproximou com um sorriso bobo.

– E, em terceiro lugar, passei os últimos dias torturado pela culpa porque, quando eu ia dormir à noite, eu nunca, nunca, nem mesmo uma só vez, pensei em Lydia.

– Não? – sussurrou ela.

Ele balançou a cabeça devagar.

– Não em Lydia.

Os lábios dela se abriram por vontade própria, e ela não conseguiu desviar o olhar enquanto ele se aproximava, com a respiração sussurrando em sua pele.

– Só em você – disse ele.

O coração dela era um traidor, porque estava cantando.

– Em todos os meus sonhos. Só você.

– Mesmo? – insistiu ela, suspirando.

As mãos dele seguraram suas nádegas e ela viu seu corpo pressionado de forma íntima contra o dele.

– Ah, sim – respondeu ele, puxando-a ainda mais para perto. – E, veja – continuou, beliscando com os lábios os dela –, tudo se encaixa com perfeição.

Sua língua traçou o contorno dos lábios dela.

– Porque não consigo pensar em nenhum motivo para não beijar a mulher com quem planejo me casar em menos de dez horas, ainda mais tendo a sorte de estar sozinho com ela no meio da noite.

Ele soltou um suspiro satisfeito sobre os lábios dela e a beijou mais uma vez, deslizando a língua entre os lábios dela em uma tentativa deliberada de seduzi-la.

– Principalmente – sussurrou ele, acariciando a pele dela com as palavras – quando venho sonhando com isso há dias.

Ned segurou o rosto dela quase com reverência enquanto se afastava para fitar seus olhos.

– Eu acho – disse ele, com a voz suave – que você deve ser minha.

Charlotte umedeceu os lábios com a língua, um movimento não ensaiado e dolorosamente sedutor. Ela estava tão linda sob a luz da lua, uma beleza que Lydia jamais alcançaria. Os olhos de Charlotte brilhavam com inteligência, calor, um entusiasmo que faltava à maioria das mulheres. Seu sorriso era contagiante, e sua risada, pura música.

Ela seria uma bela esposa. Ao seu lado, em seu coração, em sua cama. Ele não sabia como não percebera isso antes.

Caramba, pensou, com uma risada, ele provavelmente deveria mandar uma caixa do melhor conhaque francês para Rupert Marchbanks. Deus sabia quanto ele devia seu agradecimento eterno àquele idiota. Se ele não tivesse fugido com Lydia, Ned teria se casado com a irmã errada. E passado a vida ansiando por Charlotte.

Mas agora ela estava ali, em seus braços, e seria dele – não, ela *era* dele. Talvez Charlotte não tivesse se dado conta disso ainda, mas era.

De repente ele não conseguiu mais segurar: sorriu. Sorriu de verdade, como um idiota, imaginou.

– O que foi? – quis saber ela, com bastante cautela, quase como se temesse que ele tivesse enlouquecido.

– Descobri que estou muito satisfeito com a reviravolta recente – explicou ele, estendendo a mão e entrelaçando os dedos nos dela. – Você tinha toda a razão: Lydia não seria a esposa certa para mim. Você, por outro lado...

Ele levou a mão dela aos lábios e beijou os nós de seus dedos. Era o tipo de gesto que já tinha feito mil vezes, geralmente apenas para atender ao desejo das mulheres por algum romance.

Só que dessa vez era diferente. Dessa vez a motivação era *seu* desejo por romance. Quando beijou a mão dela, ele quis ficar ali, não para seduzi-la (embora ele certamente quisesse *isso*), mas porque adorou sentir aquela mão na sua, aquela pele em seus lábios.

Devagar, ele virou a mão dela e deu mais um beijo, mais íntimo, na palma aberta.

Ele a desejava. Ah, como desejava! Nunca tinha sentido nada assim – desejo de dentro para fora. Começava em seu coração e se espalhava pelo corpo, não o contrário.

E ele não permitiria que ela fugisse.

Pegou a outra mão de Charlotte e ergueu as duas. Seus braços estavam dobrados, e os pulsos, nivelados com os ombros.

– Quero que você me prometa uma coisa – pediu ele, com a voz baixa e séria.

– O-o quê? – sussurrou ela.

– Quero que prometa que vai se casar comigo de manhã.

– Ned, eu já disse...

– Se você prometer – disse ele, ignorando seu protesto –, vou deixar que volte para seu quarto para dormir.

Ela deu uma risadinha de pânico.

– Acha que eu conseguiria dormir?

Ele sorriu. Aquilo estava indo melhor do que ele esperava.

– Eu conheço você, Charlotte.

– Conhece? – indagou ela, desconfiada.

– Melhor do que pensa. Sei que sua palavra é compromisso. Se me der sua palavra de que não vai fazer nada tolo, como fugir, vou deixar que vá para seu quarto.

– E se eu não prometer?

A pele dele ficou quente.

– Então vai ficar aqui comigo, na biblioteca. A noite toda.

Ela engoliu em seco.

– Eu lhe dou minha palavra de que não vou fugir – disse ela, em um tom solene. – Mas não posso prometer que vou me casar com você.

Ned considerou as opções. Tinha certeza de que conseguiria convencê-la a se casar com ele de manhã se fosse necessário. Ela já se sentia culpada o bastante em razão de seu papel na fuga de Lydia. Era algo que ele poderia usar a seu favor.

– E, de qualquer forma, você precisa falar com meu pai – acrescentou ela.

Ele permitiu que Charlotte desvencilhasse os dedos, então deslizou os seus devagar pelo braço dela até que caíssem junto ao corpo. A batalha estava vencida. Se ela estava sugerindo que ele falasse com seu pai, ela já era sua.

– Nós nos vemos pela manhã – disse ele, assentindo em um gesto respeitoso.

– Vai me deixar ir? – sussurrou ela.

– Você me deu sua palavra de que não vai fugir. Não preciso de mais nenhuma garantia.

Ela ficou boquiaberta e seus olhos se arregalaram com uma emoção que ele não conseguiu identificar – mas era boa. Definitivamente, era boa.

– Encontro você aqui às oito da manhã – falou ele. – Pode se assegurar de que seu pai esteja presente?

Ela assentiu.

Ele deu um passo para trás e fez uma reverência elegante.

– Até amanhã então, milady.

Quando ela abriu a boca para corrigir o uso dessa forma de tratamento, ele levantou a mão e a deteve.

– Amanhã você será viscondessa. Logo vai se acostumar com o tratamento correspondente.

Ela fez um gesto indicando a porta.

– É melhor que eu saia sozinha.

– É claro – concordou ele, com um quê de ironia nos lábios. – Não é bom que nos vejam juntos no meio da noite. Incitaria falatório.

Ela deu um sorriso lindo e quase repreensivo. Como se já não fosse haver falatório. O casamento deles seria o auge das fofocas por meses.

– Vá – disse ele, com a voz suave. – Durma um pouco.

Charlotte lhe lançou um olhar que dizia que ela não tinha esperança de dormir, depois saiu.

Ele ficou olhando para a porta aberta por vários segundos depois que ela desapareceu, então sussurrou:

– Sonhe comigo.

Para a sorte de Charlotte, seu pai era um madrugador notório. Quando ela entrou na pequena sala do café quinze minutos antes das oito horas da manhã seguinte, ele estava lá, como sempre, com o prato cheio de presunto e ovos.

– Bom dia, Charlotte – disse ele, retumbante. – Excelente dia para um casamento, não é?

– Ahn, é... – concordou ela, tentando sorrir mas fracassando miseravelmente.

– Você foi esperta ao vir aqui para o desjejum. Sua mãe reuniu todos os outros na sala de jantar. Não que a maioria esteja disposta a sair da cama a esta hora.

– Na verdade, ouvi algumas pessoas por aí enquanto eu passava – comentou Charlotte, sem saber por que se dava o trabalho de dizer isso.

– Humpf! – bufou ele com desdém. – Como se fosse possível digerir adequadamente um prato de ovos em meio a toda aquela comoção.

– Pai, preciso lhe falar uma coisa – anunciou ela, hesitante.

Ele olhou para a filha com as sobrancelhas levantadas.

– Ahn, talvez seja melhor que eu apenas lhe mostre isto.

Ela estendeu o bilhete que Lydia deixara para os pais explicando o que fizera, depois, por precaução, deu um passo para trás. Após ler o conteúdo da mensagem de Lydia, o rugido do pai seria mortal.

Entretanto, quando seus olhos terminaram de percorrer as linhas, ele apenas sussurrou:

– Você sabia disso?

Mais que tudo, Charlotte queria mentir. Mas não podia, então assentiu.

O Sr. Thornton ficou imóvel por vários segundos. A única prova de sua raiva eram os nós dos dedos, que embranqueciam conforme ele agarrava a borda da mesa.

– O visconde está na biblioteca – disse ela, engolindo em seco convulsivamente.

O silêncio do pai era ainda mais terrível que seus gritos.

– Acho que ele gostaria de conversar com o senhor.

O Sr. Thornton levantou o olhar.

– Ele sabe o que ela fez?

Charlotte assentiu.

Então o homem proferiu várias palavras que Charlotte jamais imaginara que cruzariam seus lábios, inclusive uma ou duas que ela nunca sequer ouvira.

– Estamos arruinados – decretou, sibilante, quando terminou de praguejar. – Arruinados. E devemos isso à sua irmã... e a você.

– Talvez o senhor devesse ir ter com o visconde – sugeriu Charlotte, triste.

Ela nunca fora próxima do pai, mas, ah, sempre desejara sua aprovação.

O Sr. Thornton se levantou abruptamente e jogou longe o guardanapo. Charlotte saiu de seu caminho e o seguiu pelo corredor, mantendo três passos respeitosos de distância.

Assim que chegou à biblioteca, porém, o pai se virou para ela.

– O que pensa que está fazendo aqui? – questionou ele, e sua raiva era evidente em cada palavra. – Você já fez o bastante. Vá para o seu quarto e não saia enquanto eu não lhe der permissão.

– Acho que ela deveria ficar – interveio uma voz grave do fundo do corredor.

Charlotte ergueu o olhar. Ned descia os últimos degraus da escada, esplêndido em seu terno de casamento.

O pai a cutucou nas costelas.

– Achei que você tivesse dito que ele sabia – sussurrou.

– Ele sabe.

– Então o que ele está fazendo, vestido assim?

A aproximação de Ned salvou Charlotte de responder à pergunta.

– Hugh – cumprimentou ele, com um aceno de cabeça para o Sr. Thornton.

– Milorde – respondeu o pai de Charlotte.

Isso a surpreendeu. Achava que o pai tratasse Ned pelo primeiro nome. Talvez seus nervos o obrigassem a demonstrar mais respeito naquela manhã.

Ned fez um gesto de cabeça indicando a biblioteca.

– Vamos?

O Sr. Thornton deu um passo à frente, mas Ned o interrompeu com delicadeza:

– Charlotte primeiro.

Charlotte percebeu que o pai morria de curiosidade, mas ele se conteve. Deu um passo para trás e deixou que ela passasse. Quando ela entrou na biblioteca, no entanto, Ned se aproximou dela.

– Escolha de vestido interessante – sussurrou.

Charlotte sentiu a pele enrubescer. Ela estava com um de seus vestidos de sempre, não o vestido de noiva de Lydia, como ele a instruíra. No instante seguinte os três estavam na biblioteca, com a porta bem fechada.

– Milorde – começou a falar o Sr. Thornton –, preciso lhe dizer que eu não fazia ideia...

– Já é o suficiente – interrompeu Ned, no meio do cômodo, com um autocontrole notável. – Não quero falar sobre Lydia ou sua fuga com Marchbanks.

O Sr. Thornton engoliu em seco, e seu pomo de adão subia e descia no pescoço carnudo.

– Não quer?

– Naturalmente, fiquei zangado com a traição de sua filha...

Qual delas?, Charlotte se perguntou. Ele parecia muito mais zangado com ela do que com Lydia na noite anterior.

– ... mas não vai ser difícil consertar a situação.

– Qualquer coisa, milorde – garantiu o Sr. Thornton. – Qualquer coisa mesmo. O que estiver ao meu alcance...

– Ótimo – disse Ned, com a voz suave. – Então aceito Charlotte no lugar de Lydia – disse e fez um gesto indicando a jovem.

O Sr. Thornton apenas piscou.

– Charlotte? – perguntou por fim.

– Sim. Não tenho dúvida de que ela será uma esposa melhor do que Lydia jamais seria.

A cabeça do Sr. Thornton virou da filha para o noivo da outra filha diversas vezes.

– Charlotte? – questionou de novo.

– Sim.

E isso foi o bastante para convencê-lo.

– Ela é sua – declarou o Sr. Thornton, enfático. – Quando o senhor quiser.

– Pai! – exclamou Charlotte.

Ele falava da filha como se ela não passasse de um saco de farinha.

– Pode ser hoje mesmo – disse Ned. – Consegui uma licença especial e a igreja já está pronta para o casamento.

– Maravilha, maravilha – disse o Sr. Thornton, com alívio evidente em cada movimento nervoso. – Não tenho objeções... e o... é... o acordo permanece o mesmo?

A expressão de Ned ficou amarga diante do olhar ansioso do Sr. Thornton, mas tudo o que ele disse foi:

– É claro.

Dessa vez o Sr. Thornton nem se deu o trabalho de esconder o alívio.

– Ótimo, ótimo. Eu...

Ele mesmo se interrompeu e se virou para Charlotte.

– O que está esperando, menina? Precisa se arrumar!

– Pai, eu...

– Não quero ouvir nem mais uma palavra! – decretou ele, retumbante. – Vá!

– O senhor talvez devesse falar com minha esposa em um tom mais educado – sugeriu Ned em um tom calmo mortal.

O Sr. Thornton se voltou para ele e piscou, estupefato.

– É claro – concordou. – Enfim, ela é sua agora. Como quiser.

– Eu acho que o que quero é um momento a sós.

– Claro – concordou o Sr. Thornton mais uma vez, e pegou Charlotte pelo pulso. – Venha. O visconde quer privacidade.

– A sós com Charlotte – explicou Ned.

O Sr. Thornton olhou primeiro para Ned, depois para Charlotte, depois de volta para Ned.

– Não estou certo de que seja uma decisão sábia.

Ned apenas ergueu uma sobrancelha.

– Muitas decisões não sábias foram tomadas recentemente, o senhor não acha? Esta, eu acho, é a menos insensata delas.

– É claro, é claro – murmurou o Sr. Thornton, e deixou o cômodo.

Ned observou a noiva que escolhera enquanto ela observava o pai partir. Charlotte se sentia desamparada, ele via isso em seu rosto. E, provavelmente, manipulada também. Mas ele se recusava a sentir culpa a respeito disso. Ele sabia, em seu coração, em seus ossos, que se casar com Charlotte Thornton era a coisa certa a fazer. Lamentava ter de ser tão autoritário para alcançar seu objetivo, mas Charlotte também não era inocente na reviravolta dos acontecimentos, era?

Ele deu um passo à frente e tocou seu rosto.

– Sinto muito se acha que tudo está acontecendo rápido demais – disse ele com carinho.

Ela não falou nada.

– Posso garantir...

– Ele nem me perguntou – falou ela, com a voz embargada.

Ned deslizou os dedos até seu queixo e ergueu seu rosto. A indagação dele estava no olhar.

– Meu pai – explicou ela, piscando para segurar as lágrimas. – Ele não me perguntou uma só vez o que eu queria. Foi como se eu nem estivesse aqui.

Ned observou seu rosto, observou-a tentar arduamente permanecer forte e não demonstrar suas emoções. Viu sua coragem e a força de seu caráter e, de repente, foi tomado pelo desejo de compensá-la de alguma forma.

Charlotte Thornton teria um casamento às pressas e que fora planejado para sua irmã, mas, por Deus, ela teria um pedido só dela.

Ele se ajoelhou.

– Milorde? – chamou ela, com a voz aguda.

– Charlotte – disse ele, com a voz cheia de emoção e desejo. – Humildemente peço sua mão em casamento.

– Humildemente? – ecoou ela, olhando para ele com desconfiança.

Ele pegou sua mão e a levou com delicadeza até os lábios.

– Se não aceitar, vou passar o resto da vida sofrendo por você, sonhando com uma vida ideal, uma esposa especial...

– Você rimou – notou ela, com uma risada nervosa.

– Não foi por querer, eu garanto.

Então ela sorriu. Sorriu de verdade. Não aquele sorriso largo e radiante que fora o início da ruína dele, mas algo mais suave, mais tímido.

Porém não menos real.

E, enquanto a observava, sem tirar os olhos de seu rosto, tudo ficou claro.

Ele a amava.

Ele amava aquela mulher e, por Deus, achava que não poderia viver sem ela.

– Case comigo – pediu, sem tentar esconder sua urgência e seu desejo.

Os olhos dela, que estavam focados em um ponto na parede atrás dele, voltaram a fitar os de Ned.

– Case comigo – repetiu ele.

– Sim – sussurrou ela. – Sim.

CAPÍTULO 7

uas horas mais tarde, Charlotte era uma viscondessa. Seis horas depois disso, entrou em uma carruagem e se despediu de tudo que era familiar em sua vida.

Ned a levaria para Middlewood, sua pequena propriedade que ficava a apenas 25 quilômetros da casa onde ela fora criada. Ele não queria passar a noite de núpcias em Thornton Hall, dissera. Suas intenções exigiam mais privacidade.

O casamento fora um borrão. Charlotte estivera em tal estado de choque, tão atordoada com o pedido romântico de Ned, que não conseguira se concentrar em nada além de se certificar de que diria "sim" quando chegasse a hora. Algum dia, tinha certeza, ela ouviria todas as fofocas que circularam entre os convidados, que esperavam que outra noiva subisse ao altar, mas, pelo menos naquele dia, não ouvira nem um sussurro.

Ela e Ned não conversaram muito durante a viagem, mas foi um silêncio estranhamente confortável. Charlotte estava nervosa – e talvez devesse estar constrangida, mas não estava. Havia algo na presença de Ned que era consolador, reconfortante.

Gostava de tê-lo por perto. Ainda que não estivessem conversando, era bom saber que ele estava ali. Engraçado como uma emoção tão profunda podia criar raízes em tão pouco tempo.

Quando chegaram àquela que Charlotte imaginava que seria sua nova casa – uma delas, pelo menos –, Ned pegou sua mão.

– Está nervosa? – perguntou ele.

– É claro – respondeu ela, sem pensar.

Ele riu, e o som caloroso e rico derramou-se da carruagem quando um criado abriu a porta. Ned saltou e estendeu a mão para ajudar Charlotte a descer.

– Que felicidade estar casado com uma esposa sincera – murmurou, deixando os lábios tocarem a pele atrás de sua orelha.

Charlotte engoliu em seco e tentou não focar na onda de calor que percorreu seu corpo.

– Está com fome? – perguntou Ned enquanto a levava para dentro.

Ela balançou a cabeça. Era impossível pensar em comida.

– Ótimo – disse ele, em um tom de aprovação. – Nem eu.

Charlotte olhou ao redor quando eles entraram. Não era uma casa extremamente grande, mas era elegante e confortável.

– Você vem aqui com frequência? – perguntou ela.

– A Middlewood?

Ela assentiu.

– Costumo ficar mais em Londres – admitiu ele. – Mas podemos escolher passar mais tempo aqui se você quiser ficar perto da sua família.

– Eu quero – afirmou ela, prendendo o lábio inferior entre os dentes por um instante antes de completar: – Se você quiser.

Ele a guiou em direção à escada.

– O que aconteceu com a rebelde com quem me casei? A Charlotte Thornton que conheci não pediria minha permissão para nada.

– É Charlotte Blydon agora – disse ela. – E, como disse, estou nervosa.

Chegaram ao topo da escada e Ned pegou a mão dela para guiá-la pelo corredor.

– Não há nenhum motivo para nervosismo – garantiu ele.

– Nenhum?

– Bom, talvez um ou outro – admitiu ele.

– Só um ou outro? – questionou ela, desconfiada.

Ele deu um sorriso malicioso.

– Está bem. Há motivo, sim, para nervosismo. Vou lhe mostrar algumas coisas que vão ser grandes novidades.

Ele a levou por uma entrada e fechou bem a porta atrás de si.

Charlotte engoliu em seco. No caos do dia, a mãe se esquecera de ter a conversa importante entre mãe e filha com ela. Charlotte era uma garota do campo e tinha alguma noção do que acontecia entre homens e mulheres, mas de alguma forma isso parecia tranquilizá-la muito pouco diante do marido, que a devorava com os olhos.

– Quantas vezes você foi beijada? – quis saber ele, tirando o casaco.

Ela deu algumas piscadelas, surpresa com a pergunta inesperada.

– Uma – respondeu.

– Por mim, imagino – falou ele, com a voz suave.

Ela assentiu.

– Ótimo – disse ele.

Só então Charlotte percebeu que ele soltara as abotoaduras. Ela assistiu enquanto os dedos dele viajavam até os botões da camisa.

– Quantas vezes você foi beijado? – foi a vez dela de perguntar, com a boca seca.

Ele sorriu.

210

– Uma.

Os olhos dela voaram até seu rosto.

– Depois que beijei você – disse ele, com a voz rouca –, percebi que todos os outros beijos não eram dignos desse nome.

Foi como se um raio tivesse caído bem ali, no quarto. O ar ficou eletrizado e Charlotte perdeu toda a confiança em sua capacidade de se manter em pé.

– Mas eu acredito – murmurou Ned, diminuindo a distância entre eles e levando as mãos dela aos lábios – que não vou chegar ao fim dos meus dias com apenas um beijo.

Charlotte balançou a cabeça de leve.

– Como isto aconteceu? – sussurrou ela.

Ele inclinou a cabeça, curioso.

– Como o que aconteceu?

– Isto – disse ela, como se um simples pronome pudesse explicar tudo. – Você. Eu. Você é meu marido.

Ele sorriu.

– Eu sei.

– Quero que saiba uma coisa – falou ela, e as palavras iam saindo, apressadas, de sua boca.

Sua seriedade pareceu diverti-lo.

– Qualquer coisa – respondeu ele, em voz baixa.

– Eu lutei contra isto.

Charlotte sabia que o momento era muito importante. Seu casamento acontecera às pressas, mas seria baseado em sinceridade. Ela precisava contar a Ned o que estava em seu coração.

– Quando você me pediu que eu tomasse o lugar de Lydia...

– *Não* fale assim – interrompeu ele, com a voz baixa mas intensa.

– Assim como?

Os olhos azuis de Ned focaram nos dela com um calor atordoante.

– Jamais quero que sinta que tomou o lugar de alguém. Você é minha esposa. Você. Charlotte. Você é minha primeira escolha. Minha única escolha.

Suas mãos seguravam as dela com firmeza e sua voz foi ficando cada vez mais intensa.

– Agradeço a Deus pelo dia em que sua irmã decidiu que precisava de um pouco mais de poesia na vida.

Charlotte sentiu seus lábios se entreabrirem, surpresa. Aquelas palavras faziam com que se sentisse mais que amada; ela se sentia valorizada.

– Quero que você saiba... – repetiu ela, com medo de, se focasse demais nas palavras dele, não nas suas, derreter naqueles braços antes mesmo de dizer o que precisava. – Quero que você saiba que eu sei, com cada pedacinho do meu coração, que tomei a decisão certa ao me casar com você hoje de manhã. Não sei como eu sei... e acho que não faz nenhum sentido... e Deus sabe quanto valorizo que haja sentido, mas... mas...

Ele a abraçou.

– Eu sei – disse, e as palavras flutuaram entre os fios do cabelo dela. – Eu sei.

– Acho que amo você – sussurrou ela contra a camisa de Ned.

Só agora, quando não o encarava, conseguiu tomar coragem para dizer essas palavras.

Ele congelou.

– O que você disse?

– Desculpe – disse ela, sentindo os ombros caírem com aquela reação. – Eu não deveria ter dito nada. Não ainda.

Ele levou as mãos ao rosto dela e levantou seu queixo até que ela não tivesse escolha a não ser fitar seus olhos.

– O que você disse? – repetiu ele.

– Acho que amo você – sussurrou ela. – Não tenho certeza. Nunca amei ninguém antes, então não estou familiarizada com o que se sente, mas...

– *Eu* tenho certeza – assegurou ele, com a voz rouca e instável. – Tenho certeza. Eu te amo e não sei o que teria feito se você não tivesse aceitado se casar comigo.

Os lábios dela tremeram com uma risada inesperada.

– Você teria encontrado uma forma de me convencer – disse.

– Eu teria feito amor com você ali mesmo, na biblioteca do seu pai, se fosse preciso – respondeu ele, curvando os lábios com malícia.

– Eu acredito que teria mesmo – falou ela devagar, também começando a sorrir.

– E juro – disse ele, beijando sua orelha com delicadeza enquanto falava – que eu teria sido muito, muito convincente.

– Não tenho dúvida – disse ela, mas sua voz desaparecia junto de seu fôlego.

– Na verdade – murmurou ele, já trabalhando com os dedos nos botões nas costas do vestido de Charlotte –, talvez eu precise convencê-la agora.

Charlotte respirou fundo ao sentir uma corrente de ar frio em suas costas. A qualquer momento seu corpete cairia e ela estaria diante dele como apenas uma esposa ficaria diante do marido.

Ele estava tão perto que ela sentia o calor que emanava de sua pele, ouvia o som de sua respiração.

– Não fique nervosa – sussurrou ele, e as palavras tocaram o ouvido dela como uma carícia. – Prometo que vou fazer com que seja bom para você.

– Eu sei – disse ela com a voz trêmula.

Então, de alguma forma, ela sorriu.

– Mas, ainda assim, posso me sentir nervosa.

Ele a abraçou, e sua risada repentina chacoalhou seus corpos.

– Você pode se sentir como quiser – falou ele. – Desde que seja minha.

– Sempre – jurou ela. – Sempre.

Ele se afastou para tirar a camisa, deixando Charlotte ali em pé segurando o corpete, deliciando-se com o ar fresco nas costas.

– Você quer que eu saia? – perguntou ele, baixinho.

Ela arregalou os olhos. Não esperava essa pergunta.

– Para que você possa ter privacidade enquanto se deita na cama – explicou ele.

– Ah – murmurou ela e piscou. – É assim que se faz?

– É como costumam fazer, mas não precisa ser assim.

– Como você quer que seja? – sussurrou ela.

O olhar dele ferveu.

– Quero eu mesmo tirar cada peça de roupa sua.

Ela estremeceu.

– Depois quero que deite na cama para que eu possa observá-la.

O coração dela começou a bater forte.

– Depois – continuou ele, deixando a camisa no chão enquanto dava um passo na direção dela – acho que quero beijar cada centímetro do seu corpo.

Ela parou de respirar.

– Se não se importar – acrescentou ele com um sorriso malicioso no canto da boca.

– Não me importo – falou Charlotte.

Então ficou vermelha como um tomate ao perceber o que dissera.

Mas Ned apenas riu enquanto suas mãos cobriam as dela e tiravam seu corpete com delicadeza. Charlotte prendeu a respiração ao ficar nua diante dele, incapaz de tirar os olhos de seu rosto – ou conter a onda de orgulho que sentiu ao perceber a expressão do marido.

– Você é tão linda! – disse ele, baixinho, e sua voz tinha um quê de reverência, um toque de admiração.

Suas mãos a envolveram, testando o peso e a sensação, e por um instante quase pareceu que ele sentia dor. Seus olhos se fecharam e seu corpo estremeceu. Quando Ned voltou a olhar para ela, havia algo em seu rosto que Charlotte nunca vira.

Era mais que desejo, mais que anseio.

Ned acabou de despi-la, depois a pegou no colo e a deitou na cama, parando um instante para tirar suas meias e seus sapatos. Então, em menos tempo do que parecia possível, tirou o restante da própria roupa e cobriu o corpo dela com o seu.

– Você sabe quanto eu preciso de você? – sussurrou Ned, gemendo ao pressionar os lábios intimamente contra os dela. – Você tem ideia?

Os lábios de Charlotte se entreabriram, mas ela só conseguiu dizer o nome dele.

Ele soltou um suspiro irregular enquanto suas mãos percorriam as laterais do corpo de Charlotte até chegar ao quadril e segurar seu traseiro.

– Tenho sonhado com isso desde que a conheci, desejando desesperadamente, mesmo sabendo que era errado. E agora você é minha – disse ele, quase num rosnado, mexendo o rosto para acariciar o pescoço dela. – Para sempre minha.

Ele percorreu com os lábios a linha elegante do pescoço de Charlotte até a clavícula e seguiu para a curva delicada de seu seio. Segurou-o com uma das mãos e acariciou sua pele até que o mamilo se erguesse. Era macio e rosado – e absolutamente irresistível. Ele se obrigou a parar, só para olhar para ela e saborear o momento, mas então não conseguiu mais se conter. Capturou o seio com a boca, parando apenas para sorrir quando Charlotte deixou escapar um gritinho de surpresa.

Ela logo gemia de prazer e se contorcia sob ele, desejando algo que ainda nem compreendia. Seu quadril pressionava o dele e, sempre que Ned mexia as mãos – apertava, tocava, acariciava –, ela gemia.

Charlotte era tudo o que ele sempre sonhara em uma mulher.

– Diga do que você gosta – sussurrou Ned com a boca em sua pele.

Ele roçou seu mamilo com a palma da mão.

– Disso?

Ela assentiu.

– Disso?

Dessa vez ele pegou seu seio e apertou.

Ela assentiu de novo, com a respiração ligeira e urgente em seus lábios.

Então ele deslizou a mão entre os corpos de ambos e a tocou intimamente.

– Disso? – perguntou, virando o rosto para que ela não visse seu sorriso malicioso.

Tudo o que ela fez foi soltar um:

– Ah!

Mas foi um "Ah!" perfeito. Assim como ela era perfeita em seus braços.

Ned a tocou mais fundo, deslizando um dedo para dentro dela para prepará-la para sua entrada. Ele a queria tanto; achava que nunca tinha sentido uma urgência tão intensa. Era mais que luxúria, mais profundo que desejo. Queria possuí-la, consumi-la, abraçá-la com tanta força que suas almas se fundissem em uma só.

Isso, pensou enterrando o rosto na lateral do pescoço de Charlotte, era amor.

E era diferente de tudo o que ele já experimentara. Era mais do que esperava, mais do que sonhava.

Era a perfeição.

Era mais que a perfeição. Era o êxtase.

Estava difícil se conter, mas ele manteve o desejo sob controle até ter certeza de que ela estava pronta para ele. E mesmo então, mesmo quando seus dedos já estavam úmidos da paixão dela, ainda assim quis confirmar.

– Está pronta?

Ela olhou para ele com um olhar questionador.

– Acho que sim – sussurrou. – Preciso... de alguma coisa. Acho que preciso de você.

Ele não achava que pudesse desejá-la mais, mas suas palavras, simples e verdadeiras, foram como um choque em seu sangue. Ele precisou se conter para não mergulhar nela naquele instante. Rangendo os dentes de tanta urgência que o consumia, ele se posicionou na entrada do corpo dela tentando ignorar o chamado de seu calor.

Domando os próprios movimentos, ele entrou, deslizando para a frente e para trás, até alcançar a prova de sua inocência. Ele não sabia se poderia machucá-la. Suspeitava que sim, mas, nesse caso, não havia como evitar. E, como parecia tolo avisá-la sobre a dor – isso certamente a deixaria ansiosa e tensa –, ele apenas continuou, permitindo-se sentir que ela o envolvia por completo.

Ned sabia que deveria parar para garantir que ela estivesse bem, mas, céus, ele não conseguiria parar nem que sua vida dependesse disso.

– Ah, Charlotte – gemeu. – Ah, meu Deus!

Charlotte respondeu com o mesmo desejo – um impulso do quadril, um suspiro nos lábios – e Ned soube que ela estava com ele, dominada pelo prazer, toda a dor esquecida.

Seus movimentos ganharam ritmo e logo cada músculo de seu corpo estava concentrado em não se soltar enquanto não tivesse certeza de que ela também tinha chegado ao clímax. Não era comum que acontecesse com uma virgem, lhe disseram uma vez, mas ela era sua esposa – era *Charlotte* – e ele não sabia se suportaria não garantir seu prazer.

– Ned – chamou ela, ofegante, com a respiração cada vez mais rápida.

Ela estava tão linda que os olhos dele se encheram de lágrimas. Seu rosto estava corado, os olhos, desfocados, e ele não conseguia parar de pensar *Eu te amo*.

Ela estava quase lá; ele conseguia sentir. Não sabia quanto tempo mais conseguiria resistir à necessidade do próprio corpo, então colocou a mão entre eles e seus dedos encontraram o ponto mais sensível do corpo dela.

Charlotte gritou.

Ele perdeu todo o controle.

Então, como em uma dança coreografada à perfeição, os dois se retesaram e arquearam no mesmo instante preciso, o movimento cessado, a respiração contida até eles simplesmente desabarem, esgotados...

E alegremente satisfeitos.

– Eu te amo – sussurrou ele, precisando dizer essas palavras mesmo que elas se perdessem no travesseiro.

Então ele sentiu, mais do que ouviu, a resposta sussurrada em seu pescoço:

– Eu também te amo.

Ele se apoiou nos cotovelos. Seus músculos exaustos protestaram, mas ele queria ver o rosto dela.

– Vou fazer com que você seja feliz – jurou.

Ela lhe ofereceu um sorriso sereno.

– Você já faz.

Ned pensou em dizer algo mais, porém não existiam palavras para exprimir o que havia em seu coração, então ele se deitou de lado no colchão, trazendo-a para junto de si até ficarem encaixados num abraço.

– Eu te amo – repetiu ele, quase constrangido pelo desejo de dizer aquilo a cada minuto.

– Ótimo – disse ela.

Ned sentiu que Charlotte ria. Então ela se virou de repente, para que eles ficassem cara a cara. Ela parecia sem fôlego, como se tivesse acabado de pensar em algo surpreendente.

Ele ergueu a sobrancelha.

– O que acha que o Rupert e a Lydia estão fazendo agora? – perguntou ela.

– E eu me importo?

Ela deu uma pancada de leve no ombro do marido.

– Ah, está bem – disse ele, com um suspiro. – Acho que me importo, considerando que *ela* é sua irmã, e que *ele* me livrou de me casar com ela.

– O que acha que eles estão fazendo? – insistiu ela.

– O mesmo que nós – respondeu ele. – Se tiverem sorte.

– A vida deles não vai ser fácil – comentou Charlotte, séria. – Rupert não tem um tostão.

– Ah, não sei – disse Ned, com um bocejo. – Acho que eles vão ficar bem.

– Você acha? – perguntou Charlotte, fechando os olhos enquanto se acomodava no travesseiro.

– Uhum.

– Por quê?

– Você é persistente. Alguém já lhe disse isso?

Ela sorriu, embora ele não pudesse ver.

– Por quê? – repetiu a pergunta.

Ele fechou os olhos.

– Não faça tantas perguntas. Nunca vai se surpreender.

– Não quero me surpreender. Quero saber de tudo.

Ele riu disso.

– Então saiba o seguinte, minha querida Charlotte: você se casou com um homem extremamente inteligente.

– É mesmo? – murmurou ela.

Era um desafio que não podia ser ignorado.

– Ah, sim – disse ele, ajeitando-se até voltar a ficar acima dela. – Ah, sim.

– Muito inteligente ou só um pouco inteligente?

– Muito, *muito* inteligente – falou ele, com malícia.

Seu corpo podia estar cansado demais para mais uma rodada de amor, mas isso não queria dizer que ele não pudesse torturá-la.

– Talvez eu precise de provas dessa inteligência – provocou ela. – Eu... ah!

– Isso é prova suficiente?

– Ah!

– Ah.

– *Aaaaah!*

EPÍLOGO

Uma semana depois

— qui estamos, Sra. Marchbanks! Lydia sorria de forma sonhadora enquanto Rupert entrava com ela no colo em Portmeadow House. Não era uma casa tão grandiosa quanto Thornton Hall – que também não era tão grandiosa assim – nem era deles, pelo menos não até que o tio idoso de Rupert falecesse. Mas nada disso parecia ter importância. Eles estavam casados e apaixonados e, contanto que estivessem juntos, o fato de ficarem em uma casa emprestada era irrelevante.

Além disso, o tio de Rupert só voltaria de Londres na semana seguinte.

– Ora – disse Rupert, semicerrando os olhos enquanto a colocava no chão. – O que é isso?

Lydia seguiu o olhar dele até uma caixa envolta em papel brilhoso que estava sobre a mesa da entrada.

– Um presente de casamento, talvez? – murmurou, esperançosa.

Ele lhe lançou um olhar de esguelha.

– Quem sabe que estamos casados?

– Todas as pessoas que vieram para testemunhar meu casamento com lorde Burwick, imagino – respondeu ela.

Os dois já sabiam que ele tinha se casado com Charlotte no lugar de Lydia, e ela não podia nem imaginar como estavam as fofocas.

A atenção de Rupert, no entanto, já se concentrava na caixa. Com movimentos delicados, ele tirou um envelope do meio das fitas e passou o dedo sob o lacre.

– É caro – comentou. – Um envelope de verdade. Não só um papel dobrado.

– Abra – pediu Lydia.

Ele parou apenas o suficiente para olhar para ela fingindo irritação.

– O que acha que estou fazendo?

Ela tirou o envelope das mãos dele.

– Você é lento demais.

Com dedos ansiosos, abriu o envelope e tirou o papel de dentro, desdobrando-o para que pudessem ler juntos.

Com este bilhete envio meus agradecimentos
E prometo que não passarão por tormentos.
Ao roubar minha noiva você me fez um favor
E me deu uma esposa de muito esplendor.
Envio um conhaque da melhor qualidade
E uma seleção do mais fino chocolate.
Mas o verdadeiro presente dito no poema
É que dinheiro jamais será problema.
A escritura de uma casa, não muito distante
Para chamar de sua e ficar exultante.
E uma renda modesta, por toda a vida
Pois quando fugiu, me deu uma esposa querida.
E assim desejo felicidade, saúde e amor!
(Que minha esposa garante rimar com condor.)

– Edward Blydon, visconde de Burwick

Um minuto inteiro se passou antes que Rupert ou Lydia conseguissem falar algo.

– Muito generoso da parte dele – murmurou Lydia.

Rupert piscou várias vezes.

– Por que você acha que ele escreveu em verso?

– Não faço a menor ideia – respondeu Lydia. – Eu não imaginava que ele fosse tão ruim da cabeça.

Lydia engoliu em seco e sentiu os olhos se encherem de lágrimas.

– Coitada da Charlotte.

Rupert a abraçou.

– Sua irmã é forte. Ela vai superar.

Lydia assentiu e deixou que ele a levasse até o quarto, onde logo esqueceu que tinha irmãs.

Enquanto isso, em Middlewood...

– Ah, Ned, você não fez isso!

Charlotte cobriu a boca, horrorizada, quando o marido lhe mostrou uma cópia do bilhete que enviara a Rupert e Lydia.

Ele deu de ombros.

– Não consegui me segurar.

– É muito generoso da sua parte – disse ela, tentando parecer séria.

– É mesmo, não é? – murmurou ele. – Você deveria demonstrar sua gratidão, não acha?

Ela mordeu os lábios para não rir.

– Eu não fazia a menor ideia – confessou ela, tentando desesperadamente manter uma expressão neutra – de que você fosse um poeta tão talentoso.

Ned levantou a mão num gesto despreocupado.

– Rimar não é tão difícil depois que começamos.

– Ah, é mesmo?

– Claro.

– Quanto tempo você levou para compor esse, ahn, poema?

Charlotte olhou para o papel e franziu o cenho.

– Embora pareça muito injusto com Shakespeare e Marlowe usar essa palavra.

– Shakespeare e Marlowe não têm nada a temer de minha parte...

– É – murmurou ela. – Isso está claro.

– Não tenho planos de escrever mais versos – completou Ned.

– E por isso nós lhe agradecemos. Mas você não respondeu à minha pergunta.

Ele a encarou, confuso.

– Você fez uma pergunta?

– Quanto tempo levou para escrever isso? – repetiu ela.

– Ah, não foi nada – respondeu ele, com desdém. – Só quatro horas.

– Quatro horas? – repetiu ela, engasgando com uma risada.

Os olhos dele brilhavam.

– Eu queria que ficasse *bom*, é claro.

– É claro.

– Não há motivo para fazer algo se não fizermos bem.

– É claro – repetiu ela.

Foi tudo o que ela conseguiu dizer, pois ele a abraçou e começou a beijar seu pescoço.

– Será que podemos parar de falar de poesia? – murmurou ele.

– É claro.

Ele a guiou até o sofá.

– E será que eu posso devorá-la aqui e agora?

Ela sorriu.

– É claro.

Ele afastou o rosto, ao mesmo tempo sério e doce.

– E vai me deixar amá-la para sempre?

Ela o beijou.

– É claro.

CONHEÇA OS LIVROS DE JULIA QUINN

OS BRIDGERTONS
O duque e eu
O visconde que me amava
Um perfeito cavalheiro
Os segredos de Colin Bridgerton
Para Sir Phillip, com amor
O conde enfeitiçado
Um beijo inesquecível
A caminho do altar
E viveram felizes para sempre

QUARTETO SMYTHE-SMITH
Simplesmente o paraíso
Uma noite como esta
A soma de todos os beijos
Os mistérios de sir Richard

AGENTES DA COROA
Como agarrar uma herdeira
Como se casar com um marquês

IRMÃS LYNDON
Mais lindo que a lua
Mais forte que o sol

OS ROKESBYS
Uma dama fora dos padrões
Um marido de faz de conta
Um cavalheiro a bordo
Uma noiva rebelde

TRILOGIA BEVELSTOKE
História de um grande amor
O que acontece em Londres
Dez coisas que eu amo em você

DAMAS REBELDES
Esplêndida – A história de Emma
Brilhante – A história de Belle
Indomável – A história de Henry

editoraarqueiro.com.br

CONHEÇA OS LIVROS DE LISA KLEYPAS

De repente uma noite de paixão

OS HATHAWAYS
Desejo à meia-noite
Sedução ao amanhecer
Tentação ao pôr do sol
Manhã de núpcias
Paixão ao entardecer
Casamento Hathaway (e-book)

AS QUATRO ESTAÇÕES DO AMOR
Segredos de uma noite de verão
Era uma vez no outono
Pecados no inverno
Escândalos na primavera
Uma noite inesquecível

OS RAVENELS
Um sedutor sem coração
Uma noiva para Winterborne
Um acordo pecaminoso
Um estranho irresistível
Uma herdeira apaixonada
Pelo amor de Cassandra

OS MISTÉRIOS DE BOW STREET
Cortesã por uma noite
Amante por uma tarde
Prometida por um dia